Nora Miedler

Ich wär dann bereit fürs Happy End

W0282019

Weitere Bücher von Nora Miedler im Arena Verlag:

Zuckerwatteträume. Warum kann man Fettnäpfchen nicht einfach aufessen

Kühlschrank-Chroniken

Funkentanz

Lügenprinzessin

Nora Miedler, geboren 1977, studierte Schauspiel am Konservatorium Wien und war auf zahlreichen Bühnen zu sehen. Ihr Krimidebüt *Warten auf Poirot* war der Überraschungserfolg des Jahres 2009 und wurde für den Leo-Perutz-Preis der Stadt Wien für Kriminalliteratur nominiert und außerdem für das ZDF verfilmt. Neben ihren Krimis und Thrillern hat sie auch erfolgreich Frauenromane veröffentlicht.

Nora Miedler

ICH WÄR DANN BEREIT FÜRS HAPPY END

Arena

FSC
www.fsc.org
MIX
Papier aus verantwortungsvollen Quellen
FSC® C110508

1. Auflage 2018
© 2018 Arena Verlag GmbH, Würzburg
Alle Rechte vorbehalten
Covergestaltung: zero MEDIA GmbH, München
Gesamtherstellung: Westermann Druck Zwickau GmbH
ISBN 978-3-401-60365-0

Besuche uns unter:
www.arena-verlag.de
www.twitter.com/arenaverlag
www.facebook.com/arenaverlagfans

Erstes Kapitel

🖂@ Seelenverwandt?, schrieb er.

🖂@ Maybe …
Wie kommst du denn gerade jetzt darauf?, tippte ich.

🖂@ Weil ich dir soeben schreiben wollte. Und genau in dem Moment kam deine Nachricht. ^^ ☺

Ich grinste. Und war wieder mal froh, dass Mars mich nicht sehen konnte. So tomatenrot und verwirrt glücklich, wie ich auf seine Nachrichten reagierte, musste ich ja wirken, als wäre er der erste Junge, zu dem ich intimeren Kontakt hatte. Was ja eigentlich auch stimmte. Ähm, sofern man mailen überhaupt als intim bezeichnen konnte.

»Sophia!«

»Komme!« Ich beeilte mich, mein Handy unter meiner Trainingsjacke auf der ersten Bank der Zuschauertribüne zu verstauen, und rannte aufs Spielfeld.

Seelenverwandt … ja, irgendwie fühlte es sich schon so an.

»Wieso grinst du wie ein Honigkuchenpferd?«, murrte mich Miri schlecht gelaunt an.

»Ich liebe dich auch«, konterte ich immer noch fröhlich, was Miris Laune sichtlich ins Bodenlose sacken ließ. Aus dem Augenwinkel beobachtete ich, wie sie ihrer BFF einen Blick zuwarf. Wie die reagierte, wollte ich lieber gar nicht wissen. Da würde meine momentane Hochstimmung garantiert bis runter zum Erdkern rauschen. Schließlich war das derzeit größte Problem in meinem Leben nicht Mimimi-Miri, sondern eben ihre BFF Amelie. Und bezüglich der reichte es mir schon, dass unsere Trainerin, die Kampfnuss, es sich anscheinend in den Kopf gesetzt hatte, aus Amelie und mir eine Art Dreamteam zu machen, das bei künftigen Wettkämpfen gegen andere Schulen so unbesiegbar aufläuft wie Frodo und Sam oder Harry und Ron oder von mir aus auch wie Bibi und Tina.

Oh no, nun war es doch passiert. Schlechte-Laune-Alarm bei mir. Da fuhr ich gern mit miesen Vergleichen auf.

Die Kampfnuss teilte die Teams und unsere jeweiligen Positionen ein. Na, ganz, ganz toll ... Ich und Amelie auf den Positionen zwei und drei, also gemeinsam vorn am Netz. Dabei würde eine von uns dringend auch hinten fürs Baggern gebraucht werden. Was hatte die Kampfnuss sich dabei nur gedacht?

Als Kapitänin der Volleyball-Mannschaft war es durchaus meine Pflicht, diese Sache anzusprechen, fand ich. Dass ich außerdem so weit weg wie möglich von meiner Kontrahentin stehen wollte, musste ich ja nicht sagen.

»Frau Kampernuss, sollten Amelie und ich uns nicht lieber aufteilen? Ich könnte nach hinten auf die Fünf gehen –«

Die Kampfnuss hob den Zeigefinger.

»Ah, ah, ah, Sophia. Ich hab es doch bei der letzten Besprechung erklärt. Das Training heute legt den Grundstein für unseren Sieg gegen die Rosenheimer am Donnerstag. Du und Amelie müsst endlich anfangen *miteinander* zu spielen. Ihr müsst das gegenseitige Zuspielen am Netz trainieren. Wenn ich heute sehe, dass es mehr Sinn macht, euch weiter auseinanderzupositionieren, dann werden wir das machen. Klar?«

»Klar«, grummelte ich.

Die Kampfnuss zog eine Augenbraue hoch: »Klaaar?«, fragte sie noch einmal fordernd.

Erst als ich: »Klar, *Boss*«, murmelte, schien sie zufrieden. Ich zwang mich, nicht in Amelies Richtung zu schauen. Dennoch spürte ich ihren Blick auf mir. Und den Spott darin. So deutlich, dass es sich anfühlte, als würden ihre Augen zwei tiefe Löcher in meinen Rücken brennen. Wusste sie nicht, wie intensiv ich ihre Aufmerksamkeit wahrnahm? Erkannte sie an meinen angespannten Schultern nicht, dass ich gleich explodieren würde?

Aber nicht mit mir. Schluss. Aus. Genug. Der würde ich ordentlich Konter geben! Mit einer heftigen Bewegung drehte ich mich zu ihr um – und stellte fest, dass sie nicht mal annähernd in meine Richtung sah.

Als ich mich wieder abwandte, machte ich mich extra klein. Ähmm, jaa … jegliche Berufswahl, die etwas mit Intuition zu tun hatte, sollte ich wohl eher knicken.

Sobald die Kampfnuss das Trainingsmatch anpfiff, blendete ich alles andere in meinem Kopf aus. Darum brauchte ich meinen Sport so dringend. Ab dem Anpfiff gab es nur noch diesen festen Lederball für mich, dessen noch so flüchtige Berührung ich liebte. Selbst das *Geräusch*, das ein gut gebaggerter Volleyball von sich gab, erfüllte mich mit einer Art Genugtuung.

Zugegeben, das war sogar für die meisten meiner Teamkolleginnen schräg, daher hielt ich mich mit Schwärmereien in diese Richtung mittlerweile zurück. Ich brauchte es nicht unbedingt, dass man mir eine Affäre mit einem grün-rot gemusterten Lederball andichtete.

Das Zuspiel zwischen Amelie und mir klappte erstaunlich gut, dafür, dass wir uns so hassten. Sie spielte aber auch verdammt gut – was mich natürlich ärgerte. Auch wenn ich mir in den letzten Jahren immer jemanden gewünscht hatte, der diesen Sport so liebte wie ich und dementsprechend ehrgeizig trainieren wollte.

Aber ehrlich, wenn jemand ohnehin schon alles hatte, was man sich nur wünschen konnte – ein perfektes Gesicht mit makelloser Haut, blonde Engelslocken, die sich stets in optimaler Position befanden, dazu natürlich noch grandiose Noten –, musste dieser jemand sich dann auch noch ausgerechnet in *meiner* Sportart so sensationell hervortun?

Egal. Volle Konzentration aufs Spiel. Amelie nahm den Ball von drüben gekonnt an und pritschte ihn mir zu. Ich pritschte ihn an sie zurück – schließlich war es das, was wir laut Kampfnuss trainieren sollten, das Zupass-Spiel zwischen uns beiden.

Doch jetzt? Was machte Amelie da? Sie gab den Ball noch mal an mich zurück, dabei musste man spätestens beim dritten Ballkontakt in der eigenen Mannschaft übers Netz spielen.

Ich wusste nicht, was ich tun sollte. Wenn ich den Ball nicht annahm, würde er natürlich zu Boden fallen. Wenn ich ihn jedoch annahm, würden wir den Punkt ebenso verlieren – es sei denn, niemand hatte aufgepasst, wie oft Amelie und ich bereits Ballkontakt hatten. Ich riskierte also die zweite Variante und nahm den Ball an, um ihn ins andere Feld zu pritschen. In dem Moment checkte ich erst, dass Amelie den Ball zwar ungewöhnlich seitlich gelenkt hatte, aber womöglich doch weit genug Richtung Netz, um ihn auf die andere Seite zu bringen.

Der Witz an der Sache war, dass nicht etwa die Kampfnuss oder die gegnerische Mannschaft meinen verbotenen Ballkontakt rausposaunte, sondern Amelie. Die ja in meinem Team spielte!

»Was machst du da, Sophia?«, rief sie.

Die Kampfnuss pfiff ab.

»Was soll das heißen, was ich da mache?«, wehrte ich mich gegen Amelie. »Warum hast du mir den Ball zugespielt?«

»Hab ich nicht. Der wäre locker rübergegangen.«

»Locker? Mit verdammt viel Glück vielleicht. Aber höchstwahrscheinlich wäre er ins Netz gegangen. Wieso hast du den so krass seitlich gespielt?«

Amelie stemmte die Hände in die Hüften. »Vielleicht um den Gegner zu überrumpeln?«, fragte sie höhnisch. »Ich weiß schon, dir liegt nicht viel an Raffinesse, was typisch ist für Leute, die nur eine einzige Sportart betreiben. Aber ich komme ursprünglich vom Tennis. Du würdest dich wundern, wie viel man da über Taktik lernt.«

Ehrlich, ich wäre in dem Moment gern ein paar Jahre jünger gewesen, einfach nur, um ihr die Zunge rauszustrecken, ohne dabei albern zu erscheinen. Eine bessere Entgegnung fiel mir nämlich leider nicht ein, vor allem weil ich wusste, dass sie recht hatte. Trotzdem war ich mir sicher, dass sie den Ball absichtlich so grenzwertig in Richtung Netz gepritscht hatte, um mich in die Bredouille zu bringen.

Ein neuerlicher schriller Pfiff aus Kampfnuss-Richtung ließ Amelie und mich kurzzeitig verstummen. Dafür machte Miri schon wieder ihre Klappe auf. Jene Miri, die seit sechs Jahren in eine Klasse mit mir ging und dabei sicher nie meine beste Freundin, doch immerhin bis vor Kurzem annähernd erträglich gewesen war. Bis Amelie vor zweieinhalb Wochen in Mondsee aufgetaucht war. Miri hatte sich vom ersten Tag an sie geklettet. Und war wegen ihr lachhafterweise sogar dem Volleyballteam beigetreten. Nachdem sie sechs

Jahre lang nichts als Naserümpfen für uns schwitzende Sportlerinnen übriggehabt hatte. Oho, und die Regeln hatte sie scheinbar auch schon brav gepaukt.

»Frau Kampernuss«, rief sie eifrig vom gegnerischen Feld, »Sophia hat den Ball ein *viertes* Mal berührt!«

Uffza, wenn es jemals auf dieser schönen weiten Welt einen Tonfall gegeben hatte, den man als »verpfeifend« bezeichnen konnte, dann Miris, als sie versuchte, mich an die Kampfnuss auszuliefern.

Die Kampfnuss sah mich fragend an. Ich schwieg. Egal, was ich jetzt sagte, es würde doch nur nach Ausrede klingen.

Boah, war ich froh, als das Training vorbei war. Als die Kampfnuss das Spiel abpfiff, beschloss ich, aufs Duschen im Turngebäude zu verzichten, und machte mich stattdessen auf die Suche nach Kaja und Molly. Ich brauchte dringendst Freundinnenzuspruch.

Beide waren keine Mitglieder des Volleyballteams, was ihnen um einiges mehr Freizeit verschaffte als mir. Darum beneidete ich sie aber nicht wirklich, dafür war ich viel zu ballverrückt. Allerdings nur, wenn es um Volleyball ging. Beim Fußball konnte ich weder für Tore sorgen noch sie verhindern und beim Basketball stellte ich mich so dämlich an, dass ich mir schon zweimal den Ringfinger geprellt hatte. Etwas, das beim Volleyball kaum passieren konnte. Der Ball war angenehm, fast weich, und fühlte sich während des Spiels regelrecht an wie ein Teil von mir selbst.

Ich fand Molly und Kaja hinterm Hauptgebäude. Die Regenwolken von gestern hatten sich verzogen und meine Freundinnen lagen in Shirts und kurzen Hosen auf einer Picknickdecke, die sie im Gras ausgebreitet hatten, um die letzten Sonnenstrahlen an diesem Septembertag abzukriegen.

Trotz meiner Wut auf Amelie musste ich grinsen. Während Molly immer noch die tiefe Bräune besaß, die sie aus dem Sommerurlaub auf Ibiza mitgenommen hatte, sahen Kajas Arme und Beine aus, als wären sie mit schneeweißer Zuckerglasur überzogen. Molly sagte immer, Kaja wäre das perfekte Schneewittchen, wenn sie ihre langen schwarzen Haare bloß nicht ständig zu zwei Zöpfen geflochten hätte. Mir gefielen die Zöpfe. Ich fand, Kaja sah damit aus wie eine Indianerin. Na ja, wie eine Indianerin mit dem Teint des Weißen Hais.

Ich ließ mich neben Kaja auf einen freien Zipfel der Decke sinken. »Uff, uff, uff.«

Molly setzte sich auf. »Klingt ja nicht so toll. Stress mit Fräulein Diva?«

Ich zog eine Grimasse. »Und wie. Sie hat mich vorm ganzen Team lächerlich gemacht.«

Kaja blinzelte in die Sonne. »Was war denn los?«

Ich erzählte ihnen, dass ich wie eine Vollidiotin dagestanden hatte, die die simpelsten Regeln nicht beherrschte.

»Hat die Kampfnuss nicht gesehen, dass Amelie den Ball absichtlich zu dir gespielt hat?«

Ich zuckte mit den Schultern. »Weiß auch nicht, wo die ihre Augen hatte. Den Rest der Mannschaft kann man sowieso vergessen. Anscheinend hat echt niemand aufgepasst, aber im Nachhinein beschweren sie sich dann. Grrr.«

»Howgh«, machte Molly und hob ihre Hand wie ein Kind, das Indianer spielt, »unsere gestrenge Sophia hat gesprochen.«

Ich warf ihr einen Blick zu, der alles aussagte, aber auch wirklich *alles*. Ähm, ja, zumindest in meiner Fantasie. Molly grinste unbekümmert.

Kaja tätschelte mir die Schulter. »Komm. Leg dich hin, entspann dich.« Sie rutschte näher an Molly heran, sodass ich mich ebenfalls auf der Decke ausstrecken konnte. Ich legte mich auf den Bauch, bohrte mein Gesicht in die Decke und hätte die Welt um mich herum am liebsten für ein paar Stunden ausgeknipst.

»Warum gibt's eigentlich keinen Schalter, mit dem man die Welt ausschalten kann?«, brummte ich, vermutlich ziemlich unverständlich.

Kaja hatte mich trotzdem verstanden. »Das wäre doch schrecklich«, sagte sie. »Einmal knipsen und alles um dich herum ist schwarz und stumm?«

»Aber ich hab ja den Schalter, kann die Welt also jederzeit wieder anstellen«, erklärte ich.

»Irrtum«, korrigierte mich Molly, »in der unendlichen stummen Finsternis hast du null Chancen, deinen Anknips-Schalter wiederzufinden.«

Wir lachten und Molly angelte sich sofort ihr kleines Notizbuch mit Bleistift aus der Gesäßtasche ihrer Shorts. Sie klappte es auf und fing an zu schreiben. Dabei las sie laut vor: *»Die fünf wichtigsten Gründe, ab und zu mal die Welt auszuschalten.«*

Kaja und ich stöhnten gleichzeitig auf und fingen wieder zu lachen an.

Molly und ihre Listen. Ständig stellte sie irgendwelche auf. Pro-und-kontra-Listen, Brainstorm-Listen und natürlich ihr Lieblingsspleen: Die fünf wichtigsten Dinge oder Gründe-Listen.

»Ich weiß schon den wichtigsten«, verkündete sie. »Wenn frau einen Pickel hat«, fuhr sie unglücklich fort, während sie sich mit den Fingerspitzen über ein paar kaum sichtbare Minipünktchen am Haaransatz strich.

Innerhalb von fünf Minuten hatten wir unsere Liste fertig. Der Pickel hatte es dann doch nicht auf den ersten Platz geschafft, dafür tauchte er in gleich zwei Szenarien auf.

Die fünf wichtigsten Gründe, ab und zu mal die Welt auszuschalten:

5. *Der Anblick der neuen Chemielehrerin, wenn ihr beim Keifen in der Klasse die Zahnprothese verrutscht und sie sie mit der Zunge wieder zurechtschiebt.*
4. *Wenn du vor dem wichtigsten Termin deines bisherigen Lebens stehst (Date mit einem Traum-*

jungen?) und ausgerechnet an dem Tag einen Pickel auf deiner Stirn hast, der in Farbe und Größe dem Red-Nosed Reindeer und dem letzten Einhorn Respekt abringt.

3. *Wenn einer deiner Elternteile plötzlich zu heulen beginnt. In deiner Anwesenheit – und am besten noch in Anwesenheit von ganz vielen anderen Leuten. (Stichwort Kajas Vater, als sie mit acht Jahren den Kiddy-Gesangswettbewerb von Klein-Pischelsdorf gewonnen und ihr Vater auf der Bühne ins Mikrofon geschluchzt hat, wie stolz er auf seine »kleine Mini-Maus« sei, von der er immer schon wusste, »dass sie das Zeug dazu hat, eine zweite Madonna zu werden.« Madonna?! Gruuuuuselig.)*
2. *Wenn du gemeinsam mit Denise vorm Waschbecken stehst, ganz nah am Spiegel, um deine Mitesser zu inspizieren, und da plötzlich vor dir ein weißer Batzen klebt, herauskatapultiert aus einem von Denise' Pickeln. Denn niemand beherrscht das Pickelausdrücken so gut wie Denise.*
1. *AMELIE! (no more explanations necessary)*

Meine Freundinnen waren die solidarischsten Menschen, die ich kannte. Als mein Vater mir im Sommer eröffnet hatte, dass wir mit seiner Freundin Rita und deren Tochter Amelie zusammenziehen würden, hatte selbst Kaja nur wenig Zeit damit vergeudet, mich überzeugen zu wollen, dass alles gar nicht so schlimm sei. Nach meinen Berichten über die paar qualvollen Zusammentreffen mit Oberzicke Amelie musste sogar die sonst immer friedliche und nach einer Lösung suchende Kaja einsehen, dass diese Sache in einer anderen Größenordnung spielte. Hier half kein »Gib ihr noch mal eine Chance« oder »Oft sind die Menschen ganz anders, als sie im ersten Moment wirken«. Fehlanzeige.

Ja, und seit Papa und Rita auf die glorreiche Idee gekommen waren, dass Amelie nach Mondsee auf *mein* Internat gehen sollte, einerseits weil für Sportskanone Amelie dort einiges geboten wurde, aber vor allem, weil sich die beiden zukünftigen Stiefschwestern so besser kennenlernen würden, konnten Kaja und Molly sich selbst tagtäglich von Amelies – nicht vorhandenen – menschlichen Qualitäten überzeugen.

»Na, Sophia? Was war denn los mit dir heute? Solche Patzer von der Mannschaftskapitänin? Tssss.«

Ich hob den Kopf. Miri. Eingehängt in Amelies Arm. Die beiden schlenderten an uns vorbei und Amelie würdigte weder uns noch den lahmen Spruch Miris mit einer Reaktion. Das musste man sich mal vorstellen. Die war nicht nur zu cool für diese Welt, sondern sogar zu cool, um auf ihre eigene Freundin zu reagieren.

Mollys Coolness hingegen war vielleicht nicht gleich auf den ersten Blick ersichtlich. »Halt doch die Klappe!«, brüllte sie Miri nach.

»Ruhig«, mahnte Kaja.

Molly schnaubte. »Ich will aber nicht immer ruhig sein.« Amelie hatte zwar die Klette Miri an ihrer Seite, aber ich hatte einen Bullterrier, der mit seiner 1,58-m-Körpergröße etwas klein, aber eben auch ziemlich bissig war. Zumindest eine Sache, bei der ich es besser getroffen hatte als Amelie.

»Darum geht's gar nicht«, sagte Kaja, »aber die zwei freuen sich doch nur, wenn wir auf deren Affenzirkus reagieren. Und das wollen wir denen nicht gönnen, oder?«

Molly schmollte immer noch. »Ich kann aber nicht anders. Keine Ahnung, wie ihr es schafft, euch das stillschweigend anzuhören.«

»Hmpf«, presste ich hervor. Meine Hände schmerzten. Langsam öffnete ich die Fäuste und sah die Nagelabdrücke in meinen Handinnenflächen. *Das geht so nicht weiter*, entschied ich. Irgendetwas musste ich tun. Nur was?

»Was soll ich nur machen?«, fragte ich laut.

Kaja sah mich hilflos an.

Molly zückte wieder ihren Notizblock. »Brainstormen ist angesagt. Wir brauchen einen Plan. Und zwar einen guten.«

Sie schrieb: *Rachepläne gegen Amelie.*

Doch schon bei Punkt vier stellten wir fest, dass es sich dabei nur um Kinderkram handelte, noch dazu um völlig undurchführbaren, wenn wir keinen Rausschmiss aus dem Internat riskieren wollten.

Ernüchtert sagte ich: »Das Einzige, was nützen würde, wäre, die Beziehung zwischen meinem Vater und Amelies Mutter zu sabotieren. Aber das kann ich ihm nicht antun. Er war fast sechs Jahre lang Single, bis er letztes Jahr mit ihr zusammengekommen ist. Na ja, bis auf diese komischen kurzen Geschichten mit dieser Beate und der anderen … weiß gar nicht mehr, wie die hieß. Als er mir Rita vorgestellt hat, hab ich gleich gemerkt, dass es diesmal was ganz anderes ist, dass es ihn total erwischt hat.«

»Sie scheint ja auch ganz in Ordnung zu sein, oder?«, fragte Kaja.

»Ja … geht so. Ich glaub, keiner ist heiß darauf, eine Stiefmutter vorgesetzt zu bekommen. Aber was soll's. Ich bin sechzehn und ich bin im Internat. Ich muss ja nicht bei ihr aufwachsen. Und ja, meinem Vater scheint sie gutzutun. Mir persönlich wäre sie zu aufgedreht, aber ich muss ja nicht mein ganzes Leben mit ihr verbringen.«

Molly kaute auf ihrer Unterlippe. Nachdenklich sagte sie: »Aufgedreht passt gar nicht zu Amelie. Die ist ja so was von unterkühlt.« Sie verzog das Gesicht.

»Alles Fassade, wenn ihr mich fragt«, erklärte Kaja. »Die leidet sicher auch unter der neuen Situation.«

»Ich hab's echt versucht. Ich war nett zu ihr, das könnt ihr mir glauben.«

»Ich meine ja gar nicht dich damit«, versuchte Kaja, mich zu beruhigen. »Die Trennung von ihrem Vater ist noch nicht so lange her. Zwei Jahre, hast du gesagt, oder? Und der hat sie ja regelrecht im Stich gelassen, als er mit einer neuen Frau nach Spanien abgehauen ist, um einen auf Künstler zu machen. Das nagt sicher an Amelie. Und dann schiebt ihre Mutter sie auch noch wegen eines neuen Mannes ins Internat ab. Wisst ihr, was ich meine?«

»Ich weiß, dass es für sie noch beschissener ist als für mich …«

»Das sag ich doch gar nicht.«

»Doch, es stimmt ja. Darum hab ich mich auch wirklich bemüht, ihr gegenüber offen zu sein, aber ihr wisst ja, wie sie mir von Anfang an gekommen ist. Und ehrlich, ich hab nicht das Gefühl, dass sie so unglücklich war, ins Internat zu gehen. Sie darf dreimal die Woche Volleyball trainieren und muss nicht hautnah miterleben, wie ihre Mutter und mein Vater ein kuscheliges neues Zuhause für die glückliche Patchworkfamilie suchen.« Die letzten Worte hätte ich gar nicht sarkastischer rauslassen können. Amelie war nicht die Einzige, die unter der Situation litt.

Ich stand auf. »Kommt ihr mit rein? Ich muss mich endlich aus dem klebrigen Zeug schälen.«

Zweites Kapitel

Auf dem Zimmer versuchte ich, einen möglichst unauffälligen Blick auf mein Handy zu werfen, aber Mollys Adleraugen entging nichts. »Und? Gibt's 'ne neue Liebesbotschaft?«

Eigentlich sollte ich diese Kommentare nach zwei Wochen längst gewöhnt sein, trotzdem stieg mir jedes Mal die Hitze ins Gesicht, wenn Kaja oder Molly mich auf Mars ansprachen.

»Ich weiß nicht, warte mal ... ähm, nein, nichts Neues. Aber vor dem Training haben wir uns kurz geschrieben.«

»Oooohhhh«, machten beide gleichzeitig.

Mars und ich hatten uns durch reinen Zufall im Netz kennengelernt. Es war der dritte Tag nach den Ferien gewesen. Der dritte Tag mit Amelie in Mondsee. An dem mir endgültig klar wurde, dass sich durch sie mein Leben hier im Internat um hundert Prozent verschlechterte. Nein, um tausend Prozent. Mindestens.

Als sich dann nach dem ersten Volleyballtraining auch noch abzeichnete, dass Amelie dermaßen gut auf dem Feld war, dass sie mir womöglich meine Position im Team streitig machen könnte, war ich komplett mit den Nerven durch. Und zwar so sehr, dass ich, als ich allein im Zimmer war, mein Smartphone herausholte und mich im Internet nach anderen Sportinternaten umsah, die vielleicht sogar einen Schwerpunkt beim Volleyball hatten. Natürlich konnte ich mir nicht vorstellen, wirklich zu wechseln, wegzugehen von Molly und Kaja, von meinem gewohnten Training bei der Kampfnuss, aber ein bisschen nachforschen durfte man ja. Nur für alle Fälle. Bei meiner Recherche war ich auf ein paar witzige Internatsseiten gestoßen (unsere eigene war ja grottenschlecht und nie up to date). Sie hatten zwar allesamt nichts mit Volleyball zu tun, waren aber ganz lustig zum Durchklicken. Und schlussendlich befand ich mich plötzlich auf einem Blog namens *Hell on Earth.*

Er gehörte einem Typ, der sich selbst Mars_01 nannte und seine Seite vor drei Jahren gestartet hatte. Viele Leser hatte er offensichtlich nicht, zumindest wenn es nach der Anzahl der Kommentare zu seinen Beiträgen ging. Dabei fand ich seine Texte sofort unterhaltsam. Sein unterster beziehungsweise erster Eintrag, vor drei Jahren, widmete sich dem Thema Essen im Internat und trug den Titel *Grenadiermarsch.*

> Bis ich einmal selbst Vater bin, habe ich ganz offensichtlich noch viel über die seltsame Logik von Eltern zu lernen.
> Da hört man seine ganze Kindheit und bisherige Jugend lang, dass man »gefälligst mehr von Mamas mit Liebe gekochtem Essen« in sich reinschaufeln

soll, nur um dann mit vierzehn in eine Institution gesteckt zu werden, in der man tagtäglich Pampe vorgesetzt bekommt, die man einfach nicht essen kann. Hat einer von euch schon mal was von »Grenadiermarsch« gehört?
Besteht vorwiegend aus alten Essensresten, in erster Linie Kartoffeln und Nudeln vom Vor- und Vorvortag, die man mit ein paar Wurstresten zusammenmatscht.
Man kann den Speiseplan also wie folgt zusammenfassen:
Montag: Nudeln
Dienstag: Kartoffeln
Mittwoch: Grenadiermarsch
Donnerstag: Nudeln
Freitag: Kartoffeln
Samstag: Grenadiermarsch
Sonntag: Nudeln
Montag: Kartoffeln
Dienstag: Grenadiermarsch
Noch Fragen?
Besonders beunruhigend war es allerdings heute Mittag.
Es gab Grenadiermarsch, obwohl es die Tage zuvor, aufgrund eines Defekts in der Küche nur Wurstbrote gegeben hatte.
Aber das Praktische am Grenadiermarsch ist wohl, dass die Zutaten gar nicht alt genug sein können.
Heute hat er nämlich mal richtig gut geschmeckt.
Sollte ich mir also Gedanken darüber machen, dass

die letzten Nudel- und Kartoffelmahlzeiten drei bzw. vier Tage her waren?
Nöööö. Nur die Harten kommen durch im Leben. Zum Glück scheine ich einen Saumagen zu besitzen.

Ich weiß noch, dass ich beim Lesen lächeln musste. Zwar hatten wir bei uns keine Speise dieser Art, doch das Internatsessen konnte auch hier teilweise eine ganz schöne Herausforderung sein. Ich goss mir ein Glas Limo ein und scrollte weiter durch den Blog. Als Nächstes stach mir einer der neuesten Einträge ins Auge, mit dem Titel *Der Club der toten Dichter.* Ich liebe den Film und klickte den Artikel daher an.

Wer der Meinung ist, im echten Internatsleben gibt es keinen Lehrer à la John Keating, der hat – aufgepasst – leider recht.
Ich meine, ein Lehrer, der sich derart mutig gegen das verkrustete System auflehnt, der seinen Hals riskiert, um seinen Schülern nicht nur durch neue Unterrichtsmethoden Literatur und Poesie beizubringen, sondern ihnen durch seinen Enthusiasmus und Einsatz zu einem Selbstbewusstsein verhelfen will (ja verhilft!), das ihnen völlig neue Möglichkeiten in ihrem Leben verschafft ... tja, den gibt's anscheinend wirklich nur im Kino. Und ihr wisst ja, dass ich in genauso einem Internat hocke, wie es jene Welton Academy im Film ist.
Tradition, Ehre, Disziplin, Leistung. Jawoll, das sind

die Eckpfeiler in so einem richtig schön konservativen Internat, wie es meine Eltern für mich ausgesucht haben.
Halleluja und vielen Dank.

Den Eintrag hatten drei Leser kommentiert:

Bermudatriangle: Jau hey, hört sich echt scheiße an, Mann. Das mit der Disziplin und so. Keep cool :-/

Anonym: Du solltest deinen Eltern ein bisschen dankbarer sein. Das Internat, in das sie dich geschickt haben, kostet wahrscheinlich ein Vermögen. Und du beschwerst dich hier nur, anstatt die Chance zu nutzen, die du bekommen hast. Unser Land verkommt ohnehin zum reinsten Babylon. (Sagt dir der Begriff Babylon etwas? Wenn nicht, solltest du deine teure Erziehung mal etwas nutzen und aufpassen im Unterricht.) Disziplin und Ehre wurden hierzulande ja leider schon lange abgeschafft. Unsere guten alten Traditionen sind jetzt gerade dabei, für immer zu verschwinden. Und Leistung? Ich sage nur: Hartz IV. Alles Hartz-IV-Schmarotzer in diesem Land.
Und dann kommt so ein Büblein wie du daher und meckert über eine Ausbildung, die ihm alle Chancen ermöglichen kann. Schäm dich!

Peanut4000: Du klingst irgendwie voll lustig und süß. Wie alt bist du? Bock zu schreiben?

Auf Kommentar eins und drei hatte Mars_01 nicht geantwortet, zumindest nicht öffentlich, allerdings auf Kommentar zwei. Und zwar mit einer kurzen Frage:

> Paps, bist du das?

Als ich das las, musste ich losprusten, dass mir die Limo aus der Nase schoss.

Wie schade, dass der anonyme Leser nicht mehr darauf geantwortet hatte. Ich konnte mir die tiefe Empörung der Verfasserin oder des Verfassers über diesen Affront (auch dem armen Paps gegenüber) regelrecht vorstellen.

Ich dachte, na gut, wenn schon Anonym nicht antwortete, dann würde zumindest ich Mars_01 zeigen, dass ich den Witz verstanden hatte. Ich gab, wie verlangt, meine E-Mail-Adresse an und wählte den ersten Teil davon auch gleich als Name: *Volleyqueen.*

Dann schrieb ich:

> Mein Beileid, dass Paps wohl deinen Blog entdeckt hat. xD
> Übrigens finde ich den Film auch total gut. Gehe auch ins Internat, scheine aber mehr Glück zu haben als du. Bei uns geht's recht locker zu ... obwohl wir hier auch nur aus einem Teil der Bevölkerung bestehen; allerdings dem weiblichen.

Als ich meine Zeilen abgeschickt hatte, kamen sie mir

weit weniger witzig vor als beabsichtigt. Doch eigentlich war mir das in dem Moment egal, ich war froh, an diesem frustrierenden Tag noch was zu lachen gehabt zu haben. Die Nasenschmerzen von der rausgeschossenen Limo nahm ich dafür auch gern in Kauf.

Danach las ich mich durch weitere Blogeinträge von Mars_01 und stellte fest, dass sein Internatsleben ja echt kein Zuckerschlecken war. Die Jungs dort mussten im Unterricht sogar einen Anzug tragen. Urgs.

Ich hatte null damit gerechnet, was als Nächstes geschah. Als das Fenster auf dem Display aufpoppte und mir eine neue Mail verkündete, war das natürlich noch nicht besonders aufregend. Doch von wem diese Mail kam …

Es stand nur ein Satz darin: In welches Internat gehst du?

Es dauerte, bis ich begriff, dass Mars_01 als Blogbetreiber, anders als die Leser – natürlich meine E-Mail-Adresse sehen konnte.

Warum hatte er mir aber privat geschrieben und nicht einfach in der Kommentarbox geantwortet? Wobei, das wäre eigentlich doof gewesen. Genau so, wie er in seinem Blog nicht verriet, in welches Internat er ging, hätte ich es wohl auch nicht öffentlich rausposaunt.

Ich schrieb zurück:

✉@ Mondsee/Bayern

Sobald meine Mail abgeschickt war, tippte ich ungeduldig auf den Empfangen-Button. Ich brauchte so dringend weitere Ablenkung. Nach ein paar Minuten erhielt ich meine Antwort.

Hey Volleyqueen,
das ist gar nicht so weit von hier. Mich hat es vor drei Jahren nach Altenburg verschlagen. Wenn du Lust auf einen Kulturschock hast, dann google das mal. ^^
PS: Wie alt bist du?

Er hatte recht. Das Bild auf der Startseite der Homepage zeigte ein eindrucksvolles düsteres Gemäuer, vor dessen Tor eine Gruppe gestriegelter Jugendlicher – circa zwölf oder dreizehn Jahre alt – stand, alle in denselben grauen Hosen und Anzugsjacken, alle mit blütenweißem Hemd.

Ich schickte eine neue Mail an Mars_01.

Ihr tragt ja gar keine Krawatten.
Bin enttäuscht. ☹
PS: Sechzehn – und du?

Seine Antwort:
Wenn der Fotograf kommt, müssen wir immer einen auf locker machen. Ätzend, ich weiß.
PS: Same. ☺

An dem Punkt merkte ich, dass ich ihn wirklich witzig fand. Ich klickte mich rasch durch die Homepage von Altenburg und stellte fest, dass sie ähnlich vernachlässigt wie unsere eigene war, was Fotos und aktuelle Aktivitäten betraf.

Anschließend schrieb ich ihm:

✉@ Und wer von den Wonneproppen auf der Startseite bist nun du?

Prompt kam die Antwort:

✉@ Oje. Da muss ich dich jetzt enttäuschen. Die knuffigen Kleinen gehen zwar bei uns in die Schule, sind allerdings Externe. Das Internat selbst ist derzeit nur für große Jungs – so wie mich. ^^

Tja, und so ging es los mit Mars und mir. Seitdem war kein Tag vergangen, an dem wir uns nicht mehrmals geschrieben hatten, und ich wollte seine Nachrichten auch nicht mehr missen.

Kaja, die Molly und mir auf unser Zimmer gefolgt war, musste grinsen, als sie mein dämlich glückliches Gesicht sah. Sie warf sich auf mein Bett und machte es sich bequem. Unser Zimmer war ihr weitaus lieber als ihr eigenes. Sie hatte nämlich leider das Pech, sich das Zimmer mit einer emotionalen Zeitbombe teilen zu müssen. So hartgesotten Denise beim Pickelausquetschen war, reichte ihr sonst schon der sprichwörtliche abgebrochene Fingernagel, um in ein Meer von Tränen auszubrechen.

Ich selbst hatte zwar ebenfalls meine kleine Dramaqueen im Zimmer, aber Molly war gleichzeitig so ein liebenswürdiges, witziges Wesen, dass ich mich vom ersten Tag im Internat an glücklich geschätzt hatte, sie zu haben.

Im Gegensatz zu Kaja, die erst in der Oberstufe zu uns stieß, waren Molly und ich gleich nach der Grundschule nach Mondsee gekommen. Damals kannten wir uns noch nicht und es war reiner Zufall gewesen, dass wir in einem gemeinsamen Zimmer landeten.

Für mich war der Anfang hart. Ein Jahr zuvor hatte ich meine Mutter an diese teuflische Krankheit namens Krebs verloren. Mein Vater hatte alles versucht, um mich danach alleine großzuziehen, doch leider hatte er den vollkommen falschen Beruf dafür. Er war Naturfilmer und musste regelmäßig in die exotischsten Gebiete der Welt jetten – keine guten Voraussetzungen also für eine zuverlässige Kinderbetreuung.

Als er mir das erste Mal mit der Idee Internat kam, versuchte ich natürlich alles, um ihm klarzumachen, dass ich wunderbar alleine zurechtkäme. Es gab schließlich genügend Kinder, die sich zeitweise um sich selbst kümmern mussten. Doch irgendwann sah ich selbst ein, dass es nun mal ein Unterschied war, ob eine Zehnjährige die Nachmittage nach der Schule allein zu Hause verbrachte oder ob sie womöglich ganze zehn Tage und Nächte am Stück allein in der Wohnung war.

»Nur für die ersten Jahre«, hatte er mich getröstet. »Sobald du in einem Alter bist, wo ich es verantworten kann … oder sobald ich doch einen anderen Job finde, der uns ein ähnliches Einkommen sichert …«

Letztendlich kam alles anders als gedacht. Molly und dem Volleyball sei Dank, beschloss ich bereits in meinem ersten Jahr in Mondsee, dass das Internatsleben gar kein schlechtes war und ich es doch nicht so eilig hatte, den Ort wieder zu verlassen.

»Versprich mir nur, dass du nicht einsam bist«, hatte ich meinen Vater schwören lassen, als ich ihm meinen endgültigen Entschluss, bis zum Abi in Mondsee zu bleiben, mitteilte. Auch wenn wir beide wussten, dass man so was eigentlich nicht versprechen konnte.

Ich ließ mich neben Kaja auf mein Bett fallen. Verdammt, fehlte noch, dass ich jetzt anfing zu heulen.

Zum Glück lenkte mich Kaja sofort ab. »Irgendwie hat sie die Luft hier verpestet«, sagte sie, wobei Molly und mir natürlich sofort klar war, wen Kaja meinte.

»Du sprichst mir aus der Seele«, war Mollys leicht pathetische Antwort, die ich ungewollt durch ein tiefes Seufzen, das mir aus der Lunge flatterte, unterstrich. Molly warf sich auf ihr Bett, das meinem gegenüber stand. Circa eineinhalb Meter Entfernung lagen dazwischen, in der Nacht nicht gerade viel, wenn die Zimmerpartnerin regelmäßig in einer Lautstärke von über sechzig Dezibel schnarchte.

»Ich halte sie in der Klasse ja schon kaum aus«, fuhr sie nun fort. »Kann mir echt nicht vorstellen, wie du den ganzen Rest mit ihr erträgst.« Sie schüttelte den Kopf. »Total verrückte Situation, das mit deinem Dad und Amelies Mutter. Ich versteh ja, dass du für deinen Vater das Beste willst, aber ganz ehrlich, ich bewundere dich für deine Großmütigkeit in der Hinsicht. Ich hätte schon längst dafür gesorgt, dass Amelie samt Mutter aus meinem Leben verschwindet.«

Ich hatte das Gefühl, mich schon wieder erklären zu müssen. »So einfach ist das eben nicht. Es geht ja nicht nur um mich. Mein Vater hat auch genug gelitten und war oft allein in den letzten Jahren.«

Ich sah, dass Kaja nachdenklich nickte.

Molly zuckte mit den Schultern. »Ich weiß schon. Ihr beide seid eben weitaus bessere Menschen als ich.« Sie seufzte theatralisch und gefiel sich offensichtlich ganz gut in der Rolle der Narzisstin.

Ich warf ein Kissen nach ihr. »So ein Quatsch! In Wahrheit hast du das größte Herz von uns allen. Und das weißt du auch.«

Sie fing das Kissen und versteckte ihr Gesicht darunter. »Hör auf, mit Komplimenten um dich zu schmeißen, erzähl mal lieber, was es Neues von Mars gibt.«

»Gute Idee«, fand Kaja.

Ich beschloss, unseren kurzen Austausch von wegen *Seelenverwandt* noch für mich zu behalten, und zeigte ihnen stattdessen seinen neuesten Blogeintrag:

Tick ich eigentlich richtig, wenn ich nichts für Ed Sheeran oder Taylor Swift übrighabe? Ganz ehrlich, hätte ich mehr Leser, würde ich mich vermutlich kaum trauen, einen Beitrag zum Thema Musik zu verfassen. Doch mit durchschnittlich 36 Klicks die Woche hab ich wohl nicht zu befürchten, dass ein Mega-Shitstorm auf mich niedergehen wird. Oder? Beweist mir gerne das Gegenteil! Bei zwei Milliarden Klicks, wie sie Sheeran, Bieber und Co auf YouTube erhalten, könnte ich schon den einen oder anderen Shitstorm ertragen.
Doch viel wahrscheinlicher ist, dass ich so enden werde wie die meisten Idealisten. Ungehört und »ungeklicked«. Mad World. Apropos *Mad World*. Kennt ihr den Song? Damit wären wir nämlich bei meiner Art von Musik angekommen. Yeah, ich steh auf Twenty One Pilots. Eine gute Nachricht hab ich allerdings auch. Es gibt zumindest ein Ed-Sheeran-Video, das ich mag: *Thinking out loud*. Nette Tänzerin.
Oh, und bevor ihr mich für den totalen Freak haltet: Nein, ich brauch kein *Last Christmas*. Bei *Last Christmas* hau ich mich regelmäßig zum Fenster raus – und das nicht auf der Suche nach dem Weihnachtsmann.
Eigentlich möchte ich aber offen sein für alles. Und deshalb würde es mich mega freuen, wenn ihr mir eure Lieblingssongs in die Kommentare schreibt. Überzeugt mich auch gern von Ed und Taylor.

Kaja sah mich mitleidig an. »Oh, Sophia. Er mag *Last Christmas* nicht!«, rief sie.

»Ich weiß«, seufzte ich und fügte hinzu: »Das war der erste Moment, in dem ich einen Kontaktabbruch in Erwägung gezogen habe.«

»Aber er mag *Thinking out loud*. Den Song liebst du doch, Sophia.«.

Ich sah sie an und sagte trocken: »Er mag die Tänzerin im Video.«

»Gut, welcher Junge mag die nicht«, meinte Molly.

»Ich hätte nicht Volleyball, sondern eine geile Tanzausbildung machen sollen«, stellte ich fest.

Molly gab mir einen Schubs. »Antworte ihm doch. Gleich hier auf seinem Blog. Er will doch Meinungen hören.«

Ich überlegte kurz.

»Na?«, forderte mich Molly noch einmal auf.

»Okay, okay.«

Ich schrieb:

Lieber Mars,
bin derselben Meinung wie du. Die Tänzerin in dem Video von Ed Sheeran ist richtig heiß. Ach so, nein, »nett« natürlich. Als musikliebender Mensch, als der du dich hier präsentierst, fordere ich dich allerdings dazu auf, dir die dazugehörige Gesangsnummer noch einmal anzuhören, die birgt nämlich mindestens so viel Qualitäten wie die überaus, ähm, biegsame Tänzerin in dem Video. Tu's mir zuliebe …

Dafür werde ich darüber nachdenken, ob es mir ausreicht, im Advent *Last Christmas* Dutzende Male im Einkaufszentrum zu hören und ich es mir nicht mehr extra auf Spotify geben muss.
Deal?
PS: Ich mag deine Blogeinträge. Bitte mehr davon.

»Ohh. Der PS-Eintrag ist lieb von dir«, sagte Kaja.

»Irgendjemand muss ja endlich mal sagen, dass er das gut macht«, erwiderte ich.

Auch wenn Mars natürlich an meiner E-Mail-Adresse sofort erkennen würde, dass die Antwort von mir stammte. Aber das sollte er ja auch. Und sosehr ich ihm auch viel mehr Resonanz auf seinen Blog gönnen würde, so wachte ich doch täglich fast schon eifersüchtig darüber, ob ihm dort irgendwelche anderen Mädchen schrieben.

Seine Antwort kam nicht auf dem Blog, sondern per E-Mail. Kaja und Molly guckten mir über die Schulter.

✉@ Soso. Dann werde ich mir heute Abend besagten Song doch tatsächlich noch mal reinziehen. Diesmal ohne Video. Und ob du es glaubst oder nicht, viel mehr als diese Tänzerin interessiert mich ein anderes Mädchen. Sie ist witzig und sehr süß und schafft es noch dazu, dass ich von Tag zu Tag öfter an sie denke.
Guess who it is ...
Und wegen diverser Weihnachtssongs – bis da-

hin dauert es ja noch eine Weile, aber es gibt da eine ganz bestimmte Person, für die ich es sogar auf mich nehmen würde, die lästigsten aller Weihnachtsschnulzen zumindest ein Mal anzuhören. Wenn sie dabei an meiner Seite ist …?

»Oh!«, rief Molly.

Selbst Kaja schien aufgeregt. »Schreib ihm was Nettes zurück«, sagte sie hastig.

Ich wurde ganz fahrig. »Macht mich nicht so nervös! Bin ja schon dabei.«

✉@ Ja, vielleicht solltest du Weihnachten einfach mit der richtigen Person verbringen …, antwortete ich, nachdem sich Molly und Kaja wieder eingekriegt hatten.

Die Antwort ließ nicht lange auf sich warten.

✉@ Da könntest du allerdings verdammt recht haben! Ich hab ja gerade schon überlegt, ob ich mich mit George Michael anfreunden könnte, wenn du und ich zu *Careless Whisper* tanzen würden … Aber dein Vorschlag, Weihnachten gemeinsam zu verbringen, hat auch einiges für sich. ☺

Ich grinste. »Idiot«, sagte ich – aber liebevoll und wohl auch ziemlich schwärmerisch. »Es war doch sein Vorschlag, mich an Weihnachten sehen zu wollen.«

✉@ Hmm, Christkindlein soll also zum Weihnachtsmann kommen?, tippte ich und drückte auf Senden.

Molly rief: »Neiiiin, das kannst du doch nicht schreiben!«

»Ist das so schlecht?«, fragte ich.

»Nein, ist es nicht «, widersprach Kaja.

Bevor Molly etwas erwidern konnte, meldete sich mein Handy.

✉@ Das wäre doch mal ein überaus spannendes Zusammentreffen, oder? Traumfrau trifft ... hmmm, Prinz? Nein, das passt nicht ganz. Traumfrau trifft Typen, der es kaum erwarten kann, seiner Traumfrau endlich gegenüberzustehen? Und der bereit ist, sich für dieses Mädchen in einen Prinzen zu verwandeln?

»Jesus!«, rief Molly – wie immer auf Englisch, also Tschiiiesas. »Du musst ihn unbedingt treffen. Un-bedingt!«

Mir entfuhr ein gänzlich unkontrolliertes Seufzen. »Das würde ich echt gern.«

»Ich wüsste so gern, wie er aussieht«, fuhr Molly fort.

Kaja fragte: »Wie stellst du ihn dir eigentlich vor, Sophia? Also optisch.«

Ich schüttelte fast verzweifelt den Kopf. »Ich weiß es nicht. Das ist von Tag zu Tag unterschiedlich.«

»Warum fragst du ihn nicht einfach?«, wollte Molly wissen.

Ich ächzte leicht auf. »Weil ich ihm dann im Gegenzug auch beschreiben müsste, wie ich aussehe, und ich hab verdammt Angst, dass er sich jemand völlig anderen vorstellt. Blond, vollbusig, was weiß ich … Wenn, hätte ich das gleich am Anfang machen müssen. Jetzt ist es irgendwie zu spät dazu und …«

Kaja unterbrach mich: »Blödsinn, er ist kein oberflächlicher Typ. Das merkt man doch daran, was er so schreibt, und vor allem, wie er sich dir gegenüber verhält. Außerdem geht es ihm wahrscheinlich genauso wie dir. Bestimmt malt er sich auch jeden Tag etwas anderes aus.«

Ich sah sie zweifelnd an. »Das mag ja sein, aber vom Aussehenbeschreiben bis hin zum Fotoschicken ist es kein langer Weg mehr. Und davor hab ich einfach Schiss.«

»Als ob du das haben müsstest. Du bist doch hübsch!«

»Ja genau«, erwiderte ich trocken.

»Ja genau«, wiederholte Kaja fest. »Und jetzt rede dir bloß nichts anderes ein.«

Als ob das so einfach wäre.

Irgendwie hatte mich der Konflikt heute im Training ziemlich erschöpft. Um neun Uhr abends beschloss ich, mich mit dem dritten Band der *Hunger Games* ins Bett zu legen und so schnell wie möglich einzuschlafen. Fast freute ich mich schon auf das Gefühl, wenn mir beim Lesen, Schrägstrich Einschlafen, das schwere Buch aufs Kinn knallen würde und ich wüsste, okay, Zeit zum Lichtausmachen.

Doch dann lag ich viel länger wach als geplant. Es war bereits Mitternacht und Molly lag auch noch immer mit einem Buch in ihrem Bett, als mein Handy piepste.

Eine Nachricht von Mars:

✉@ Der Moment, wo du hoffst, dass SIE ganz plötzlich was Wichtiges vorhatte und nicht DESWEGEN keine Antwort mehr von ihr kommt, weil du viel zu schwülstiges Zeug geschrieben hast …

Oh no! Kaja und Molly hatten mich so abgelenkt, dass ich Mars immer noch nicht auf seine letzte Nachricht geantwortet hatte. Meine Finger flogen übers Display. Es tat mir so leid. Ich konnte mich absolut in die Situation reinversetzen, wenn man was Intimes schreibt, etwas, das Mut erfordert, und dann ewig auf die Antwort warten muss.

Ich tippte und schickte ab:

✉@ Der Moment, wo ER dir eine supersüße Nachricht schickt – für die du ihm am liebsten um den Hals fallen würdest, wenn ER nur da wäre! –, du aber von deinen Freundinnen total in Beschlag genommen wurdest und danach irgendwie alles kopfsteht, sodass du erst jetzt wieder zum Antworten kommst …
Und was ich noch sagen wollte: Traumprinz?
Ja …

Seine Antwort:

✉@ Weiß gar nicht, wieso, aber könnte gerade glücklicher nicht sein …
Gute Nacht 🥱

Ich wurde rot und zog mir die Bettdecke über den Kopf, nur für den Fall, dass Molly herschaute – was sie natürlich prompt auch tat und was alles nur noch viel peinlicher machte.

»Na, was machst du denn da? Decke-überm-Kopf-Abendyoga?«, hörte ich sie spötteln. »Oder läuft da eine spezielle Form von Dirty Writing?«

»Sei nicht so blöd!«, schimpfte ich unter meiner Bettdecke hervor und fühlte mich dabei – ähnlich wie Mars es von sich geschrieben hatte – glücklich wie kaum je zuvor in meinem Leben.

✉@ Mir geht's genauso, tippte ich also ehrlichkeitshalber zurück – und endete mit dem gleichen Smiley, den er mir geschickt hatte: 🥱

Drittes Kapitel

✉@ Drei Dinge, die du auf eine einsame Insel mitnehmen würdest … Bin megagespannt. ☺

Mit dieser Frage weckte mich mein Handy beziehungsweise Mars am nächsten Morgen. Boah, war das schwierig. Nicht im Normalfall natürlich, aber wenn du sie von dem Jungen gestellt bekommst, der es dir irgendwie angetan hat (und den du – natürlich! – auf die Insel mitnehmen würdest – schon allein, um ihn besser kennenzulernen), du aber nicht weißt, ob du dir mit exakt dieser Antwort nicht zu viel Blöße geben würdest. Und vor allem: Was, wenn er bei der Gegenfrage mich *nicht* erwähnt? Oder nur aus Höflichkeit, weil ich ihn erwähnt habe? Doch nach den gestrigen Nachrichten war es wohl kein Thema, dass er mich auf die Insel mitnehmen würde. Oder?

Oh Gott. Wenn das bloß nicht alles schon um halb sieben Uhr morgens zur Debatte stünde …

»Guten Morgen.« Molly gähnte ausgiebig.

Ich nuschelte irgendwas und starrte immer noch aufs Display.

»Schlechte Nachrichten?«, fragte Molly und klang dabei immer noch reichlich schlaftrunken.

»Nee, nee, im Gegenteil. Nachrichten von Mars sind immer gut.«

Sie rieb sich die Augen. »Ach so …«

Um diese Uhrzeit konnte ich noch nicht mit dem scharfen Geist meiner Freundin rechnen. Um halb sieben war Molly nur auf Zähneputzen und Pinkeln programmiert. Ab Viertel vor sieben erweiterte sich ihr Horizont in Richtung Make-up – das sie im Waschraum der Toilette auftrug, weil dort das Licht gnadenloser war, wie sie es ausdrückte. Sah sie dort gut aus, sah sie überall gut aus.

Aber egal, ich musste dieses Dilemma sowieso selbst lösen. Befand mich ja schließlich in keinem Hollywoodfilm, wo frau ständig ihre besten Freundinnen an die Strippe holen musste, um sie um Rat zu fragen. Auch wenn das sehr praktisch wäre, zugegeben.

Egal, sei ehrlich, Sophia. Wobei, was bedeutete »ehrlich« in dem Fall genau? Schließlich gab es so viele verschiedene Inselversionen. Zum Beispiel die, in der ich natürlich Molly und Kaja mitnehmen würde. Und meinen Vater. Und alle meine Bücher. Und mein Handy samt Internet. Und natürlich all meine Serien und Filme auf USB, Blu-Ray etc., für die ich dann natürlich auch die entsprechenden Geräte bräuchte …

Okay, stopp jetzt. Keep it simple, Sophia, und konzentrier dich auf IHN und DICH …

Ich schrieb:

✉@ Mein gut bestücktes Bücherregal, mein Tablet, auf

dem sämtliche Folgen der besten Serien aller Zeiten drauf sind ... und ... hmmmm ...
natürlich dich! 😗
Und du? Welche drei Dinge würdest du mitnehmen?

Als Molly, mit Lidstrich und Wimperntusche versehen, aus dem Waschraum zurückkam, starrte ich immer noch mein Handy an und versuchte, Mars durch irgendwelche Schwingungen zu signalisieren, dass er mir doch bitte, bitte noch vor Unterrichtsbeginn seine drei Dinge für die einsame Insel mitteilen würde. Aber seine Antwort ließ auf sich warten.

Molly kratzte sich am Kopf und erklärte lapidar: »Solange du aufs Handy guckst, kommt nix. Du musst deine Aufmerksamkeit auf was anderes lenken.«

Ich sah sie zweifelnd an. In dem Moment poppte das Fenster auf, das eine neue Mail verkündete.

»Na bitte«, sagte Molly.

Ich klickte auf die neue Nachricht:

📧 Klasse Entscheidung! Ich mag volle Bücherregale und Fernsehserien. Und mit dem Kerl, den du mitnehmen würdest, könnte ich mich wahrscheinlich arrangieren. Die Dinge, die ich einpacken würde, wären: alle Staffeln von *Big Bang Theory*, meine *Herr-der-Ringe*-Bücher und meine Gitarre. Dich würde ich nie als DING bezeichnen, dich würde ich als Frau mitnehmen – und das noch vor meinen drei Lieblingsdingen 😗

Oh, dieser Fiesling! Wenn er dachte, dass er mich damit Schachmatt gesetzt hatte, dann hatte er sich geschnitten. Natürlich war meiner Kehle als erste Reaktion ein »Hiechz« oder »Huchz« oder irgend so ein doofes Seufzen rausgegurgelt, weil ich mich geschmeichelt fühlte, doch gleich darauf ärgerte ich mich. Und ich hatte kein Problem damit, ihm das mitzuteilen – wenn auch mit einem Augenzwinkern, wie ich hoffte.

🖂@ Mein lieber Mars, was für eine taktvolle Art von dir, mir mitzuteilen, dass ich total taktlos bin und dich hier einfach als Ding hinstelle.
PS: Nichtsdestotrotz fühle ich mich auch geschmeichelt.
PPS: Von der *Big Bang Theory* habe ich übrigens alle Staffeln auf meinem Tablet, aber die *Herr-der-Ringe*-Trilogie würde ich mir eventuell ausborgen ... auf dieser Insel.
PPS: ☺☺☺

Ich wartete gespannt auf seine Antwort. War ich mit meinem ersten Satz zu bitchy rübergekommen? Nein, Mars hatte doch Humor genug, um zu verstehen, dass ich es witzig gemeint hatte. Oder?

Er schrieb:

🖂@ Meine liebe, liebe Volleyqueen, liebstes Ding!
Für diese Antwort mag ich dich noch mehr als zuvor. Du bist unberechenbar und humorvoll – und bevor

ich jetzt wieder zu viel schleime, wünsch ich dir einfach einen wunderbaren Vormittag!
Ich denk an dich, du ... du ... ach, denk dir einfach aus, was an dieser Stelle stehen soll.
Ich mag dich.

Ich grinste breit. *Liebstes Ding.* Er war schon witzig, mein Mars.

»Was ist denn das für ein Smile? Hat er dir grade einen Antrag gemacht?« Molly schlüpfte in ihre Jeans und ließ sich dann neben mich aufs Bett fallen. »Jetzt zeig schon her. Was hat der Göttliche geschrieben?« Sie las seine letzte Nachricht.

»Aha, du Ding. Wusste ja gar nicht, dass du so unberechenbar und humorvoll bist«, neckte sie mich. »Oha! *Ich mag dich*, schreibt er.«

Ich nickte und versuchte, nicht gleich noch doofer zu grinsen.

»Na und? Schreibst du ihm gar nichts zurück?«

»Du meinst, dass ich ihn auch mag?«

Sie legte den Kopf schief, dachte augenscheinlich nach. »Nein, ich meine, du solltest ihn etwas zappeln lassen. Antworte irgendwas Unverfängliches.«

Ich sah zwischen ihr und meinem Tablet hin und her, dachte daran, wie ich mich jetzt gerade an Mars' Stelle fühlen würde. Wenn ich den Mut gehabt hätte, diesen Satz als Erste zu schreiben: »Ich mag dich.«

Ohne auf Mollys Proteste einzugehen, schrieb ich zurück:

✉@ Das trifft sich gut. Ich mag dich nämlich auch.

Der Schultag verlief bis nach dem Abendessen eigentlich relativ friedlich. Nach dem Nachtisch beschlossen Kaja, Molly und ich, ein paar Runden Tischfußball zu spielen. In dieser Art von Ballsport waren mir meine zwei Freundinnen bei Weitem überlegen. Meine größte Begabung beim Tischfußball war das Jubeln, wenn ich dachte, mein Ball würde endlich ins gegnerische Tor gehen, und das Fluchen, wenn er wieder mal irgendwo abprallte – meistens an meinen eigenen Männchen.

Ich jubelte also, fluchte zwischendurch und es dauerte nicht lange, bis ich spöttisches Kichern hinter mir hörte.

Amelie und Mimimi-Miri.

Kaja drehte sich langsam zu den beiden um und ließ eine Kaugummiblase platzen. »Gibt's was?«, fragte sie und ich bewunderte ihre Lässigkeit dabei.

Amelie stieß sich von der Wand ab, an der sie gelehnt hatte. »Miri und ich haben uns nur gerade gefragt, mit welchem Ball Sophia wohl schlechter umgeht. Mit dem Tischfußball oder …«

Sie ließ den Satz in der Luft hängen, aber natürlich wussten wir alle, worauf sie anspielte. Cool bleiben, sagte ich mir. Wegen ihr würde ich nicht ausrasten, so viel Aufmerksamkeit hatte sie eindeutig nicht verdient. Ich tat, als wären die beiden BFFs einfach Luft für mich, und bückte mich dann, um die kleinen Bälle aus der Öffnung im Tisch zu holen. So musste man das machen, einfach Ruhe bewahren und gechillt bleiben. Oh ja, genau so … Verdammt, ich hatte die kleinen Bälle so ungeschickt aus dem Tisch gefingert, dass sie alle drei auf den Boden fielen und in unterschiedlichen Richtungen davonkullerten.

Miri kicherte laut, Amelie schnalzte verächtlich mit der Zunge und ich stieß mir den Kopf an einer der Drehstangen. »Autsch.«

»Bin daran jetzt auch wieder ich schuld?«, erkundigte sich Amelie süffisant.

»Zieht doch endlich Leine!« Molly baute sich vor Amelie auf.

»Selber Leine, Gartenzwerg«, konterte die.

Mollys Gesicht lief hochrot an. Im selben Moment explodierte etwas in mir. Amelie hatte ein Problem mit mir, also sollte sie sich auch auf mich konzentrieren. Dass nun statt mir Molly eine Beleidigung einstecken musste, ging gar nicht. Noch dazu, da ich wusste, wie nah ihr jede Anspielung auf ihre Größe ging. Ich richtete mich ruckartig auf.

»Hast du nicht gehört? Du sollst Leine ziehen«, knurrte ich in einem Tonfall, den ich selbst nicht an mir kannte.

Amelie stockte kurz, doch sie fing sich gleich wieder. »Du hast mir gar nichts zu sagen«, zischte sie, während ihre linke Augenbraue im Takt der Silben rauf- und runterhüpfte. »Eigentlich ist mir jeder Wortwechsel mit dir sowieso zu blöd.«

Sie wandte sich spöttisch ab. Ich war wie vor den Kopf gestoßen. Allein dass sie mir die kalte Schulter zeigte, ließ mich bereits komplett hilflos dastehen. Am liebsten hätte ich sie gepackt und zu mir herumgedreht. Genau so, wie Mars es geschafft hatte, kaum geahnte Glücksgefühle in mir heraufzubeschwören, so schaffte es Amelie, irgendein schlummerndes Biest in mir zu wecken. Jemanden zu packen, also richtig körperlich zu werden, wäre mir nie zuvor in den Sinn gekommen. Doch bei Amelie brannten mir regelmäßig die Sicherungen durch.

Ich umklammerte fest die kleinen Bälle, die ich aufgeklaubt hatte, und musste mich zurückhalten, ihr nicht zumindest einen davon an den Kopf zu knallen.

Kaja schien mir das anzumerken, ich spürte ihre Hand warnend auf meinem Arm. »Lass uns gehen«, sagte sie.

»Kommt ja nicht infrage«, platzte ich heraus. »Ich habe gerade einen Lauf beim Tischfußball« – was natürlich nicht stimmte – »da werde ich doch nicht aufhören und gehen.«

»Sie hat gerade einen Lauf«, spottete Miri. »Hast du das gehört, Am?«

Es klang wie Ähm – was Molly sofort aufnahm und noch ausbaute. »Oh mein Gott, Äääähm, was sind wir nicht cool, ne? Äääähm und BFF von Äääähm, es war ja sooo nett, mit euch zu plaudern, aber jetzt wird es Zeit für einen gepflegten Abgang. Ja? Tschüss mit ü.«

»Und Tschau mit au«, ergänzte ich.

»Ihr seid so kindisch.« Amelie hatte eine Art, das rüberzubringen, dass man es fast selbst glaubte. Waren wir wirklich kindisch?

»Weißt du, was?«, schoss es plötzlich aus mir hervor, während ich »Ähm« fixierte, »mit dir hab ich eigentlich nur Mitleid. Wer Mrs Überkandidelt zur Mutter hat, kann sich ja gar nicht normal entwickeln.« Ich legte den Kopf schief und tat so, als würde ich ein kleines Handtäschchen schwenken: »Oh, Schatz, da ist ja ein Prada-Shop, da müssen wir aber unbedingt rein, odääär?« Ich spitzte die Lippen zu einem Schmollmund und kam mir plötzlich vor wie Carmen Geiss, die lautstark nach ihrem »Robääärt« verlangte.

Ich hatte kaum Zeit, meinen Triumph zu genießen, denn Amelie schoss – wie als hätte sie den Konter vorbereitet – hervor: »Wenigstens hab ich noch eine Mutter.«

»Biest«, flüsterte Kaja ganz entgegen ihrer Art, während Molly und mir schlicht die Spucke wegblieb.

Amelie wandte sich abrupt ab und stiefelte so schnell davon, dass BFF Miri kaum hinterherkam.

Molly und Kaja sahen mich entsetzt an. Molly legte ihren Arm um mich, Kaja sagte tonlos: »Das tut mir so leid, Sophia. Das hätte sie echt nicht sagen dürfen.«

Ich merkte, dass mir mein Gesicht verrutscht war, und versuchte, es mit aller Kraft wieder in den Ursprungszustand zu bringen, was sich als ähnlich schwierig erwies wie bei einem Rubik's Cube. Dann sagte ich – und meinte es auch so: »Vergesst es. In Wirklichkeit hab ich genau den Spruch herausgefordert. Das, was ich über ihre Mutter gesagt habe, war genauso mies.«

Ich blockte jedes Gegenargument ab und war froh, als Molly ein neues Thema beisteuerte.

»Wisst ihr, was? Jetzt wünschte ich schon fast, sie würde bei *GNTM* mitmachen und für eine Weile von hier verschwinden.«

»Ich auch«, sagte Kaja, die bei dem Thema normalerweise ganz ausstieg, aber heute Abend wohl auch froh war, dass es um etwas weniger Tragisches ging.

Seit Jahren lag Molly uns mit *Germany's next Topmodel* in den Ohren. Jedes Jahr, wenn die Show startete, ging es auch mit Mollys Verzweiflung bezüglich ihrer Größe los. Und diese Verzweiflung wurde natürlich jedes Jahr schlimmer. Zwar war sie, anders als vor drei Jahren, nicht mehr zweiundzwanzig, sondern nur noch achtzehn Zentimeter von der erforderlichen Mindestgröße für die Show entfernt, dafür sanken aber mit jedem Jahr die Chancen auf den so heiß ersehnten fulminanten Wachstumsschub.

Molly war so eine süße und hilfsbereite Freundin, aber hier und da (in ihren dunkelsten Momenten) konnte sie aus dem Nichts heraus stocksauer auf mich werden, einfach nur, weil ich einen Kopf größer war als sie. »Du wirst dich irgendwann bei *GNTM* anmelden und gewinnen«, stellte sie dann jedes Mal dieselbe äußerst kühne Prognose auf und schaffte es mitunter echt, deswegen eingeschnappt zu sein. Wegen ihrer eigenen blühenden Fantasie! Denn um nichts in der

Welt, nicht mal, wenn ich ein richtig hübsches Gesicht gehabt hätte, wäre ich auf die Idee gekommen, bei so was mitzumachen.

Als sie Amelie dann zum ersten Mal gesehen hatte, gab es natürlich gleich großes Drama bei Molly. Meine Stiefschwester in spe war genauso lang und dünn wie ich und hatte zudem auch noch das Gesicht und die langen blonden Locken eines Engels.

»Ich hasse sie«, hatte Molly sofort festgestellt und war sich außerdem sicher gewesen: »Verdammt, die meldet sich bestimmt nächstes Jahr bei Heidi an und gewinnt das Ganze.« Dann hatte sie mich sauer angesehen und gefragt: »Musstest du dir gerade so eine als Stiefschwester aussuchen?«

Viertes Kapitel

✉@ Hey, Mars,
was ist dir eigentlich wichtig an einem Mädchen?

Diese Frage hatte ich ihm letzte Nacht noch spontan gestellt. Ich hatte einfach nicht einschlafen können. Einerseits wegen meines doofen Kommentars über Amelies Mutter, andererseits aufgrund meiner ständigen Zweifel an meinem Aussehen.

Egal, was Mars nun wichtig war: ein guter, edler Charakter oder ein rattenscharfes Äußeres, ich konnte nur in beidem verlieren. Am gestrigen Abend zumindest hatte ich mich echt mies verhalten und es dementsprechend auch verdient, auszusehen wie eine graue Maus, die in eine Stromleitung geraten war. Na ja, so sah ich ja immer aus. Aber normalerweise war ich zumindest kein fieser Mensch.

Ein Foto würde ich ihm jedenfalls nie schicken können. Zwar war ich auch in natura keine Hollywoodgöttin, aber … na ja, im Vergleich zu meinen Fotos irgendwie schon. Haha. Nein, nicht wirklich. Aber ich sehe okay aus. Wenn man mal davon absieht, dass ich zu riesig bin, zu blass, obenrum zu flach und meine Haare immer so aussehen, als hätte ich gerade in eine

Steckdose gegriffen. Selbst wenn ich sie nass mache, dauert es nur fünf Minuten, bis die obersten Strähnchen sich wieder vom Kopf abheben und wie kleine braune Blitze in alle Richtungen stehen.

Kaja hatte mal versucht, mich zu trösten. »Ich find's süß. Du hast immer deinen eigenen Heiligenschein dabei.«

Ja. Aber wer will schon einen braunen Heiligenschein?

Natürlich muss frau nicht unbedingt eine Schönheit sein, um einem Jungen zu gefallen – abgesehen davon hielt ich Mars für alles andere als oberflächlich –, doch mit jeder Nachricht, die wir uns schrieben, hatte ich mehr das Gefühl, dass ich Hoffnungen – ja, auch optische – in ihm weckte, die ich einfach nicht erfüllen konnte. Ich wusste gar nicht, woher dieses Gefühl kam; vielleicht weil ich mir in meinen Nachrichten viel selbstbewusster erschien als in natura. Na jedenfalls war die Angst davor, ihm mein wahres Aussehen entblößen zu müssen, der Grund, warum ich ihn, trotz aller Neugierde, nie nach seinem Namen fragte. Weil ich ihm dann auch meinen verraten müsste und selbst Vornamen konnten in Verbindung mit dem Internatsnamen zu unliebsamen Informationen (und Fotos!) führen, wenn man Google damit fütterte. Zumindest bei einer gut gepflegten Internatshomepage. Und man konnte nie wissen: Vielleicht nahm sich unserer vernachlässigten Seite ja doch mal jemand an. Nein, alles viel zu gefährlich.

Doch welcher Gedanke mich mittlerweile auch nicht mehr losließ, war: Warum zum Teufel fragte *er* mich nie nach einem Foto oder meinem Namen?

Etwa weil er auch keines von sich hergeben wollte? War er also hässlich? Oder einfach nur unsicher?

Manchmal grinste ich bei dem Gedanken daran, wie es wäre, wenn wir beide uns träfen. Und vielleicht beide viel zu lang und dürr wären, Bad Hair Day sowieso und was es da sonst noch so alles gab.

Doch wenn ich an seine Worte dachte, daran, dass er mich mochte, dass er mit mir auf eine einsame Insel wollte, dann stellte sich sofort wieder dieses Kribbeln ein und ich spürte, dass er mir bestimmt gefallen würde, ganz egal, wie er aussah. Ich hatte einfach das dringende Bedürfnis, von ihm in die Arme genommen zu werden.

Und wenn es ihm mit mir ebenso ging? Vielleicht sollte ich zumindest den Mut haben, ihn nach seiner Telefonnummer zu fragen, ich würde so gerne mal seine Stimme hören.

Doch was, wenn das Gespräch mittendrin stockte?

Pling. Das E-Mail-Fenster poppte auf.

✉@ Das perfekte Mädchen ist wie du. Faszinierend, clever, spontan, witzig, warmherzig und ganz bestimmt wunderschön.

Huch. Das waren so schöne Worte … die mich, ähm, zum Glück gaaaar nicht unter Druck setzten.

Ich wusste nicht, ob ich glücklich oder verzweifelt sein sollte. Faszinierend? Warmherzig? Oje, wenn ich bloß an gestern dachte, was ich Amelie da an den Kopf geworfen hatte. Ganz egal, ob ihre Antwort darauf womöglich noch härter gewesen war als das, was ich unglücklicherweise rausposaunt hatte, ich musste meine Beleidigung dringend wiedergutmachen!

»Hey, Sophia, in zwei Minuten gibt's Frühstück.«

Mist. Ich hatte total die Zeit vergessen. Das war vermutlich das erste Mal, dass Molly vor mir fertig war.

Ich verstaute das Handy im Nachttischchen und verschob alle weiteren Gedanken an Mars auf später.

»Halt mir meinen Platz unten frei, ja?« Ich sprang in meine Jeans und schlüpfte ins erstbeste Shirt. Im Gegensatz zu so manch anderer hier im Internat verspürte ich nicht den Drang, mich in aller Herrgottsfrühe zu schminken.

»Beeil dich. Ihr habt doch gleich noch Besprechung mit der Kampfnuss, oder?«, rief Molly, bevor sie die Zimmertür schloss.

»Scheiße«, entfuhr es mir. Verdammt, wir spielten heute Nachmittag ja gegen die aus Rosenheim. Und heute war außerdem Donnerstag, wo es zum Frühstück immer Hefezopf mit Marillenmarmelade gab. Wenn ich vor der Match-Besprechung noch was davon abbekommen wollte, musste ich einen Zahn zulegen.

Mit zwei verschiedenen Socken an den Füßen raste ich den Gang entlang und wäre oben am Treppenabsatz fast in Amelie geknallt.

»Oh, Am-am-elie«, ich stotterte ihren Namen, so überrumpelt war ich. Dann brach es aus mir heraus. »Es tut mir echt leid wegen gestern Abend. Das, was ich über deine Mutter gesagt habe. Es war total falsch. Es … es … tut mir leid.«

Ich sah, dass sie die Luft einzog. Sie stockte. Jetzt würde sie sich auch entschuldigen. Damit hätte ich nicht gerechnet. Und darum ging es mir auch gar nicht.

Ihre Pupillen verengten sich, dann sagte sie abgehackt: »Du hast die Morgenbesprechung verpasst. Frau Kampernuss war ganz schön sauer.«

»Was?« Verdammt. »Aber die sollte doch erst *nach* dem Frühstück sein.« Panisch nahm ich zwei Stufen auf einmal. Ich war weiß Gott keine Vorzeigeschülerin und schon gar keine Streberin, ganz im Gegenteil. Aber meinen Job im Volleyballteam nahm ich verdammt ernst. Ich hatte noch nie eine Besprechung verpasst.

Die letzten vier Stufen sprang ich hinunter.

Und schrie auf.

Mein Knöchel. Ich hockte am Boden und hielt mir den Fuß. Als ich einen Blick nach oben warf, sah ich, dass Amelie immer noch am Treppenabsatz stand. Dann drehte sie sich um und ging einfach davon. Sie ließ mich hier sitzen, und das, nachdem ich mich bei ihr entschuldigt hatte. Und abgesehen davon war sie meine Teamkameradin. Toller Sportsgeist!

Oh Gott, tat das weh. Ich stützte mich mit den Händen am Boden ab und versuchte, mich in die Höhe zu rappeln.

Eine jüngere Schülerin kam vorbei.

»Alles okay?«, fragte sie.

Ich presste die Zähne zusammen und nickte. »Kannst du bitte die Kampfnuss holen?«, bat ich sie.

»Die Kampfnuss?«

»Frau Kampernuss«, verbesserte ich mich rasch. »Bitte. Und Molly und Kaja.«

Sie düste ab in Richtung Speisesaal.

Diese verfluchte Amelie. Das konnte doch nicht wahr sein. Da knickte jemand vor ihren Augen um und die Kuh ging einfach davon, anstatt zu helfen. Während ich so dasaß und nichts weiter tun konnte als warten, wirbelten mir alle möglichen Gedanken durch den Kopf. So jemand sollte in meine Familie kommen. Mit so jemandem sollte ich nicht nur das Internat teilen, sondern in den Ferien auch noch mein Haus. Mein richtiges Zuhause. Und meinen Vater. In einem Anfall plötzlicher Verzweiflung schossen mir die Tränen in die Augen.

Oh nein, Sophia, tu das nicht, mahnte ich mich. Wegen dieser Bitch würde ich sicher nicht heulen. Keine einzige meiner Tränen war dieses Biest wert. Und vor der Kampfnuss wollte ich sowieso nicht heulen. Außerdem dachten sonst alle, ich wäre wehleidig, weil ich wegen ein paar Schmerzen gleich losflennte.

Als die Kampfnuss mit Molly und Kaja ankam, hatte ich vor allem eines im Sinn, nämlich dass ich mich für mein Fernbleiben bei der Besprechung entschuldigen musste. Den Namen Kampfnuss hatten wir unserer

Trainerin immerhin nicht umsonst verpasst. Als ich das erste Mal einen Bericht über das Gefangenenlager in Guantanamo gesehen hatte, dachte ich, dass die Aufseher dort wohl bei der Kampfnuss in Ausbildung gewesen sein mussten.

»Es tut mir echt leid … «, begann ich also sofort.

Kaja rief: »Was ist los, Sophia?«

»Hast du dich verletzt?«, fragte Molly. »Hat's dich hingehauen?«

Ich winkte ab. »Nichts Schlimmes. Ich brauch nur ein bisschen Hilfe beim Gehen.«

Die Kampfnuss baute sich vor mir auf, breitbeinig, Hände in die Hüften gestützt. »Wo?«, fragte sie.

Ich zeigte vage hinter mich in Richtung Treppe.

»Wo tut es weh?«, präzisierte meine Trainerin.

»Ach so.« Ich streckte ihr meinen rechten Knöchel entgegen. »Ist aber nicht so schlimm …« Jetzt schoss mir das erste Mal der Gedanke durch den Kopf, dass ich am Nachmittag womöglich nicht einsatzbereit sein könnte. »Ist wirklich nicht schlimm«, bekräftigte ich noch einmal und wünschte, ich hätte nachgedacht, bevor ich die Trainerin holen ließ.

»Ich wollte mich eigentlich nur entschuldigen, dass ich die Besprechung verpasst habe.«

Sie hockte vor mir, ich spürte ihre Hand an meinem Knöchel, holte zischend Luft.

»Der ist hinüber«, sagte sie trocken.

»Was?«, rief Molly.

»Zumindest für die nächsten Tage.«

»Ach so. Ich dachte schon, Sie meinen, man muss ihr den Fuß amputieren«, kicherte Molly nervös.

Kaja verdrehte die Augen und ließ eine Kaugummiblase platzen.

Die Kampfnuss wandte sich an sie. »Du holst die Krankenschwester. Aber vorher – Kaugummi aus dem Mund.«

»Ja, Sir«, murmelte Kaja, was der Kampfnuss, ihrem Gesichtsausdruck nach zu schließen, zu gefallen schien.

»Es tut mir leid, dass ich die Besprechung verpasst habe«, begann ich erneut. »Aber ich kann heute sicher spielen.«

»Das kannst du *nicht*«, insistierte Molly.

»Das kannst du nicht«, bestätigte die Kampfnuss. »Und du brauchst dich nicht dauernd zu entschuldigen. Die Teambesprechung findet wie immer nach dem Frühstück statt.«

Toll. Die Krankenschwester hatte mich zwar vom Sport suspendiert, am normalen Unterricht musste ich aber teilnehmen.

Während der ersten Stunde stieß Kaja mich an. »Alles so weit klar bei dir?«, flüsterte sie. »Du guckst so. Ist es wegen deinem Knöchel?«

»A-me-lie«, knurrte ich langsam. Es klang selbst in meinen eigenen Ohren irgendwie melodramatisch.

In der Pause erzählte ich Kaja und Molly, wie genau unsere Begegnung am Treppenabsatz abgelaufen war.

Wir saßen zu dritt in der Klasse – eine absolute Ausnahmeregelung, weil ich verletzt war –, während die anderen die Pause im Garten verbrachten, wie es eigentlich für alle vorgesehen war.

»Sie hat dir nicht geholfen?«, regte Molly sich auf. »Ist einfach weggegangen, während du da unten gelegen hast?«

»Das ist nicht das Schlimmste«, machte ich ihr ungeduldig klar.

Kaja nickte. »Der Scheiß ist das andere«, stellte sie fest.

»Yep. Dass sie behauptet hat, die Besprechung wäre schon gewesen und die Kampfnuss total sauer auf mich, weil ich nicht anwesend war.«

Molly verzog das Gesicht. »Denkst du echt, sie hat es drauf abgesehen, dass du deswegen die Treppe runterfällst?« Sie riss plötzlich den Mund auf. Mit riesigen Augen flüsterte sie: »Denkst du, sie hat so was wie einen Voodootrick an dir probiert?«

»Quatsch. Ach, Molly.« Ich schüttelte den Kopf.

»Wieso? Ich hab dir doch diese Videos auf YouTube gezeigt. Über Obatala. Oder Agowu, der sogar Erdbeben auslösen kann. *Erdbeben,* Sophia! Was ist da ein kleiner Treppensturz dagegen?«

»Und wo hatte sie die Voodoopuppe?«, fragte Kaja trocken.

Ich stöhnte. »Oh bitte.«

Kaja winkte ab. »Komm, das war nur ein Scherz, also von meiner Seite aus zumindest.«

»Jetzt seid doch nicht so«, ereiferte sich Molly. »Sie hat das natürlich alles in ihrem Zimmer vorbereitet. Die Puppe, der sie eine Nadel in den Knöchel gestoßen hat. Und ihr müsst zugeben, dass es ja super für sie gelaufen ist. Sie hasst dich und jetzt bist du erst mal einige Zeit weg vom Fenster. Was heißt, sie bekommt für das heutige Spiel sicher die Kapitänsschleife. «

»Ja. Nur dass ich genau genommen nicht die Stufen runtergestürzt, sondern absichtlich gesprungen bin. Selbst schuld.«

»Trotzdem unglaublich«, bekundete Kaja.

»Was?«

»Dass sie dich absichtlich so reingelegt hat. Sie wusste bestimmt ganz genau, was es dir für einen Schrecken einjagt, wenn sie behauptet, du als Kapitänin hättest die Besprechung verpasst.«

Die Glocke bimmelte. Gleich würden alle zurückkommen.

»Ich frag sie jetzt«, beschloss ich.

»Was?«

»Warum sie mich wegen der Besprechung belogen hat.«

»Ach so.« Molly klang enttäuscht. »Ich dachte, wegen des Voodoo.«

Als Amelie mit Miri ins Klassenzimmer kam, zögerte ich. Sollte ich sie wirklich hier vor allen anderen derart bloßstellen? Doch dann sah ich ihren spöttischen Blick, als sie in meine Richtung schaute.

Ich stand aufrecht hinter meinem Stuhl, hielt mich

an der Lehne fest. »Amelie«, begann ich, und zwar so laut, dass alle in der Klasse es hörten und das allgemeine Geschnatter verstummte.

Meine zukünftige Stiefschwester verschränkte die Arme vor der Brust und lehnte sich in ihrem Stuhl nach hinten. »Was denn?«, fragte sie kühl.

In mir brodelte es. Ich wollte nichts lieber, als Amelie persönlich zur Rede stellen, doch immer wieder musste ich an meine dämlichen Worte von gestern Abend denken. Damit hatte ich eindeutig schon genug angerichtet. Und ja, es war so, wie ich es eben meinen Freundinnen erklärt hatte, Amelie konnte eigentlich nichts für meinen Sturz. Zumindest nicht direkt. Ja, wenn ich ehrlich war, war es nicht das erste Mal, dass ich die letzten vier Stufen im Sprung genommen hatte. Vielleicht hätte ich das heute Morgen sowieso so gemacht. Allein schon, um mir nicht den Hefezopf mit Marillenmarmelade entgehen zu lassen.

Ich wollte schon abwinken, doch da sagte sie plötzlich: »Was denn, Sophia? Tut dir dein Fuß weh?«

Die Frage an sich war nicht schlimm, doch der Tonfall war es. Beißender Spott.

Plötzlich platzte es aus mir heraus: »Ich versteh dich einfach nicht! Ich hab dir doch gar nichts …«

In dem Moment betrat die Bulldogge das Klassenzimmer.

»Na, na, na!«, rief sie. »Sophia! Was soll denn das? Wieso brüllst du hier so rum?«

Hatte ich wirklich gebrüllt?

Ich schloss den Mund, öffnete ihn noch mal, wusste jedoch nicht, was ich sagen sollte.

Die Bulldogge blieb nicht wie sonst an ihrem Schreibtisch stehen, auf den sie normalerweise ihren breiten, grau berockten Hintern sinken ließ, bis er knackte (also der Schreibtisch), sondern kam direkt auf mich zu. Sie sah zwischen Amelie und mir hin und her. »Ich nehme an, zwischen euch beiden herrscht wieder mal dicke Luft. Nun? Wer von euch will mir sagen, was hier los ist?«

Ich!, hätte ich am liebsten gerufen. Hätte mich schon interessiert, was die Bulldogge dazu sagen würde, wenn ich ihr erzählte, dass Amelie mich wegen der Besprechung angelogen und mir dann Erste Hilfe verweigert hatte.

Doch die Worte kamen einfach nicht über meine Lippen. Ich war viel, aber eine Petze war ich nicht.

»Amelie, was ist mir dir? Hast du mir etwas zu sagen?«

Erst sah es so aus, als würde Amelie ebenfalls schweigen, doch als die Bulldogge sich schon abwenden wollte, sagte sie plötzlich: »Ich glaube, Sophia ist einfach frustriert wegen ihres Knöchels. Weil sie dadurch das Spiel heute verpasst.« Sie lächelte leicht. »Das versteht niemand besser als ich. Ist mir in meiner alten Schule auch das eine oder andere Mal passiert.« Sie sah mich mit einem übertrieben schmerzlich verzogenem Gesichtsausdruck an. »Es tut mir echt leid für dich, Sophia.«

»Das ist sehr nett von dir, Amelie«, antwortete die Bulldogge an meiner Stelle.

»Ich …« Ich brach ab, wusste einfach nicht, was ich sagen sollte. Doch irgendetwas musste ich tun, ich konnte Amelies Heucheleien doch nicht einfach so im Raum stehen lassen.

»Ich … ich weiß einfach nicht«, entfuhr es mir. »Amelie!« Hilflos warf ich die Hände in die Luft, fassungslos über so viel Scheinheiligkeit. Und die Bulldogge nahm ihr diesen Schmus von wegen Mitgefühl einfach so ab! Molly versuchte zu übernehmen – wobei sie so aufgewühlt war, dass ihr nur unser Spitzname für Frau Bullke einfiel. »Amelie lügt, Frau Bulldo… Frau Bull…«

»Frau *Bullke*«, half Kaja aus. »Und ich möchte Ihnen jetzt etwas …«

»Kaja«, flüsterte ich und griff nach ihrem Arm »Nicht.«

»Was?« Kaja sah mich an.

Ich fixierte Amelie. »Ich glaube, wir können das unter uns regeln, oder?«

Amelie hob die Schultern und grinste süffisant. »Meine Worte. Wie gesagt: Es tut mir wirklich sehr leid, dass du dich ausgerechnet heute, vor dem ersten großen Spiel, verletzt hast.«

Die Bulldogge ließ es damit gut sein. Meine Freundinnen allerdings nicht.

In der nächsten Pause, die wir wegen meiner eingeschränkten Mobilität wieder im Klassenzimmer verbrachten, belagerten sie mich von links und rechts.

»Warum hast du sie so einfach davonkommen lassen?«, knurrte selbst Kaja ziemlich wütend.

»Ich versteh dich echt nicht, Sophia«, schmollte Molly. »Ich hätte Amelie vor der Bulldogge mit dem Voodoo konfrontieren können. Wer weiß, was dann passiert wäre! Vielleicht hätte sie es sogar zugegeben und wäre von der Schule suspendiert worden.«

»Hör doch auf mit dem Voodoo«, bat Kaja inständig und verdrehte genervt die Augen. »Es hätte vollkommen gereicht, der Bulldogge zu erzählen, dass Amelie Sophia wegen der Besprechung belogen und ihr nach dem Sturz nicht geholfen hat.«

Ich nickte und schüttelte gleichzeitig den Kopf, wie so oft, wenn ich mich überfordert fühlte. »Kapiert ihr denn nicht, dass wir drei am Ende nur als doofe Petzen dagestanden hätten? Aussage gegen Aussage. Außerdem hab ich gestern Abend richtig Mist gebaut mit dem Kommentar über Amelies Mutter.«

Molly rüttelte mich an den Schultern. »Und was hat sie über deine Mutter gesagt? Hast du das etwa ganz vergessen? Ehrlich, das war doch viel schlimmer!«

»Ich hab's nicht vergessen. Ich glaub aber nicht, dass es schlimmer war, immerhin hat sie meine Mutter nicht beleidigt. In Wahrheit stehen sie und ich uns wahrscheinlich in nichts nach.«

»Da bist du aber sehr großzügig«, fauchte Molly beinahe. Sie hatte sich in diese Sache verbissen und wollte nicht so einfach lockerlassen.

»Kaja«, sagte ich langsam und musste plötzlich grinsen. »Ich glaube, wir müssen unsere Voodoopuppe herausholen und ein paar Nadeln hineinstoßen, damit

Molly sich beruhigt. Welche Stelle muss man dafür gleich noch mal anpiksen?«

»Ach, hört doch auf«, schmollte Molly lautstark. »Ich hab jedenfalls keine Lust, mir die letzten Jahre hier von der blöden Kuh vermiesen zu lassen.«

»Das werden wir auch nicht«, sagte ich, plötzlich wieder ernst, und hoffte inständig, dass das der Wahrheit entsprach.

Fünftes Kapitel

Halleluja! Reichten die Demütigungen eines halben Tages eigentlich nicht aus? Musste es am Nachmittag tatsächlich in derselben Tonart weitergehen?

Die Kampfnuss bestand darauf, dass ich beim Match, unserem Heimspiel gegen Rosenheim, anwesend war, selbstverständlich auf der Zuschauertribüne. Was normalerweise ja Ehrensache gewesen wäre, aber nicht unter diesen ganz speziellen Umständen. Ja, ich hatte mir immer eine zweite richtig gute und vor allem richtig enthusiastische Volleyballerin im Team gewünscht, aber doch keine, die meine Erzfeindin war und die mir womöglich die Kapitänsschleife abspenstig machen könnte. Die anderen Mädels respektierten Amelie als Kapitänin – mich natürlich auch, aber mich kannten sie immerhin seit sechs Jahren!

Und zu allem Überfluss musste ich in der Spielpause dann auch noch mit aufs Gruppenfoto, direkt vorne in die Mitte neben Amelie, die in ihren knackigen Shorts (und meiner Schleife am Arm), mit ihrem lockigen blonden Barbie-Pferdeschwanz, ihren blauen Strahleaugen und ihrem Sprungschanzenstupsnäschen wieder mal herumposierte wie Miss American Cheerleader höchstpersönlich. Während ich missmutig in meiner ausgeleiertsten Jogginghose und dem üblichen Bad Hair Day danebensaß und frustriert die Augen verdrehte. Und dann noch die Kampfnuss dazu: »Schultern gerade, Mädels. Zack, zack! Enger zusammen, darum nennt es sich ja Gruppenfoto. Sophia stell dich nicht so an. Verstauchung hin oder her, beweg deine müden Knochen näher an Amelie, sonst krieg ich dich nicht drauf. Hopp, auf jetzt, komm schon!«

Das Foto war mir eigentlich egal, wir machten laufend Fotos, doch zu sehen bekam die ohnehin niemand. Letztes Jahr hatte ich die Bulldogge mal darauf angesprochen, ob wir nicht unseren Internetauftritt (zumindest die Sportseite) verbessern sollten, doch getan hatte sich nichts.

Auch nach dem ersten Seitenwechsel war es schlimm, dem Spiel gegen die Mannschaft aus Rosenheim zuzusehen. Lagen wir im Rückstand, fieberte ich mit und in meinem Eifer, »meine« Mädels anzufeuern, belastete ich nicht nur einmal meinen schmerzenden Knöchel. Und wenn wir vorn lagen, dann hatte meistens Amelie den Punkt geholt, was für mich fast noch schlimmer war, als wenn wir zurücklagen. Grrrr.

»So eine Kuh!«, schimpfte Molly hinter mir. »Jetzt guckt doch mal, wie die ihre Titten rausstreckt. Für wen, verdammt, macht sie das? Ist da irgendein toller Kerl in der Nähe oder was? Und was sie ständig mit ihren Haaren macht. Seht ihr das? Wirft sie die ganze Zeit von einer Seite auf die andere. Die ganze Zeit. Shit, die bringt mich noch um!«

»Pssst«, machte Kaja.

»Ist doch wahr. Wenn ich nicht selbst blond wäre, würde ich Blondinen hassen«, geiferte Molly weiter.

»Du bist viel hübscher als sie«, sagte ich.

»Im Ernst?« Obwohl sie hinter mir saß, spürte ich förmlich, wie Molly strahlte.

Ich nickte. Eigentlich hätten die beiden Schwestern sein können, wenn auch mit einem Größenunterschied von mehr als zwanzig Zentimetern.

»Ich finde dich auch viel hübscher als sie«, hauchte Molly von hinten.

Ich verdrehte die Augen. Haha.

Unsere Mannschaft gewann das Match. Die Kampfnuss strahlte mit den Mädels um die Wette.

Ich hingegen fragte mich, ob ich nun um meine Kapitänsschleife fürchten musste. Noch nie zuvor hatten wir gegen Rosenheim gewonnen und Amelie hatte wirklich verdammt gut gespielt. Und zwar nicht nur als Einzelkämpferin. Sie hatte ständig das ganze Team im Blick behalten. Das nervte so was von. Wenn sie schon bescheuert war, konnte sie es dann nicht gleich zur Gänze sein? Mir war komplett elend zumute.

»Gehen wir bitte?«, flüsterte ich meinen Freundinnen zu, bevor die Kampfnuss womöglich noch auf die Idee kam, mich zur Siegesfeier einzuberufen. Ich wollte jetzt allein sein. Allein mit Mars. Immerhin musste ich ihm ja auch noch auf seine total süße Nachricht, die er mir am Morgen geschickt hatte, antworten.

Ein Mädchen sollte für ihn also genauso wie ich

sein. *Faszinierend, clever, spontan, witzig, warmherzig und ganz bestimmt wunderschön.*

Hahaha.

Wenn der wüsste!

Meine Freundinnen brachten mich rauf ins Zimmer und gingen dann noch mal runter, um eine Partie Tischfußball vor dem Abendessen zu spielen. Ich hatte ihnen versichert, dass sie wegen mir kein schlechtes Gewissen zu haben brauchten.

Sollte ich Mars von meinem Knöchel erzählen? Und dass ich außerdem eine Fast-Stiefschwester besaß, die mir nicht nur den Platz in meiner Familie streitig machte, sondern gerade auch den als Teamkapitänin?

Jeder Text, der mir dazu einfiel, kam mir so jämmerlich vor.

Als ich mein Tablet einschaltete, sah ich, dass bereits eine Nachricht von Mars auf mich wartete.

✉@ Der Moment, wo du ... Oh nein, ich fang jetzt nicht wieder mit der gleichen Mitleidsnummer an wie gestern. Auch wenn ich heute eine kleine Nachricht von dir vermisst habe. ☺
Weißt du, was ich wirklich gerne wissen würde? Was isst du gerne? Das frag ich mich schon seit Tagen. Warum? Ich denke, wir kennen uns inzwischen gut genug, dass ich mich gefahrlos outen kann: Ich koche für mein Leben gern. Ja, ohne Witz. Freunde von mir behaupten sogar, dass meine Spiegeleier mit

Speck und meine Nudeln mit Knoblauch und Parmesan gourmetverdächtig sind. ☺☺ Aber ich kann noch mehr ...
Du glaubst mir nicht? Dann stell mich doch auf die Probe ... Was darf ich dir bei unserem ersten Date kochen?

✉@ Hey, Mars,
erst mal sorry dafür, dass ich dir gar nicht geantwortet habe, nachdem du mir gleich zurückgeschrieben hattest. Und dann auch noch so süß. ☺
Große Freude! (Und manchmal ein bisschen Bammel, ob ich diese Erwartungen auch alle erfüllen kann.)
Bekochen lasse ich mich immer gern. Ich liebe Spiegeleier und Nudeln mit Parmesan und Knoblauch!
Oh, apropos Knoblauch: Was für Gründe gäbe es für dich, ein Mädchen nicht zu küssen? 😉

Bevor ich es mir anders überlegen konnte, drückte ich auf Senden. Keine Ahnung, was mich dabei geritten hat, plötzlich derart offen zu sein. Jetzt war ich diejenige, die vom Küssen anfing. Aber ich sehnte mich langsam wirklich nach diesem Kuss mit Mars. Der, falls er je stattfand, mein erster sein würde – es sei denn, es käme zufällig irgendein anderer Junge vorher vorbei, den ich küssen wollte. Aber das hielt ich für eher unwahrscheinlich. Auch angesichts meiner Wohnsituation.

Jedenfalls war das etwas, was ich Mars nicht so

schnell verraten würde. Dass ich mit meinen sechzehn Jahren immer noch ungeküsst war.

Gespannt las ich Mars' Antwort:

✉@ Wenn ich dem Mädchen meiner Träume endlich live begegne, dann hält mich ganz sicher kein Knoblauch der Welt davon ab, sie zu küssen ...

Okay, jetzt hatte ich zwei Möglichkeiten. Entweder ich stieg weiter auf die Kussgeschichte ein, die ja immerhin ich angezettelt hatte, oder ich lenkte auf unverfänglichere Gefilde.

Während ich noch überlegte, kam eine neue Nachricht von ihm, in der er mich nach meinem Tag fragte.

War er so unsicher wie ich, was das Thema Küssen betraf? Vielleicht wusste er ja auch nicht, was er schreiben durfte, ohne mich vor den Kopf zu stoßen. Umgekehrt ging es mir ja auch so.

Ich versuchte ein paarmal, in knappen Worten zu erklären, was mir heute passiert war, löschte den Text aber jedes Mal wieder. Meine Anschuldigungen gegen meine Kontrahentin hörten sich irgendwie so kleinlich an. Und dass ich mir den Knöchel verstaucht hatte, war auch nicht sonderlich interessant.

Schließlich schrieb ich ihm, dass es ein eher stressiger Tag gewesen war.

✉@ Hatte ein etwas anstrengendes Match ☺, fügte ich schließlich hinzu. Als er zurückschrieb und Genaueres über jenes Match erfahren wollte, lenkte ich jedoch ab. Mit dem Hinweis auf das Match hatte ich irgendwie cool klingen wollen, doch intensivieren wollte ich meine Schummelei nicht, auch wenn man nicht wirklich von einer Lüge sprechen konnte. Das Match war ja, zumindest die Psyche betreffend, tatsächlich anstrengend für mich gewesen. Und zwar nicht nur etwas, sondern eigentlich sogar maßlos anstrengend.

Trotzdem entschied ich mich für einen Themenwechsel und schrieb ihm, was meine Lieblingsszene in *Der Club der toten Dichter* war, dass ich es unendlich traurig fand, dass Hauptdarsteller Robin Williams nicht mehr lebte, und dass eine meiner zwei besten Freundinnen, als ich ihr von seinem Tod erzählt hatte, in Tränen ausgebrochen war, weil sie dachte, es wäre Robbie Williams, der das Zeitliche gesegnet hatte.

Ich merkte an Mars' Antwort, dass er sich nicht recht entscheiden konnte, ob er besagte Freundin von mir süß oder bescheuert finden sollte.

Besagte Freundin von mir war auf jeden Fall sehr, sehr lieb. Als ich sie vor dem Schlafengehen bat, mir die Salbe aus dem Schrank zu holen, schmierte sie mir auch gleich damit meinen Knöchel ein und wickelte mir dann wieder die Mullbinde drum herum.

»Du machst das richtig professionell«, stellte ich fest. »Vielleicht solltest du Ärztin werden.«

»Mit meinen Noten?« Sie wischte sich die cremigen Finger an meiner Bettdecke ab. »Außerdem würde ich, wennschon, dann sowieso lieber Krankenschwester werden.«

»Ja?«, fragte ich und versuchte, mir Molly als Krankenschwester vorzustellen.

Nach einiger Zeit merkte ich, dass ihr Blick immer noch auf mir ruhte.

»Traust du mir das nicht zu?«, fragte sie.

»Doch.« Ich nickte und wiederholte: »Doch. Das ist es ja gerade. Ich hab eben an die Krankenhausaufenthalte meiner Mutter gedacht. Die Schwestern waren toll. Auch die Pfleger. Die Ärzte natürlich auch, aber zu denen hat man viel weniger Kontakt, die sind immer schnell wieder weg. Die Schwestern und die Pfleger hatten auch viel zu tun, aber trotzdem gab es immer welche, die sich Zeit genommen haben. Auch für mich.«

Molly verstaute die Salbe im Schrank und setzte sich dann wieder zu mir aufs Bett. »Eben. Und genau darum geht's mir auch. Ach, Sophia«, sie nahm meine Hand, »du hast schon so viel durchgemacht.«

Ich schaffte es, die Tränen im Zaum zu halten. »Auch wenn ich nur neun Jahre mit meiner Mutter hatte, bin ich trotzdem dankbar, dass genau sie meine Mama war. Verstehst du das?«

Molly nickte, während sie heftig blinzelte.

Jetzt fing ich auch zu blinzeln an. »Okay, Molly, jetzt musst du uns beide ganz schnell ablenken, damit wir nicht sentimental werden, okay?«

»Okay! Das schaff ich«, verkündete sie, während sie

sich Tränen aus den Augenwinkeln wischte. »Ich werde dir nämlich gleich gehörig den Kopf waschen, meine Liebe! Was fällt dir ein, auf meine Krankenschwesternberufsträume nicht zu antworten: ›Aber wieso, Molly? Du wirst doch ein internationales Topmodel. Halt das erste, das kaum größer ist als ein Zwergpudel.‹«

»Du bist so blöd«, prustete ich los.

Sie kicherte mit. »Oh, apropos ablenken, heute hab ich neue Fotos von Bobby gesehen!«

Oh Gott, Bobby! Nicht schon wieder der. Bobby war der ältere Bruder von Hannah, einer frischgebackenen Neuntklässlerin, die in diesem Schuljahr zu uns gekommen war. Unendlich schüchtern. Ich glaube, bis vor einer Woche kannte sie niemand von uns, abgesehen von ihren unmittelbaren Klassenkameradinnen.

Ihre Zimmernachbarin Lea hatte allerdings Hannahs Familienfotos entdeckt und beim Abendessen prompt ausgeplaudert, dass wir uns alle Hannahs Bruder ansehen mussten.

Die arme, schüchterne Hannah wurde also gezwungen, besagte Fotos aus ihrem Zimmer zu holen – und war mit einem Schlag schulbekannt. Einige Mädchen taten alles, um an Bobbys Handynummer oder E-Mail-Adresse zu kommen.

Bobby war achtzehn, sah exakt so aus wie Harry Styles und löste den wohl größten Kreischalarm aus, den es je in Mondsee gegeben hatte. Dann gab es noch die Ungläubigen, die behaupteten, das könnte nie und nimmer ihr Bruder sein, sondern die Fotos für echte Pics von Harry hielten. Bis Hannah gemeinsame Fotos von sich und ihrem Bruder Bobby gezeigt hatte. Vom Pizzaessen, vom SingStar-Spielen und vom öden Brunchen bei den Nachbarn. Yep, so lief das in einem reinen Mädelsinternat. Die Sehnsucht nach Jungs war echt groß.

»Aber du glaubst nicht, was Denise gemacht hat«, ereiferte sich Molly. »Sie hat Hannah Geld für seine Kontaktdaten angeboten!«

»Nein!« Um Molly in ihrem Frust gebührend beizustehen, bemühte ich mich um einen ehrlich empörten Blick. Dabei war ich mir gar nicht so sicher, ob sie das mit der kleinen Bestechung nicht selbst versucht hatte. Jedenfalls war sie seit Bobbys Fotos auffallend bemüht um Hannah.

»Es ist einfach so öde ohne Jungs«, sagte sie plötzlich. »Wäre schon toll, wenn es so jemanden wie Bobby hier gäbe.«

»Hey, erzähl mir doch noch mal von deinem Surflehrer auf Ibiza«, sagte ich, um sie aufzumuntern. Molly sprach gerne über ihre Eroberungen.

Ihre Mundwinkel glitten auch sofort nach oben. »Diego … der ist 'ne Nummer. Woudiboudi, sag ich da nur.«

»Wudi-was?«

»Nicht wudi, woudi. Mit Genuss musst du das aussprechen. Das ist meine Bezeichnung für die Küsse, die wir getauscht haben. Woudiboudi, der konnte küssen.« Molly schloss schwärmerisch die Augen und verharrte für einen Moment so. Ich dachte schon, sie wäre eingeschlafen.

»Was ist der Unterschied zwischen einem guten und einem schlechten Kuss?«, fragte ich sie trotzdem.

Sofort war sie wieder hellwach.

»Gute Frage. Das schreit nach einer Liste!«, verkündetet sie.

»Molly, zu diesem Thema kann ich doch gar nichts beitragen.«

»Egal.« Sie angelte ihr Notizbüchlein samt kleinem Bleistift aus dem Nachttisch hervor und sagte laut an, was sie schrieb.

Was macht einen guten Kuss aus?

Top: weiche, aber feste Lippen
Flop: wabblige, schwabblige Ich-weiß-eigentlich-gar-nicht-was-ich-da-soll-und-wo-ich-mich-hier-befinde-Lippen

Top: kaugummifrischer, aber dennoch eigener, am besten nach Natur oder guten Früchten duftender Atem
Flop: Bieratem/übertriebener Kaugummiatem/Rasierwasseratem oder, sorry, Ich-hab-grad-gerülpst-waren-wohl-zu-viele-Fishmacs-auf-einmal-Atem
Top: wohl eingesetzte Zunge

Flop: Ich-angel-dir-schnell-mal-das-Essen-von-gestern-aus-dem-Magen-hoch-Zunge

»Iiiieh, du Arme, das hast du alles schon erlebt?«, fragte ich halb entsetzt – und halb neidisch, weil sie so eine Liste immerhin aufstellen konnte.

Molly zuckte mit den Schultern. »Teilweise erlebt, teilweise erzählen lassen«, erklärte sie. Dann setzte sie ihr typisch verschmitztes Molly-Lächeln auf. »Zum Glück hab ich mir die Flops vor allem erzählen lassen.«

Ich konnte gar nicht anders, als mir in dieser Nacht vorzustellen, wie es wäre, Mars zu küssen. Was hatte auf Mollys Liste gestanden? Weiche, aber feste Lippen. Mit geschlossenen Augen malte ich mir diese Küsse aus. Und verspürte dabei viel mehr Sehnsucht, als eigentlich hätte sein dürfen. Schließlich war ich Mars noch nie begegnet.

Und plötzlich kam mir ein verzweifelter Gedanke. Was, wenn es diese Küsse zwischen uns nie geben würde? Weil wir uns nie begegnen würden?

Sechstes Kapitel

Als ich um zwei Uhr immer noch wach lag, schnappte ich mir mein Tablet und checkte noch einmal meine E-Mails.

Hey, Mars hatte sich wirklich noch mal gemeldet, obwohl wir uns vorhin eigentlich schon eine gute Nacht gewünscht hatten.

In der E-Mail stand allerdings keine Nachricht, sondern eine Datei, die auf den Namen *My_song_for_you* lautete.

Ich klickte drauf … und sofort panisch wieder weg. Ich starrte zu Molly hinüber, die selig weitersägte und sich von der plötzlichen Gitarrenmusik, die eben unser Zimmer erfüllte, überhaupt nicht hatte stören lassen. Nachdem ich die Lautstärke reguliert hatte, hielt ich mein Handy ans Ohr und lauschte.

Erst als der Song zu Ende war, merkte ich, dass sich mein Herzschlag deutlich beschleunigt und mein Mund zu einem verklärten Lächeln verzogen hatte.

War das wirklich seine Stimme? Die war voll der Hammer! Ich hörte mir den Song ein zweites und ein drittes Mal an. Hoffentlich verstand ich alles richtig. Mars sang auf Englisch – und ja, die Tonqualität war nicht die beste. Aber diese Stimme … Shit, Miri hatte recht, ich grinste vor mich hin wie ein Honigkuchenpferd. Mensch, was sollte ich ihm bloß zurückschreiben? Oder musste ich zurücksingen?

Was genau sang er überhaupt? Wenn bloß die Tonqualität etwas besser gewesen wäre. Sang er echt »love«? Oder doch »dwarf«? War ja ein kleiner Unterschied …

Verflucht egal, ob »love« oder »dwarf«, ich musste ihm jetzt antworten.

Erst nachdem ich meine Nachricht – Wow, du hast eine tolle Stimme – Starqualität! – abgeschickt hatte, kam mir der Gedanke, dass ich ja gar nicht wusste, ob er wirklich selbst gesungen hatte.

SHIT!

Doch seine Antwort beruhigte mich – vorerst zumindest.

✉@ Du bist sehr süß, meine Queen. Und wenn hier jemand Starqualitäten hat, dann du. Das sieht ja wohl ein Blinder :-*

Immer noch ganz beseelt von dem Klang seiner Stimme – tief und leicht rau, fand sie alle Töne und schaffte auch die höheren –, wollte ich ihm gerade begeistert eine Nachricht schicken, als ich stutzte. Was hatte er mir geschrieben?

… *das sieht ja wohl ein Blinder* … Das klang fast so, als hätte er mich plötzlich gesehen.

Ich löschte also, was ich euphorisch geschrieben hatte, und tippte stattdessen leicht verunsichert und in dem bemühten Versuch, humorvoll zu sein:

✉@ Oh, du musst tatsächlich blind sein … doch falls ich jemals für dich singe, solltest du vor allem taub sein. ☺

Gut, ich gebe zu, meine Nachricht passte so gar nicht zu seiner wundervoll romantischen Geste, mir einen selbst gesungenen Song zu schicken, doch ich war komplett verwirrt. Den Smiley hatte ich noch schnell dazugeklickt, um meine Message zumindest etwas aufzulockern. Ich wusste nicht, was für eine Antwort ich erwartete, aber jedenfalls nicht diese:

✉@ Weder blind noch taub. Und du hattest heute offensichtlich einen ziemlichen Run, oder? ☺
PS: Du bist sehr hübsch.

Ich konnte mich richtig dabei beobachten, wie sich mein Gesicht zu einem Grinsen verzog. Fast als würde es in Zeitlupe geschehen und ich mich dabei auf einer Videowall betrachten.

Sehr hübsch …

Die kalte Dusche kam sofort danach. Mars hatte keine Ahnung, wie ich aussah. Er konnte gar keine Ahnung haben. Es gab nirgendwo im ganzen Netz ein Foto von mir, das mit Volleyqueen untertitelt war, und meinen richtigen Namen kannte er nicht. Diese Information konnte er nicht durch meine E-Mail-Adresse bekommen, das wusste ich. Ich war wohl die am besten geschützteste Person im Internet. Nicht mal mit meinem Namen hätte er mehr über mich herausfinden können.

Gut, wahrscheinlich hatte er das einfach nur so geschrieben. Vielleicht meinte er damit meinen schönen Charakter. Oder? Nee, Blödsinn. Und was meinte er mit dem Run, den ich heute angeblich gehabt hatte?

Plötzlich kam mir ein schrecklicher Gedanke. Was, wenn mich da die ganze Zeit jemand verarschte, den ich kannte? Aber wer? So etwas Fieses traute ich hier im Internat niemandem zu. Doch halt! Amelie! Die hing auch in jeder freien Minute an ihrem Smartphone. Ich konnte sie und Miri regelrecht vor mir sehen, wie sie auf ihren Betten saßen und sich einen Ast ablachten, während ich unbeholfen mit ihnen flirtete.

Aber nein, das war doch alles Blödsinn. Es hatte mich ja niemand zu Mars' Blog gelockt. Ich war durch reinen Zufall darauf gelandet, niemand wusste davon.

Ich las mir die Zeilen noch einmal durch.

✉@ Du hattest heute offensichtlich einen ziemlichen Run, oder? ☺
PS: Du bist sehr hübsch.

Ich musste endlich antworten. Ich wollte nicht, dass er meine Verunsicherung bemerkte. Und schon gar nicht, dass er womöglich auf den Gedanken kam, dass es mich verwirren könnte, als »hübsch« bezeichnet zu werden.

Schließlich schrieb ich:

✉ Hellseher? ^^ Oder besitzt du Insiderinformationen, von denen ich nichts weiß? ☺

So. Durch den Smiley wirkte das Ganze hoffentlich lockerer, als ich mich gerade fühlte.

Ich wartete. Überlegte. Plötzlich bahnte sich ein kleiner unangenehmer Gedanke den Weg an die Oberfläche. Anfangs mehr ein Gefühl als etwas, was ich klar in Worte fassen konnte.

Ich rief unsere Internatsseite auf. Klickte auf den Sportlink, fand dort jedoch nichts Neues. Kurz war ich erleichtert. Dann checkte ich noch die Rubrik *Aktuelles,* auf der sich kaum je was Aktuelles befand.

Anders jedoch heute.

Ich starrte auf die stolze Überschrift:

Sieg für unser Volleyballteam!

Aber vor allem starrte ich auf das Foto darunter. Das Gruppenbild, zu dem uns die Kampfnuss heute genötigt hatte.

Ich starrte auf meine elektrisch aufgeladenen Haare, meine ausgeleierte Jogginghose und den angeödeten Ausdruck in meinem Gesicht. Genau genommen sah ich drein, als besäße ich höchstens eine Gehirnzelle in meinem Schädel.

Wie verdammt noch mal konnte er da behaupten,

dass ich *sehr hübsch* wäre? Verarschte er mich? Und woher wusste er überhaupt, dass ich das war?

Mein Blick wanderte nach links. Zu Amelie, die neben mir saß. Zu Amelie, die definitiv *sehr hübsch* aussah.

Ich schnappte nach Luft. Die Kapitänsschleife! Volleyqueen!

Oh nein! *Oh nein!*

Ich klickte zurück zu den E-Mails, ich musste das sofort aufklären.

✉@ Sorry, aber das bin nicht ich. Ja, normalerweise bin ich Teamkapitänin (darum ja auch mein kitschiger Username, wie du anscheinend völlig richtig kombiniert hast), aber ich hatte mir den Knöchel verstaucht und daher hat Amelie heute den Job gemacht. Ich bin die daneben –

Den letzten Satz löschte ich sofort wieder. Danach auch den Rest. Versuchte es noch einmal. Doch mir fiel einfach nichts ein.

Auf gar keinen Fall konnte ich ihm verraten, dass ich die mit dem braunen Heiligenschein und dem äußerst geistreichen Gesichtsausdruck war. Auf gar keinen Fall!

✉@ Oh, Mars, ich bin übrigens nicht die blonde vollbusige Schönheit, dieser Marilyn-Monroe-Verschnitt mit der Kapitänsschleife in der Mitte des Fotos, sondern die daneben. Und? Bist du immer noch so begeistert von mir? Bin ich immer noch die Queen deines Herzens, deine Dreamqueen?

Nein, das ging ganz und gar nicht. Ich wusste nicht, was ich ätzender fand. Dass er mich ausgerechnet für Amelie hielt oder dass ich nicht den Mumm besaß, ihm die Wahrheit zu sagen. Was sollte das? Alles, was wir uns in Zukunft schreiben würden, wäre eine einzige Lüge, weil er mich für eine andere hielt. Was, wenn er künftig noch stärker mit mir flirtete? Und alles nur, weil er dachte, ich sähe aus wie Amelie? Was, wenn er mir jetzt dauernd schreiben würde, wie schön ich sei? Das Lied, das er für mich gesungen hatte, das war wahrscheinlich auch nur, weil »ich« ihm so gut gefiel.

Eine neue E-Mail kam. Ich schwor mir, wenn da jetzt drinstand, dass er nun noch viel begeisterter von mir war als zuvor, oder wenn er jetzt schrieb, dass er mich unbedingt ganz bald treffen wollte, dann würde ich den Kontakt abbrechen.

Nervös klickte ich die Mail an.

✉@ Ich möchte nur, dass du weißt, dass ich deine Art zu schreiben sehr mag. Ich mag dich.
Der Grund dafür ist aber nicht, dass du sehr hübsch bist, sondern deine Spontaneität, mit der du mich beim ersten Mal angeschrieben hast, deine Nachrichten, die von Tag zu Tag wichtiger für mich geworden sind. Du hast eine ganz spezielle Art, die

ich sonst noch bei keinem Mädchen erlebt habe. Ich hab das Gefühl, wir kennen uns schon lange ... Seelenverwandt, oder?
PS: Kann es sein, dass deine Freundin, die Robin mit Robbie verwechselt hat, das lange, etwas verwirrt dreinsehende Mädel mit der Albert-Einstein-Frisur ist, das neben dir sitzt? ☺

Unnötig zu erwähnen, dass ich beim Lesen des letzten Satzes mindestens sechs von sieben möglichen Katzenleben starb.

Siebtes Kapitel

✉@ Guten Morgen, meine Queen,
ich höre gerade einen meiner Lieblingssongs:
House of Gold.
»I will make you Queen of everything you see.«
Kannst du dir vorstellen, warum ich dabei an dich denken muss?
Verstehe plötzlich immer mehr, dass man jemandem die Welt zu Füßen legen möchte.
Jetzt noch mit diesem ganz gewissen Mädchen zur Musik zu tanzen und dieser Morgen wäre perfekt. 😗

Und wieder nannte er mich seine Queen. Eigentlich sollte ich mich ja darüber freuen, doch ganz doof war ich natürlich auch nicht. Er nannte mich erst so, seit er dachte, dass ich aussah wie Amelie. Er meinte gar nicht mich damit. Wenigstens schickte er den Kusssmiley schon länger, den konnte ich also getrost annehmen.

Trotzdem erwog ich heute ernsthaft, im Bett zu bleiben und den Unterricht zu schwänzen.

»Du siehst irgendwie krank aus«, sagte Molly prompt.

»Ja?«, fragte ich hoffnungsvoll und prüfte meine Stirntemperatur. Na ja, mit ein wenig sehr gutem Willen konnte man sie als lauwarm bezeichnen.

Molly legte auch gleich die Hand auf meine Stirn. »Kein Fieber«, stellte sie fest. »Aber hast du eine Augenentzündung?« Sie klimperte mit ihren Lidern. »Tut das weh, wenn du so machst?«

Ich probierte es aus, obwohl mir klar war, dass die »Augenentzündung« vom nächtlichen Heulen herrührte. Ja, ich gestehe es. Mich, die sonst nichts so schnell umhauen konnte, hatte ein Junge zum Heulen gebracht. Aber das konnte ich vor Molly unmöglich zugeben. Ich meine, ich heulte wegen eines *Jungen!* Wie oft hatte ich sie wegen so was aufgezogen. Ich nickte also bezüglich der Augenentzündung. »Ja, meine Augen tun wirklich weh. Und der verdammte Knöchel auch. Molly, ich kann heute nicht zum Unterricht. Holst du die Krankenschwester her? Bitte.«

Einer der großen Nachteile am Internatsleben ist, dass man, wenn man mithilfe von vorgetäuschten Krankheiten Schule schwänzen wollte, nicht einfach nur die eigenen misstrauischen Eltern täuschen musste, sondern eine Frau vom Fach, nämlich die Krankenschwester.

Doch heute ging es nicht anders. Allein schon beim Gedanken an Unterricht und ein Wiedersehen mit Amelie trat der Schokoriegel von letzter Nacht den Rückweg aus meinem Magen an.

Amelie.

Ich konnte ihr jetzt einfach nicht begegnen. Sie nahm mir alles weg. Erst mein Zuhause, dann das Volleyball und jetzt auch noch Mars.

Ich wusste, dass das kindisch von mir war. Sie konnte nichts dafür, dass sich ausgerechnet unsere Eltern ineinander verliebt hatten und für meinen verstauchten Knöchel und die Konsequenzen desselben war sie auch nicht verantwortlich. Ich war schließlich selbst so blöd gewesen, die Stufen runterzuspringen. Und dafür, dass Mars sie auf dem Foto entdeckt hatte, sie augenscheinlich für mich hielt und auch noch *oberaffengeil* hübsch fand, konnte sie erst recht nichts. Abgesehen davon, dass mich das Ganze sowieso nicht so treffen sollte, ich kannte Mars ja gar nicht richtig. Und doch war er der Junge, dem ich in meinem Leben vermutlich am nächsten gekommen war – wenn man mal von meinen drei Cousins absah, die jedes Weihnachten und in den Sommerferien zu Besuch kamen. Doch deren Charme ließ etwas zu wünschen übrig. Zwei von ihnen hingen zwar maßlos an mir, doch das wohl vor allem deswegen, weil sie mir ungestraft in den Bauch boxen durften. Der dritte hatte mich in den Ferien angepinkelt. Gut, Jan-Niklas war da sechs Wochen alt gewesen und ich dabei, ihm die Windeln zu wechseln, aber jetzt mal ehrlich … charmant ist anders, oder?

Molly kam zurück. Ohne Krankenschwester. In mir keimte schon Hoffnung auf. Vielleicht hatte sie gerade zu viel zu tun und ich durfte erst mal unbesehen im Bett bleiben.

»Sie kommt gleich«, verkündete Molly da aber auch schon, beachtete mich nicht weiter und schmierte sich vor dem Spiegel eine zweite Portion Rouge auf die Wangen.

»Was ist denn mit dir los?«, fragte ich. »Alzheimer im Frühstadium? Hast du vergessen, dass du dich bereits geschminkt hast? Und seit wann schminkst du dich im Zimmer? Brauchst du plötzlich gar kein gnadenloses Licht mehr dazu?«

»Auf den Gängen sind ein paar männliche Wesen unterwegs.«

»Ach so. Und jetzt hast du dich wieder verknallt«, mutmaßte ich.

»Blödsinn«, protestierte sie. »Ich fühl mich nur plötzlich so blass im Gesicht.« Sie drehte sich zu mir um, ihre Wangen leuchteten wie rote Ampeln. »Aber der eine sah echt ganz süß aus. Bist du sicher, dass du nicht doch aus dem Bett kommen willst? Ich glaube, heute verpasst du was.«

»Nein danke«, sagte ich. »Ich kenn doch deine Liste. Der, auf den du ein Auge geworfen hast, trägt wahrscheinlich einen Anzug.«

Sie grinste verschmitzt. »Jaaa, Anzüge sind einfach sexy, oder? Übrigens haben die Typen da draußen tatsächlich welche an, aber ganz andere, als du denkst.«

»Und zwar?«

»Arbeitsanzüge«, verkündete Molly fröhlich und fuhr sich schnell noch mal mit der Bürste durchs Haar.

Ach ja, Arbeiterklamotten kamen bei Molly ja noch vor Business-Anzügen. In diesem Punkt überschnitten sich unsere Top-Five-Listen – sollte ich je freiwillig eine anfertigen.

»Und sie sind jung«, fügte sie jetzt noch hinzu. Bevor

sie allerdings weiterberichten konnte, ging die Tür auf und die Krankenschwester trat ins Zimmer. Als Erstes nahm sie meinen Verband ab und drückte mir ein frisches Coolpack auf die Schwellung.

»Autsch.«

»Lass das mal für zwanzig Minuten drauf. Danach schmierst du den Knöchel mit der Salbe ein, die ich dir gestern gegeben habe.« Sie tätschelte kurz mein Knie. »Das wird schon wieder«, meinte sie.

»Ich weiß«, sagte ich und versuchte, meiner Stimme einen kläglichen Klang zu geben, was mir zugegeben heute nicht schwerfiel. »Ich fühl mich nur generell so krank. Meine Augen tun so weh …«

Jetzt sah sie mich genauer an. »Deine Augen?«

Ich fragte mich, warum sie plötzlich so alarmiert klang, witterte aber gleichzeitig meine Chance. Ich blinzelte angestrengt und tat so, als würde es mir schwerfallen, ins Licht zu blicken.

»Die sind ja tatsächlich rot. Außerdem ziemlich geschwollen. Wann ist das zum ersten Mal aufgetreten?«

»Ich weiß nicht. Irgendwann über Nacht.«

»Schluckbeschwerden? Probleme mit der Atmung?«

Automatisch schüttelte ich den Kopf und ärgerte mich gleich darauf. Mist, ich war einfach zu blöd, um krank zu spielen.

Die Schwester drehte sich zu Molly um. »Du schläfst auch in diesem Zimmer?«

Molly nickte.

»Du hast aber keine Augenprobleme bisher? Oder Probleme mit der Atmung?«

Molly und ich warfen uns einen Blick zu. Sie schien sich dasselbe zu fragen wie ich. Was war denn jetzt los?

»Ich hol mal mein Lämpchen, um mir deine Augen genauer ansehen zu können«, verkündete die Schwester. Kaum trat sie aus der Tür, hörten wir sie nach Frau Bullke rufen.

»Oh Gott!«, entfuhr es mir. »Glaubt die vielleicht, ich hab Drogen genommen?«

Molly riss die Augen auf.

Im nächsten Moment kam die Schwester zurück, ohne »ihr Lämpchen«, dafür mit der Bulldogge und einem fremden Mann – in blauer Arbeiterkluft, die so eng anlag, dass sich seine nicht zu knappen Muskeln drunter abzeichneten. Die Ärmel hatte er bis über die Ellbogen hochgerollt und entblößte damit zwei tiefbraune Unterarme. Molly fing an, mit den Wimpern zu klimpern, und sank dann auf ihr Bett, von wo aus sie jedoch nicht vergaß, verspielt eine Haarlocke um ihren Zeigefinger zu wickeln. Wenn ich daran dachte, wie sie über Amelie hergefallen war, als die mit ihren Haaren gespielt hat. Aber gut, da war ja auch kein heißer Typ in der Nähe gewesen.

»Was ist denn los?«, fragte ich plötzlich ungeduldig. Das war doch lächerlich. Wegen zwei verheulter Augen so ein Aufsehen zu machen. Mittlerweile bereute ich es, dass ich es darauf angelegt hatte, den Unterricht zu schwänzen.

Frau Bullke nahm kaum Notiz von mir. Sie und Mr Muskelmann konzentrierten sich vielmehr auf die Wand neben meinem Bett. Trotzdem fühlte ich mich peinlich berührt. Hallo? Hätte man mich vielleicht vorwarnen können, damit ich mir was anderes als meine Nachtshorts und das knappe Oberteil hätte anziehen können? Der Typ zog irgendein elektronisches Kästchen aus seiner Tasche und hielt es an die Mauer direkt neben meinem Kopf.

Ich zog mir die Bettdecke bis ans Kinn. »Hey, darf ich fragen, was das soll?«

»Geduld, Sophia.« Die Bulldogge legte ihren Finger an die Lippen, um mir zu bedeuten, still zu sein, als wäre ich ein kleines Kind.

Der Mann sagte: »Ist genauso feucht wie die anderen Wände an dieser Hausseite, die ich bisher gesehen habe. Nicht mehr und nicht weniger.« Er klopfte die Wand ab. »Aber ins Zimmer dringt er noch nicht.«

»Wer denn?«, fragte Molly mit eindeutig gewollt verführerischer Stimme.

»Der Schimmel«, antwortete der Mann, woraufhin die Bulldogge ihn entnervt ansah. Offensichtlich war »der Schimmel« nicht für Schülerohren bestimmt.

Molly ließ ihre Haarsträhne fallen und verzog angewidert das Gesicht.

Die Bulldogge musterte mich. Dann flüsterte sie der Krankenschwester zu – laut genug, damit es alle im Zimmer hören konnten: »Frau Bauer, das ist aber keine Schimmelallergie, das sind ganz normale verweinte Augen.«

Na, vielen Dank auch.

Die Bulldogge fuhr ungerührt fort: »Genau wie bei Amelie.«

»Amelie?«, wiederholte ich. Warum hatte die denn geweint?

Alle Blicke richteten sich nun auf mich und meine verheulten Augen.

Ich verkroch mich unter meiner Bettdecke.

Nachdem ganz offensichtlich die Meinung vorherrschte, ich hätte vor Schmerzen wegen der Verstauchung geweint, durfte ich heute zur Schonung tatsächlich im Bett bleiben. Molly und Kaja brachten mir noch mein Frühstück aufs Zimmer, bevor sie sich zum Unterricht aufmachten.

Auf mich allein gestellt, musste ich mich wohl oder übel mit der Frage auseinandersetzen, warum ich das Missverständnis mit Mars nicht gleich in der Nacht aufgeklärt hatte. Beziehungsweise warum ich mich nicht dazu aufraffen konnte, es zumindest jetzt aufzuklären.

Okay, ja, das PS mit der Einstein-Frisur hätte er sich sparen können, aber das, was er davor geschrieben hatte, nämlich dass er mich in erster Linie wegen meiner Art und nicht wegen meines »sehr hübschen« (Frust hoch drei, weil ja Amelie damit gemeint war) Aussehens toll fand, das war schon wahnsinnig süß gewesen. Wobei mein verrücktes viel-zu-viel-über-alles-nachgrübelnde Hirn mir natürlich sofort einen recht zwielichtigen Grund für seine süße Aussage geliefert hatte. Bestimmt dachte er, dass ein Mädchen, das so toll aussah, es satthatte, ständig auf ihr Äußeres reduziert zu werden. Bestimmt war ihm klar, dass er bei dieser Art Mädchen enorm damit punkten konnte, wenn er sie in ihrem Charakter bestätigte.

Ein anderer verrückter Teil meines Gehirns, wenn auch ein kleinerer, lieferte freilich noch eine ganz andere Variante, warum er so darauf gepocht hatte, dass es ihm nicht aufs Äußere ankäme. Vielleicht sah er selbst nicht so toll aus.

Es war einfach zu spät. Wenn, dann hätte ich ihm in der Nacht klarmachen müssen, dass ich nicht die heiße Blondine in der Mitte des Fotos war.

Ich rollte mich auf die Seite und hoffte einfach nur darauf, einschlafen zu können. Was tatsächlich gelang und auch ganz angenehm hätte sein können, hätte ich nur nicht den total ätzenden Traum gehabt.

Wir spielten ein Match gegen eine andere Schule, wussten im Vorhinein aber nicht, gegen welche. Amelie und ich trugen beide die Kapitänsschleife. Ihre hatte sie sich komischerweise als Stirnband umgebunden, was ziemlich kess aussah. Doch noch krasser waren ihre rot verheulten Augen. »Ich hab Heimweh«, flüsterte sie mir plötzlich zu.

»Ich versteh das«, flüsterte ich zurück und verspürte ein unsagbar tiefes Gefühl der Verbundenheit mit ihr.

Doch plötzlich war sie viel größer als ich und sprang

mir dauernd in die Quere, sodass ich nie an den Ball kam. Als ich endlich mit Aufschlag dran war, baggerte ich ihr den Ball versehentlich an den Kopf. Die Kampfnuss brüllte mich wütend an. Ich versuchte, mich zu verteidigen, versuchte klarzumachen, dass Amelie mir absichtlich in den Weg gesprungen war. Gleichzeitig tat mir meine Petzerei leid, weil ich mich ihr gerade noch so verbunden gefühlt hatte.

Von der anderen Seite des Netzes hörte ich lautes Lachen. Jetzt fiel mir auf, dass unsere Gegner Jungs waren! Natürlich war Mars_01 auch dabei. Er hatte blonde Locken und hätte Amelies Zwillingsbruder sein können. Sie überredete ihn, in unserem Team mitzuspielen. Schnell zerrte ich mir die Schleife vom Arm. Er durfte sie auf keinen Fall sehen. Viel zu groß war meine Angst, dass er plötzlich enttäuscht sein könnte, wenn er draufkam, dass *ich* Volleyqueen war. Doch ich hätte deswegen nicht besorgt sein müssen, er hatte ohnehin nur Augen für Amelie. Die war in Bestform. Sprang herum, als wäre sie Wonder Woman persönlich.

»Wir sind hier nicht beim Basketball, Amelie«, mahnte die Kampfnuss.

Ich grinste schadenfroh. In dem Moment landete Amelie auf meinem Fuß. Das war's mit Grinsen. Es tat sauweh. Ich sah, wie Mars plötzlich auf meinen Fuß starrte, nahm an, dass er grässlich angeschwollen sein musste, und versuchte, ihn mit beiden Händen zu verdecken. Dabei blieb ich an was hängen. Es war die Kapitänsschleife, sie war um meinen Knöchel gebunden. Mars hob den Kopf, sah mich an. Ich konnte regelrecht spüren, wie meine Haare vor lauter Verlegenheit immer weiter in die Höhe standen. Braune Blitze, die Elektrowellen ausschickten. Er steckte den Zeigefinger aus und bewegte ihn langsam in Richtung meiner Haare. Der Stromstoß, der zwischen uns beiden ausgetauscht wurde, war sagenhaft schmerzhaft, er schoss mir direkt in den rechten Knöchel.

Aua. Ich war wach. Die Decke hatte ich mir komplett vom Körper gestrampelt und mein Knöchel schmerzte wie die Hölle.

In diesem Moment flog die Tür zu meinem Zimmer auf. »Wie geht's?«, fragte Kaja und balancierte ein Tablett an mein Bett, gefolgt von Molly.

Ich verzog das Gesicht. »Diese Salbe hilft irgendwie gar nicht. Außerdem hab ich vom Volleyball geträumt. Anscheinend etwas zu lebhaft. Egal. Her mit dem Essen.«

Während ich, im Bett sitzend, das Kopfkissen im Rücken, Nudeln, Fleisch und Soße in mich reinschaufelte und dankbar spürte, wie meine Lebensgeister langsam zurückkehrten, berichteten Kaja und Molly vom allerneuesten Amelie-Affront.

Also zumindest Molly war der Meinung, dass es sich um einen Affront handelte. Kaja hingegen schien weniger von Amelie als vielmehr von Molly genervt.

»Molly, das ist so was von kindisch. Es ist ja wohl nicht ihre Schuld.«

»Was denn?«, fragte ich.

»Doch«, trotzte Molly. »Natürlich ist es ihre Schuld.«

»Was denn?«

Kaja seufzte inbrünstig und schüttelte den Kopf. »Sorry, aber es ist kindisch.«

»Was denn?«, hakte ich zum dritten Mal nach.

»Ist es nicht!«, rief Molly. »Oder ja, ist es. Aber von ihr. Kindisch von ihr. Sie weiß genau, dass ich ihn zuerst gesehen habe.«

»Oh, alles klar«, nuschelte ich, kaute kurz und schluckte dann. »Bobby. Der sagenhafte Bobby.«

»Klar, wer sonst.« Kaja ließ sich stöhnend auf mein Bett fallen.

»Autsch!«

Sie lüpfte ihren Po von meinem Fuß und grinste entschuldigend. »Ups, sorry.«

»So ein Mist. Wieso nur spiel ich nicht Volleyball?«, klagte Molly – reichlich zusammenhangslos, wie ich fand. »Sophia, wieso hast du mich nie dazu überredet? Wieso nicht? Bin ich zu klein oder was?«

»Ähm, sind wir noch beim Thema Bobby oder worum geht's jetzt?«

»Natürlich sind wir das. Hast du nicht zugehört?« Molly sank in dramatischer Pose auf ihr Bett, während Kaja die Erklärung übernahm.

»Hannahs Freundin hat heute in der großen Pause im Garten herumposaunt, dass Hannahs Bruder, der *sagenhafte Bobby*«, die Art, wie Kaja seinen Namen hauchte, sagte einiges darüber aus, wie wenig sagenhaft sie Bobby fand, »sich gestern unsere Internatsseite angesehen hat. Oh, und anscheinend war die Kampfnuss gestern nach dem Match dermaßen gut gelaunt, dass sie ein Foto von eurem Team draufgestellt hat …«

Ich biss die Zähne zusammen. Als ob ich nicht längst von dem verfluchten Foto wüsste.

»Und Bobby«, fuhr Molly fort, »hat Amelie auf dem Foto gesehen und war von ihr dermaßen begeistert, dass er seine Schwester angerufen und gefragt hat, ob er Amelies Nummer haben kann. Dieser Idiot!«

»Ich dachte, du wärst sauer auf Amelie. Jetzt ist also Bobby daran schuld?« Kaja ließ sich von meinem Bett auf den Boden sinken, angelte ihren Kaugummi aus dem Mund, zog ihn in die Länge und wickelte ihn sich schließlich um den Finger.

Mir blieb eine Nudel im Hals stecken. Ich hustete sie hoch.

»Leise sterben«, empfahl Kaja und warf mir eine Kusshand zu, wobei sie fast ihren Kaugummi auf mich schleuderte.

»Diese Kuh«, zischte ich.

Molly war sofort wieder glücklicher. »Nicht wahr?«

»Sag mal, spinnst du jetzt auch?«, fragte Kaja mich. »Klar ist sie eine Kuh, und was für eine, aber dass der Typ sie zufällig auf dem Foto entdeckt hat und sie ihm gefällt, dafür kann sie doch nichts.«

Ich schob das Tablett aufs Nachtschränkchen. Natürlich hatte Kaja recht. Genau so, wie Amelie nichts dafür konnte, dass Mars auf ebenjenes Foto gestoßen war und ganz offensichtlich Gefallen an ihr gefunden hatte.

Trotzdem. Wo sie auftauchte, gab es Probleme.

»Wenn ich bloß auch auf dem Foto wäre«, jammerte Molly. »Alle sind drauf. Nur ich nicht.«

»Ich bin nicht drauf«, stellte Kaja klar. »Und die meisten anderen auch nicht.«

»Und ich zum Beispiel bin drauf und es hat mir gar nichts gebracht«, sagte ich. »Im Gegenteil.«

»Was willst denn du von Bobby?«, wollte Molly von mir wissen.

»Natürlich nichts. Ich hab ein ganz anderes Problem mit dem Foto.«

Und dann erzählte ich ihnen von letzter Nacht, zuerst von Mars' selbst aufgenommenem Song, dann von der bescheuerten Verwechslung auf dem Foto.

»Diese Kampfnuss«, stieß ich hervor. »Sonst schafft sie es nie, ein Foto auf unsere Homepage zu stellen, und dann macht sie es ausgerechnet an dem Tag, an dem Amelie die Kapitänsschleife trägt.«

Molly starrte mich mit offenem Mund an. »Ja, warum hast du Mars denn nicht gleich geschrieben, dass er sich irrt?«

Ich zuckte mit den Schultern. »Was weiß ich. Zu feige.«

»Dann klär es doch jetzt auf«, sagte Kaja. »Komm, jetzt gleich, es ist noch nicht zu spät.«

»Ist es doch.« Trotzig verschränkte ich die Arme. »Und außerdem ist es mir auch irgendwie zu früh«, grummelte ich. »Ich will nicht, dass er herausfindet, wie ich wirklich aussehe. Ich will erst wissen, wie er aussieht.«

Molly war sofort Feuer und Flamme. »Na, dann frag ihn doch nach einem Foto. Jetzt, wo er weiß, also glaubt zu wissen, wie du aussiehst, muss er dir eins von sich schicken.«

»Nein, dann fühle ich mich noch mieser. Ich kann das doch schlecht von ihm verlangen, aber weiterhin so tun, als wäre ich Amelie. Ach Gott, das ist alles so kompliziert.« Ich senkte kurz den Kopf, dann hob ich ihn wieder.« Molly, weißt du, was? Eigentlich kannst du froh sein. Du und Amelie seid ähnliche Typen. Wenn sie Bobby gefällt, kannst du sicher sein, dass du ihm auch gefallen würdest.«

»Ähnliche Typen? Ha. Sie ist riesig. Und ich bin winzig.« Sie deutete zwischen Daumen und Zeigefinger eine Länge von etwa zwei Zentimetern an.

»Oooch, so winzig, unser Däumelinchen«, neckte ich sie, während mir klar wurde, dass der Gedanke, mit dem ich soeben Molly trösten wollte, im Umkehrschluss beinhaltete, dass Mars nie und nimmer auf mich stehen konnte. Also optisch. Bis auf die Größe hatte ich so rein gar nichts mit Amelie gemein.

Den Rest des Tages tröstete ich Molly wegen Bobby. Immerhin lenkte mich das ab. Ich spornte sie sogar an, eine Liste anzufertigen, warum Jungs einfach nur hassenswert waren. Ich dachte, das würde ihr guttun.

Fünf Gründe, Jungs zu hassen:

5. *Sie stehen immer nur auf denselben Typ Mädchen: langes tolles Haar, Kurven und vor allem Körperlänge! Immer müssen Mädchen groß sein, am besten riesig, alle immer nur Topmodels, ahhmmppff!!!*

Doch bereits der erste Punkt regte Molly schon so auf, dass sie das Handtuch beziehungsweise ihren kleinen Bleistift warf.

Ich fand am Ende des Tages zumindest den Mut, Mars, wennschon nicht nach einem Foto, dann zumindest endlich nach seinem Aussehen zu fragen. Jetzt wo er ja, ähm, *wusste,* wie ich aussah.

So ähnlich formulierte ich es auch in meiner Nachricht an ihn.

🖂@ Jetzt wo du ein Foto von mir gesehen hast – was ja nicht einmal gelogen war, dachte ich –, würde mich nun doch sehr interessieren, wie du eigentlich aussiehst ...

Die Antwort ließ nicht lange auf sich warten:
🖂@ Hmm, okay, dazu hast du wohl nun wirklich jedes Recht. ☺
Also, groß und sportlich, würde ich sagen. Der blonde, blauäugige Surfertyp

Oha, auch das noch. Wenn er sich nun wenigstens als nicht ganz so gottähnlich beschrieben hätte, dann wäre ich womöglich doch noch mit der Wahrheit rausgerückt. Obwohl ich in dem Moment, in dem ich seine Beschreibung las, auch etwas grinsen musste. Es hätten doch auch ein paar Fakten gereicht, als Surfertyp hätte er sich nicht gleich beschreiben müssen. Das klang irgendwie ein bisschen eingebildet, so kannte ich ihn noch gar nicht.

Ich fragte Molly um ihre Meinung. »Ha, typisch Jungs, die halten sich doch alle für unwiderstehlich!«, war ihr Kommentar – eigentlich klar nach dem Ärger mit Bobby heute.

Ich schrieb an Mars zurück:

Weißt du, was witzig ist? Ich hab von dir geträumt ... und da warst du auch groß und blond. ☺ Seelenverwandt?

Dass er mir in diesem doofen Volleyballtraum vermutlich nur deswegen blond erschienen war, weil ich ihn gleichzeitig als Amelies Zwillingsbruder gesehen hatte, verschwieg ich ihm lieber.

Und auch sonst erzählte ich nichts weiter von dem Traum, es gab ja auch nichts Großartiges davon zu berichten.

Doch wenn ich ganz ehrlich war, war mir auch ein bisschen die Lust an unseren Nachrichten vergangen.

Natürlich wollte ich, dass unsere Geschichte weiterging, doch es sollte so sein wie früher. Er sollte nicht denken, dass ich wie Amelie aussah. Verdammt, wenn ich nur wüsste, wie ich das klarstellen konnte, ohne dabei vollständig das Gesicht zu verlieren.

Achtes Kapitel

🖂@ Erzähl mir mehr von deinen Träumen …

Es war später Nachmittag und wir waren gerade auf dem Weg zur großen Schulversammlung, zu der die Direktorin einberufen hatte, als mich Mars' Nachricht erreichte.

Ich war dermaßen mit meinem Hass auf Amelie und meinen Gedanken an Mars beschäftigt, dass mich die wichtige Mitteilung, die die Direktorin uns in der Aula verkünden wollte, vollkommen kaltgelassen hatte. Die anderen Mädchen hingegen ganz und gar nicht.

Rund um mich herum wurde wild spekuliert, woraus die große Ankündigung wohl bestand.

»Vielleicht verlässt die Bulldogge die Schule und wir kriegen eine neue Direktorin?«, mutmaßte Svenja.

»Oder sie wollen künftig auch männliche Lehrer einstellen«, seufzte Denise. »Das wäre was.«

»Oder noch besser: Sie lassen Jungs zu«, hauchte Molly. Sie war ganz aufgeregt.

Kaja versetzte ihr allerdings schnell einen Dämpfer: »Und was genau willst du mit lauter Zehn- oder Vierzehnjährigen, wenn du selbst dann mindestens schon siebzehn bist?«

»Wieso Zehn- oder Vierzehnjährige?«, fragte Molly.

»Mensch, wenn Jungs zugelassen werden, dann wohl frühestens nächstes Schuljahr. Da bist du dann schon siebzehn. Und wenn jemand die Schule wechselt, dann in der fünften oder siebten Klasse – also mit zehn oder vierzehn.«

»Du musst einem auch jede Freude vermiesen«, grummelte Molly. »Und vielleicht wäre ja doch einer dabei. Amelie ist schließlich auch jetzt in der Elften zu uns gekommen.«

»Was sich ja als totaler Glücksfall erwiesen hat«, konterte Kaja.

Ich stöhnte laut auf, irgendwie bekam ich langsam Kopfweh. »Jetzt hört doch endlich auf«, sagte ich. »Das hier ist ein Mädcheninternat und bleibt auch eins. Mindestens noch die nächsten hundert Jahre.«

In der Aula kletterte die Bulldogge auf die Bühne und klatschte zweimal energisch in die Hände.

»Einige von euch haben gestern bestimmt die Herren von der Schädlingsbekämpfung in unserem Haus bemerkt«, begann sie.

Ach ja, richtig, die Schimmelmänner, die hatte ich schon wieder komplett vergessen. *Nee, komm, jetzt dreht sich aber nicht alles um Schimmel,* hoffte ich.

Die anderen anscheinend auch. Einzig Mollys Augen strahlten noch mit einem Fünkchen Hoffnung. Sie zwickte mich in den Arm.

»Autsch, Molly!«

»Tschiiiesas, Sophia, vielleicht wird der süße Schimmelmann für uns engagiert als Leibwächter und …«, sie kicherte, »Mann fürs Grobe.«

»Welcher süße Schimmelmann?«, wollte Kaja wissen.

Während Molly noch aufgeregt von dem Typen erzählte, der gestern die Wand neben meinem Bett untersucht hatte, wurde auf den anderen Stühlen gegähnt und getratscht und nur ein paar Mädels, die besonders zartbesaitet waren, wie zum Beispiel Miri, bekamen ganz große Augen und fingen nervös an, sich Luft zuzufächeln.

Verdammt, was hätte ich darum gegeben, wenn Amelie auch zu diesen Feenwesen gehört hätte, denen allein schon beim Wort Schimmel oder Schädlingsbekämpfung übel wurde und die vermutlich am liebsten gleich ihre Mamis angerufen hätten. *Ich bin eine Prinzessin, holt mich hier raus.* Hihi.

Aber Amelie schien das ganze Thema genauso den Buckel runterzurutschen wie mir. Die hing lässig auf ihrem Stuhl und tat so, als ginge sie das alles nichts an.

Laaaangweilig, dachte ich, während die Bulldogge sich weiter in Ergüssen darüber erging, wie *gefährlich* das alles für uns sein könnte.

Da summte mein Handy. Eine neue Nachricht war eingegangen. Verstohlen schaute ich darauf. Sicher von Mars.

Wir bekommen ein Baby.

Was? Ein Baby? Ähm, so gut kannte ich Mars doch noch gar nicht! Außerdem schrieb er mir sonst nie per WhatsApp, er hatte ja gar nicht meine Nummer.

Oh, die Nachricht kam von meiner Tante Vivian. Sie und Onkel Niels erwarteten also ihr viertes Kind.

📳 Drück die Daumen, dass es ein Mädchen wird ☺, schrieb sie dazu.

📳 Ich weiß nicht, schrieb ich zurück, mittlerweile bin ich die Schläge in den Bauch schon so gewohnt. ☺

Echt witzig, dass meine Mutter nur ein Kind bekommen hatte und ihre ältere Schwester, die mit Nachwuchs erst zehn Jahre später loslegte, dann im Akkord Babys in die Welt setzte.

Mir fiel ein, wie Tante Vivian mir mal gesagt hatte, dass sie zum Kinderkriegen auf ihren Traummann hatte warten müssen, der zum Glück aufgetaucht war, noch bevor sie in den Wechseljahren war. Okay, ich war erst sechzehn, hatte also keine Not, so was wie Torschlusspanik zu empfinden, warum dachte ich jetzt trotzdem darüber nach?

Sei nicht blöd, mahnte ich mich und versuchte, mich auf die Worte der Bulldogge zu konzentrieren.

»… und deshalb werden wir heute im Laufe des Nachmittages eure Eltern verständigen, dass wir …«

Jetzt hatte sie tatsächlich meine ungeteilte Aufmerksamkeit. Eltern verständigen? Sollte das eine Drohung sein? Hatten wir was ausgefressen? Moment mal, waren *wir* am Ende für die Schimmelei verantwortlich?

»… für mindestens drei bis vier Wochen umziehen werden«, fuhr sie fort, »damit unser schönes Haus hier von Grund auf von dieser Heimsuchung befreit werden kann.«

Jetzt ganz großes Getuschel überall. Umziehen? Wohin denn bitte umziehen? Ich war hellwach.

»Können Sie uns denn nicht einfach für diese Zeit nach Hause schicken?«, fragte Miri und klang, als wäre sie den Tränen nahe. »Da könnte ich mich von meiner Ärztin untersuchen lassen …«

Die Bulldogge ging nicht mal darauf ein. »Eure Lehrerinnen und ich haben in den letzten Wochen, seitdem der Verdacht zum ersten Mal aufkam, intensiv darüber nachgedacht und nach einem geeigneten Ausweichquartier gesucht. So leicht ist das schließlich nicht. Nach einiger Herumtüftelei und vielen Telefonaten haben wir uns mit einem Institut geeinigt, das uns für ein paar Wochen aufnehmen wird.« Sie machte eine kurze Pause, tippte ihre Fingerspitzen aneinander und ließ ihren Blick musternd über unsere Reihen wandern. »Und als unsere schlimmsten Befürchtungen gestern von den Spezialisten bestätigt wurden, haben wir unsere Kollegen in besagtem Ausweichquartier verständigt, dass wir ihr großzügiges Angebot tatsächlich annehmen müssen.«

Kollegen? Was für Kollegen? Die wollten uns doch nicht in ein anderes Internat stecken? Wo sollte es denn zusätzlich Platz für hundertfünfzig Schülerinnen, siebzehn Lehrerinnen und eine Krankenschwester geben?

Doch genauso schien es zu sein. Die nächsten Minuten referierte die Bulldogge darüber, was für ein immenses Glück wir hatten, dass ein Internat, das nur knapp zwei Autostunden entfernt lag, gerade um- beziehungsweise ausgebaut wurde und wir im älteren Gebäudeteil unterkommen konnten. Der sollte im Frühjahr modernisiert werden, damit im nächsten Schuljahr das momentan reine Oberstufeninternat auch die externen Unterstufenschüler aufnehmen konnte.

Niemand gähnte mehr. Doch Begeisterung sah bei Weitem anders aus. Den Gedanken an noch mal so viele Mädchen, wie wir es bereits waren, fand niemand von uns besonders prickelnd.

»Was ganz besonders wichtig ist«, die Bulldogge hob die Stimme, »ist der Respekt, den wir unserem Gasthaus erweisen müssen – und *werden.* Und dass wir uns selbstverständlich den dortigen Regeln und Gepflogenheiten anpassen. Ich werde euch ständig im Auge behalten, das sag ich euch. Und ich erwarte einiges von euch. Enttäuscht mich nicht.«

Das betroffene Schweigen, das plötzlich in der Aula eingetreten war, war beinahe als unausgesprochenes Getuschel und unausgestoßenes Gelächter zu hören. Irgendwie waren wir alle baff. So kannten wir unsere Bulldogge gar nicht. Streng konnte sie sein, ja, aber trotz alledem galt Mondsee als eher lockeres, gemütliches Internat. *Nicht ganz so viel Tradition, Ehre, Disziplin und Leistung wie in anderen Internaten*, dachte ich und meine Gedanken wanderten unwillkürlich zu Mars.

Die Bulldogge fuhr fort: »Es geht mir nicht darum, euch Angst zu machen oder euch einzuschüchtern. Ich möchte euch einfach bitten, euch für ein paar Wochen von eurer besten Seite zu zeigen. Das Haus, in das wir ziehen, ist um einiges strenger …«, sie unterbrach sich, hustete kurz, räusperte sich und fuhr dann fort, »ich will sagen, um einiges *traditioneller* als unseres. Zum Beispiel wird dort eine Schuluniform getragen.«

»Ätzend!«, entfuhr es Molly.

Unsere Direktorin hob mahnend den Zeigefinger. »Genau um solche Ausfälle geht es mir. Solche Aussagen will ich dort nicht hören. Wir haben großes Glück, dass wir in Altenburg aufgenommen werden.«

Wie elektrisiert fuhr ich in die Höhe. »Altenburg?«, kreischte ich fast und sprang auf.

Alle starrten mich an, aber das war mir in diesem Augenblick völlig egal. Hatte die Bulldogge tatsächlich Altenburg gesagt? Krampfhaft versuchte ich, mich daran zu erinnern, ob ich im Netz auch irgendetwas über ein *Mädcheninternat* in Altenburg gelesen hatte.

Nein, hatte ich nicht.

Molly versuchte, mich auf den Stuhl zurückzuziehen, doch ich blieb stehen und starrte weiter die Bulldogge an.

Die holte sichtbar Luft. Man sah ihr an, dass sie sich die wichtigste – und für sie ganz sicher schwierigste – Info bis zum Schluss aufgehoben hatte.

Doch da nahm ihr schon jemand aus der Zwölften diese Aufgabe ab. »Aber das ist doch ein *Jungsinternat!*«, schallte es laut aus einer der hinteren Reihen.

»Was?«

Kreisch!

»Was?«

Kreisch!

»Das stimmt!«, bestätigte die Bulldogge über den Lärm hinweg.

Die Stimmung in der Aula war plötzlich komplett umgeschlagen. Auf einmal verstand ich, wo der Vergleich zwischen einem Haufen Mädchen mit einem Hühnerstall herrührte. Ich hielt mir die Ohren zu. In meinem Kopf überschlugen sich die Gedanken. Altenburg … Mars …

Mein Blick flog zu Amelie, die Miri ein High Five gab. Miri sah schon wieder etwas getröstet aus.

Molly tanzte vor Freude im Kreis herum und gab irgendeine Lady-Gaga-Nummer zum Besten.

»Das kann ja heiter werden«, prophezeite Kaja nur.

»Das kannst du laut sagen«, zirpte ich mit einer plötzlich ganz hohen Stimme. Kaja stellte sich auf Zehenspitzen und tätschelte meinen Kopf. »Deine Haare stehen ja einen halben Meter hoch. Ich glaube, jetzt hast du wirklich in die Steckdose gegriffen.«

Ich hüpfte zwischen Kaja und Molly in den Garten. Natürlich hüpfte ich wegen meinem Knöchel und nicht etwa vor Freude über die Neuigkeiten.

»Ich kapiere einfach nicht, was an Schimmel so gefährlich sein soll, dass die uns gleich ausquartieren müssen«, sagte ich, nachdem ich meine normale Stimmlage endlich wiedergefunden hatte.

Molly blieb so abrupt stehen, dass es mich umgehauen hätte, wenn Kaja nicht mit Superkräften ausgestattet wäre und mich festgehalten hätte.

Mit drohendem Zeigefinger baute sich Molly vor mir beziehungsweise ihren Kopf vor meinem Kehlkopf auf. »Du hast jetzt endlich die Chance, deinen Traummann zu treffen, also nutze sie und stänkere hier nicht herum.« Sie tippte mir gegen die Schulter. »Hast du überhaupt eine Ahnung, was hier passiert? Es ist, als hätte Bullke Gott gespielt. Für dich, verstehst du? Das Ganze ist wie in einem Hollywoodfilm, nur in echt! Ist dir das nicht klar?«

Ich stieß nervös Luft aus. »Doch irgendwie schon.«

»Was sagt Mars überhaupt dazu?«, erkundigte sich Kaja. »Die Jungs in Altenburg wissen doch bestimmt Bescheid. Hat er noch gar nichts geschrieben?«

»Die letzte Nachricht kam heute Vormittag und war total süß. Aber da wusste er es anscheinend selbst noch nicht. Oh. Mein. Gott. Mädels, wisst ihr, was das bedeutet? Ich werde ihn treffen und … und … er wird mich treffen und …«

»… und kreisch«, führte Molly fort, »wir werden alle auf Jungs treffen. Hoffentlich ist so einer wie Bobby dabei«, seufzte sie dann schwärmerisch.

Ob Mars mittlerweile von den Neuigkeiten wusste?

Falls ja, war er bestimmt außer sich vor Freude, das hübsche Mädchen vom Foto bald in seine Arme schließen zu können. Ich durfte gar nicht daran denken, was für Nachrichten mich in meinem Maileingang erwarteten. Sicher hatte er schon einen konkreten Vorschlag, wo das Treffen zwischen Mars und Volleyqueen stattfinden könnte.

Mir war ganz schlecht.

Neuntes Kapitel

Morgen geht's wieder zurück nach Altenburg, das neue Schuljahr beginnt. Dank meiner Mutter durfte ich den letzten Tag daheim damit verbringen, mein Zimmer »auf Vordermann zu bringen« – wie sie es ausdrückt. Heute habe ich ein bisschen in Altem, lang Vergessenem gewühlt und dort das erste Gedicht gefunden, dass ich je niedergeschrieben habe. Dem Datum nach, das auf dem ziemlich ramponierten Stück Papier steht, muss ich zehn Jahre alt gewesen sein. Die Blockbuchstaben bestätigen das.
Die Rechtschreibfehler habe ich, um Irritationen zu vermeiden, korrigiert.
Ich sage nur eins: Mann, muss ich damals verliebt gewesen sein!

SIE IST SCHÖN, INNEN WIE AUSSEN,
UND HÜBSCH, DRINNEN WIE DRAUSSEN,
ES IST ABER IMMER NUR CHRIS, DEN SIE ANLACHT,
ETWAS, DAS MICH SEHR TRAURIG GEMACHT HAT,
UND ZWAR: INNEN WIE AUSSEN,
DRINNEN WIE DRAUSSEN.
DIE GRAM IST GROSS, DER KUMMER AUCH,
MIR SCHEINT, DASS ICH IN WEHMUT TAUCH,

ICH LAMENTIERE VOR MICH HIN,
SCHRECKLICHER WAHN GREIFT NACH MEINEM SINN.
JETZT SPÜR ICH'S MIT SCHRECKEN,
KANN'S NICHT MEHR VERSTECKEN,
OH WEH UND ACH, DER TOD SPIELT MIT
MEI'M LEBEN SCHACH,
DER TOD GEWINNT UND ICH VERLIER ...
OH WEH, OH WEH, OH WEHE MIR.

Es ging alles Schlag auf Schlag. Noch während die große Verständigungswelle der Schule an unsere Eltern lief, mussten wir packen. Am Montag würde es losgehen. Nur noch zwei Tage.

Etwa fünfzehn Schülerinnen würden statt nach Altenburg nach Hause fahren – deren Eltern war das Risiko wohl zu hoch, ihre Prinzesschen in die Nähe von Jungs zu lassen.

Ich fand witzig, dass sogar Kaja richtig aufgedreht war. Sie, die jahrein, jahraus ihre langen schwarzen Haare zu zwei Zöpfen geflochten hatte, fragte am Abend vor Abreise, ob sie sich zur Abwechslung mal eine andere Frisur zulegen sollte.

Molly experimentierte sofort an schwierigen Hochsteckfrisuren herum, bevor sie entschied, dass es Kaja am besten stand, wenn sie ihr dichtes glänzendes Haar einfach offen über den Rücken fallen ließ.

»Ich wollte ja unbedingt deinen schönen, langen Hals herzeigen, aber so natürlich offen ist es doch am besten«, meinte sie.

»Schöner, langer Hals?«, wiederholte Kaja. »Das klingt irgendwie nach einer Giraffe.«

»Nein«, protestierte ich. »Nach einem Schwan! Nicht wahr, Molly?«

Molly nickte inbrünstig und sagte: »Ja, Kaja ist ein Schwan. Und glaub mir, ein größeres Kompliment kann ich dir gar nicht machen, als dir zu sagen, dass ich total eifersüchtig bin. Du bist ein Schwan, Kaja, und ich bin eine Stockente. Kurzer Hals, kurze Beine.«

Ich versuchte, mir ein Grinsen zu verkneifen. »Du hast den Watschelgang vergessen, Molly.«

Ich ging in Deckung, als sie mit ihrem Kissen auf mich zielte.

In all dem Trubel wunderte mich nur eins: Mars hatte nicht geschrieben. Gar nicht. Komplette Funkstille.

Auch auf meine letzte Nachricht hatte er nicht reagiert:

✉@ So, wie es aussieht, brauchst du nicht mehr lange zu warten, um meine Stimme zu hören.
Mondsee goes Altenburg. Hast du es schon gehört?
Ich bin komplett perplex …
Das muss Schicksal sein, oder?
Werde bald zum vierten Mal Cousine. Was gibt's bei dir Neues?

Okay, der letzte Satz war nicht besonders geistreich, zugegeben. Doch ich wollte die Nachricht irgendwie neutral abschließen. Vielleicht um uns beiden die Chance auf ein Ausweichthema zu geben, falls wir beide zu feige waren, um uns zu schreiben, wann und wo genau wir uns in Altenburg treffen sollten.

Oh Gott, treffen!

Vor der Abreise nach Altenburg spielte ich Molly und Kaja den Song vor, den Mars mir geschickt hatte. Ich war richtig stolz, als sie über seine Stimme ins Schwärmen gerieten und Molly neidvoll anerkennen musste, dass für sie noch nie jemand einen Song komponiert oder gesungen hatte.

Warum er sich allerdings nicht mehr bei mir gemeldet hatte, das verwunderte die beiden auch.

Doch ich hatte kaum Zeit zum Grübeln, überall um mich herum herrschte Hektik. Gleich nach dem Frühstück sollte es losgehen.

Die Stimmung im Speisesaal war eine Mischung aus Euphorie und Hysterie.

Unsere Lehrerinnen wirkten äußerst angespannt. Die Kampfnuss marschierte von Tisch zu Tisch und stellte jedes Mädchen zur Rede, das sich allzu auffällig geschminkt hatte. »Du sollst du selbst bleiben und dich für niemanden auf dieser Welt verstellen oder verändern müssen«, sagte sie gerade zu Molly.

Wenn die wüsste, dass Molly noch nicht mal die Hälfte ihrer Kampfschminke aufgelegt hatte, weil sie sonst zu spät zum Frühstück gekommen wäre …

Kaja kratzte sich die ganze Zeit an der Stirn, weil sie

auf diese Weise ihre Augen hinter den Fingern verbergen konnte. Dabei waren die Wimperntusche und der beige Lidschatten wirklich dezent.

»Na, Kaja, haben dich die Flöhe erwischt?«, zog die Kampfnuss sie auf.

Sie kratzte weiter. »Nö, der Schimmel. Wird Zeit, dass wir hier rauskommen.«

Um halb neun fuhren die Reisebusse vor, die uns ins Jungeninternat karren würden.

Molly sorgte dafür, dass wir Plätze im ersten Bus ergatterten. »Was hast du heute denn andauernd mit deinem Handy?«, fragte mich Kaja, als wir Platz genommen hatten. »Hat er sich immer noch nicht gemeldet?«

Ich schüttelte den Kopf.

Molly, die hinter uns saß, streckte den Kopf zu uns. »Mädels, jetzt kann das Abenteuer losgehen«, verkündete sie aus ihrem glitzerrosa geschminkten Mund.

Ich presste den Rücken gegen die Lehne. Oh Gott. Oh Gott. Oh Gott. Es war, als würde ich nicht darauf warten, in einem Bus auf stinknormalen bayerischen Landstraßen loszufahren, sondern als stünde mir der Weg zum Schafott bevor.

Ich hatte mir für die Fahrt zwei Krimis eingesteckt. Krimi und Thriller lesen war normalerweise eine todsichere Methode, mich von meinen Problemen abzulenken. Den Figuren in den Büchern ging es meistens schlechter als mir – zum Beispiel, wenn sie ständig um ihr Leben fürchten mussten –, was mir meine eigenen Sorgen gleich viel erträglicher erscheinen ließ.

Normalerweise.

Heute war alles anders. Heute funktionierte Ablenkung einfach nicht. Molly und Kaja unterhielten sich sicher schon eine halbe Stunde äußerst angeregt über die Sitzreihen hinweg – Hauptthema: Jungs – und ich war immer noch auf der ersten Seite. Obwohl ich jede Zeile fünfzig Mal gelesen hatte, hätte ich nicht sagen können, worum es auf dieser ersten Seite ging.

Wieso nur hatte ich meine Kopfhörer in den Koffer gepackt, anstatt in meinen Rucksack? So konnte ich nicht mal Musik hören, um ein bisschen runterzukommen. Ich lauschte dem Herumblödeln der anderen Mädchen und beneidete in dem Moment jede Einzelne von ihnen.

In meinem Inneren fühlte ich mich so tief zerrissen wie selten zuvor. Einerseits konnte ich es kaum erwarten, Mars endlich kennenzulernen, träumte davon, wie er mich in seine Arme schloss und nie mehr losließ. Andererseits waren die Umstände so schrecklich, dass ich es kaum aushielt, ruhig auf meinem Sitz zu bleiben.

»Ich sterbe«, ächzte ich.

Molly schob ihren Kopf zwischen den Sitzen durch und musterte mich interessiert. »Das glaub ich nicht«, sagte sie. »Du bist zwar ein bisschen grün um die Nase, aber sterben sieht anders aus. Was ist überhaupt los mit dir? Du lernst deinen Mars kennen, das sollte dich freuen, verdammt noch mal!«

Kaja fasste meinen Arm. »Ist dir schlecht? Musst du kotzen?«

»Gleich vielleicht schon«, flüsterte ich, denn in diesem Moment drängelte sich Amelie durch den schmalen Busgang. Sie hatte irgendetwas mit einem Mädel weiter vorne bequatscht und war nun auf dem Weg zurück in die letzte Reihe. Als sie an mir vorbeikam, warf sie einen Blick auf das Buch in meinem Schoß.

»Das kenn ich. Der Mörder ist ...«, begann sie feixend. Dann kreuzten sich unsere Blicke. Ich fühlte mich klein und schwach und meiner zukünftigen Stiefschwester heute ganz und gar nicht gewachsen. *Nicht verraten,* formte ich mit den Lippen. Mehr brachte ich nicht zustande.

Es dauerte, bis sie ihren Mund wieder zuklappte, doch sie tat es, ohne die entscheidende Information von sich gegeben zu haben. Sie ging einfach weiter. Fast hätte ich ihr *Danke!* nachgerufen. Aber ich war zu perplex.

Als ich mir über die Stirn strich, merkte ich, dass sie schweißnass war. *Vielleicht bekomme ich jetzt wirklich Fieber,* dachte ich hoffnungsvoll, *und muss die nächste Zeit das Bett hüten.*

»Also, ist dir jetzt schlecht oder nicht?«, fragte Kaja.

Eigentlich war der Gedanke ganz verlockend. Dann konnte ich meinen Kopf in eine Tüte stecken und so in Altenburg unerkannt im Haus verschwinden.

Oh, Moment mal, ich würde ja ohnehin unerkannt bleiben – zumindest von Mars. Schließlich war ich ja nicht Amelie.

Dann fiel mir wieder ein, dass er in mir zwar nicht

den blond gelockten Engel erkennen würde, dafür aber die Person auf dem Foto mit der Einstein-Frisur und dem verwirrten Blick, wie er es ausgedrückt hatte. Verdammt.

Kaja runzelte die Stirn. »Mensch, Sophia, du sitzt stocksteif da, als hätte dich jemand an einen Besen gebunden oder als wärst du jetzt schon so ein vornehm erzogener Snob aus Altenburg.«

Während um mich herum wieder die Diskussion entbrannte, wie die Jungs in Altenburg wohl so drauf waren, schloss ich die Augen und tat so, als würde ich schlafen. Die Finger fest ineinanderverschränkt, stellte ich fest, dass meine Hände richtiggehend schwitzten. Wahnsinn. Wann hatte ich jemals zuvor an den Händen geschwitzt? Wann war mein Herz so verrückt vor sich hin galoppiert?

War das normal vor einem ersten Date? So ein Mist. Auf so was konnte ich verzichten.

Aber was redete ich mir da ein. Ein Date konnte man es sowieso nicht nennen. Das war einfach nur diese saublöde Situation, in die ich mich hineinmanövriert hatte, die mir jetzt dieses Herzflattern verursachte.

Blöder ging es ja wirklich nicht. Was würde bloß passieren, wenn wir in Altenburg ankamen?

In meinem Kopf stritten zwei Worst-Case-Szenarien um die Wette.

Nummer eins: Ein komplett verschossener Mars schloss freudestrahlend die Arme um Amelie, sobald sie aus dem Bus stieg, was in unendlicher Peinlichkeit für ihn enden würde – und letztendlich auch für mich. Denn dann würde alles auffliegen, ich würde mich als Volleyqueen outen müssen und mit ansehen, wie Mars' Träume zerplatzten, weil statt der blonden Göttin das dunkelhaarige Bügelbrett hinter dem verheißungsvollen Mailflirt steckte. Ich war so was von am Arsch.

Nummer zwei: Ein komplett verschossener Mars schloss freudestrahlend die Arme um Amelie, dann Peinlichkeit und bla, bla, bla, aber letztendlich das Totalglück für die beiden. Denn Göttin Amelie verknallt sich auch sofort in ihn. Liebe auf den ersten Blick also, Traumpaar, Happy End. Schrecklich war das Ganze trotzdem, denn abgesehen davon, dass mir mein eigenes Happy End durch die Lappen ging, würde trotzdem auffliegen, wer die ursprüngliche Chatpartnerin war, und dann würden mich alle auslachen. Oder viel schlimmer noch: bemitleiden! Oh Gott.

Meine Welt kippte weg.

Nein, es war nur der Bus, der mit ziemlicher Geschwindigkeit um eine Kurve bog.

Die letzte Kurve, wie sich gleich herausstellen sollte, denn da verkündete die Bulldogge: »Meine Damen, wir sind angekommen.«

In der nächsten Sekunde klebten faktisch alle Mädchen an den Fensterscheiben. Der Bus hielt vor dem riesigen grauen Gemäuer, das ich bereits im Internet gesehen hatte. Und davor: Jungs. In Reih und Glied aufgestellt. Um einiges älter als auf dem Werbefoto im

Internet, um nicht zu sagen, in genau dem richtigen Alter …

Oh Gott. Womöglich war einer von ihnen Mars. Ich hielt Ausschau nach einem großen blonden Surfertyp mit blauen Augen.

Ein Lehrer kontrollierte die Meute gerade noch mal.

Oh, Mann, jeder Forscher für Zwischenmenschliches hätte wohl seine reinste Freude an den Reaktionen im und außerhalb des Busses gehabt. Die Typen da draußen hatten trotz dem (ihnen vielleicht angedichteten?) Stock im Allerwertesten ein ziemlich verschmitztes Grinsen aufgelegt – woraufhin die Bus-Insassinnen in ein nur schlecht unterdrücktes Gekreische ausbrachen, als würde Justin Bieber oder, ja, von mir aus auch Bobby, da draußen auf sie warten.

Ich grinste nicht und ich kreischte auch nicht. Dafür sagte ich etwas. »Scheiße«, entfuhr es mir, viel lauter als geplant.

»Wer freut sich denn da schon so aufs Aussteigen?«, erkundigte sich die Bulldogge und nahm mich ins Visier.

»Sophia. Bitte sehr, du darfst gleich als Erste mit mir den Bus verlassen.«

Zehntes Kapitel

Warum bin ich eigentlich so nervös, fragte ich mich plötzlich. Auf mich würde Mars sowieso keinen Blick werfen. Zumindest kaum einen. Für ihn war ich höchstens irgendein Mädel, das einen Weltklasseschauspieler mit einem Popstar verwechselte. Eigentlich war es Amelie, die nervös sein müsste. Bei dem Gedanken kicherte ich beinahe. Die Ärmste wusste gar nichts von ihrem Glück, wusste nichts davon, dass einer der Jungs sie höchstwahrscheinlich heute noch ziemlich vertraut ansprechen würde.

»Sophia!«

»Ja, ich komm ja schon.«

Die Bulldogge stieg die drei Stufen nach unten und hielt mir dann ihre Hand hin. Auch das noch. Jetzt musste ich an Mamis Hand aus dem Bus klettern. Peinlicher ging es kaum.

Als ich festen Boden unter den Füßen hatte, bemühte ich mich verzweifelt, die Jungen nicht anzustarren. Ich musste mir irgendetwas suchen, worauf ich meinen Blick richten konnte, damit ich nicht der Versuchung erlag, mir zu überlegen, welcher er wohl sein könnte. Schlussendlich starrte ich einfach auf den Boden und bemühte mich, möglichst nicht aufzufallen.

Doch die Bulldogge hatte anderes mit mir vor.

»Sophia, das hier ist Direktor Kamp.« Sie zeigte auf einen kleinen zierlichen Mann mit einem Schnauzbart, der entweder zu diesem besonderen Anlass seinen besten Frack hervorgeholt hatte oder diesen tatsächlich immer trug. »Herr Kamp, das hier ist unsere Sophia, eine unserer besten Sportlerinnen. Zumindest dann, wenn sie nicht gerade verletzungsbedingt ausfällt.«

Ich versteifte mich gleich noch viel mehr. Der Besen, den Kaja mir vorhin unterstellt hatte, war nicht mehr an mich drangebunden, ich hatte ihn längst verschluckt. Gleich würde sie die Worte »Volleyball« und »Kapitän« in den Mund nehmen. Und da tat sie es auch schon. Doch nicht, um mich vorzustellen.

»Und da haben wir Amelie, ebenfalls Sportskanone und derzeitige Kapitänin des Volleyballteams …« Sie zeigte auf meine Nemesis, die nach einigen anderen gerade mit schwingenden Hüften und hocherhobenen Hauptes den Bus verließ und gleich darauf selbstbewusst dem Direktor die Hand schüttelte.

Der blickte sie hocherfreut an und forderte anschließend laut und bestimmt seine Jungs auf, den »werten Damen« doch mit ihrem Handgepäck zu helfen, falls Bedarf bestünde.

»Hi, soll ich dir den Rucksack tragen?«

Seine tiefe dunkle Stimme jagte mir einen Schauder über den Rücken. Das musste er sein. Das klang nach der Stimme von dem Song, den er mir geschickt hatte. Tief, ein wenig rau und geheimnisvoll. Ich wagte kaum, den Blick zu heben, so gespannt war ich, ob er blond war, ob er zur Beschreibung von Mars passen würde. Doch egal, wer er war, ich fand es unheimlich süß, dass er mich – ja okay, sicher wegen meines lädierten Knöchels, aber trotzdem! – fragte, ob er mir beim Tragen helfen sollte.

»Ja, gerne.«

Moment mal, eigentlich hatte ich doch ablehnen wollen – mit einem höflichen Lächeln, aber bestimmt. Eigentlich hatte ich doch gleich klarstellen wollen, dass ich – Verletzung hin oder her – ein selbstständiges Mädchen war, das seinen Rucksack sehr gut alleine tragen konnte.

Ich hob den Blick, sah ihn an und es durchzuckte mich wie ein Blitz. Das war er. Eindeutig. Mir wurde heiß und meine Hände begannen, erneut zu schwitzen.

Der nächste Blitz, der mich durchzuckte, hatte dagegen eine abkühlende Wirkung. Er brachte nämlich die Erkenntnis, dass das »Ja, gerne« von Amelie gekommen war und nicht von mir. Und vor allem, dass seine Frage an Amelie gerichtet gewesen war.

Mich sah er nicht mal an.

Auf der Suche nach meinen Freundinnen drehte ich mich um und verpasste Amelie dabei einen Rempler. Unabsichtlich. Behaupte ich mal.

»Pass doch auf!«, schnaubte sie, bevor sie sich lächelnd wieder an Mars wandte – meinen Mars –, der sich gerade ihren Rucksack griff.

»Bist du jetzt zu schwach, um dein Zeug selbst zu schleppen, oder was?«, rutschte es mir raus. Super, ganz toll, Sophia. Das Einzige, was mir meine Trotzreaktion einbrachte, war ein Stirnrunzeln von Mars. Hey cool, wow, er hatte mir einen Blick geschenkt. Und er hatte blaue Augen! Ich war verzweifelt – und enttäuscht. Am liebsten hätte ich ihm ebenfalls einen Rempler versetzt.

Ich wünschte, er würde etwas weniger gut aussehen. Er war groß und breitschultrig, mit einem sagenhaft schönen, frisch gebräunten Gesicht, die Haare so blond, wie sie Profisurfer nach einem Sommer am Meer hatten. Seine Augen bildeten einen Hammerkontrast dazu, waren so dunkelblau, dass sie beinahe schwarz aussahen. *Nachtblau,* dachte ich, ohne zu wissen, ob es so eine Farbbezeichnung gab. Ich überlegte, ob Mars Amelie ihren Rucksack abgenommen hatte, weil er in ihr seine Chatpartnerin erkannt haben wollte oder ob er es sowieso gemacht hätte, ganz einfach, weil sie so umwerfend aussah. Wieso verdammt noch mal hatte ich das ganze Missverständnis nicht aufgeklärt?

Krampfhaft versuchte ich, mir einzureden, dass er eigentlich nichts Besonderes war. Sicher, fabelhaft aussehend und anscheinend sehr charmant – wenn ihm ein Mädchen gefiel –, aber irgendwie auch leicht arrogant. Er hatte dieses typische Selbstbewusstsein von Typen, die wussten, wie gut sie aussahen. *Nichts für mich,* redete ich mir weiter ein. Wer weiß, wenn ich es mir lange genug vorbetete, glaubte ich es am Ende womöglich sogar selbst noch. Meine Freundinnen würden mir bestimmt bestätigen, dass er oberflächlich und leicht zu beeindrucken war.

Das Nächste, was ich hörte, war Mollys aufgeregt flüsternde Stimme an meinem Ohr. »Tschiiiesas, dieser Typ neben Amelie sieht ja noch besser aus als Bobby. Sophia, sieh ihn dir doch mal an. Der Surfertyp. Das muss Mars sein.«

»Psst«, machte ich. Dann flüsterte ich: »Kann sein. Aber der hat sowieso nur Augen für Amelie.«

Molly drückte meine Hand. »Aber das passt doch. Er hält sie doch für dich.«

Ich drehte mich noch mal zu dem Typen um. Wahnsinn, er passte tatsächlich exakt auf die Beschreibung. Konnte es sein, dass ich Mars so schnell gefunden hatte?

Wir mussten ein paar Schritte weitergehen, um den Massen an ankommenden Mädels Platz zu machen. Plötzlich stieß mich jemand in die Rippen. Kaja.

»Sophia, dein Typ ist verlangt«, zischte sie mir ins Ohr, wobei sie so aufgeregt klang wie sonst nie.

Ich drehte mich zu ihr. Und dachte, mir fallen gleich die Augen raus. Oh Gott! Das konnte doch nicht sein.

»Ich hab nur gesagt, dass deine Schnürsenkel offen sind und du aufpassen solltest, dass du nicht stolperst.«

Der Junge, der lächelnd diese Worte an mich richtete, war baumlang, hatte blondes Haar und selbst unter seiner Schuluniform konnte man erkennen, wie durchtrainiert sein Körper war. Das war Surferboy Nummer zwei. Mars Nummer zwei!

»Ich, äh … danke.« Was war ich froh, dass ich mich runterbücken und meinen rechten Converse zuschnüren konnte. Am liebsten hätte ich den linken auch noch mal zugeschnürt, nur um Zeit zu schinden, damit ich mich sammeln konnte.

Als ich mich aufrichtete, war der zweite Mars ein paar Meter weitergegangen und schulterte gerade gleich drei Rucksäcke von ein paar Unterstufenschülerinnen.

Kaja flüsterte mir zu. »Wir haben ihn gefunden. Sophia, das muss er sein.«

Ich sah rüber zu Amelie. Mars Nummer eins hatte immer noch ihren Rucksack über der Schulter. Kaja folgte meinem Blick und schüttelte vehement den Kopf. Sie deutete auf den zweiten Mars. »Er ist es. Der sieht doch auch viel netter aus.«

Ich verstand sofort, was sie meinte. Der zweite Mars hatte mich nicht nur freundlich auf meine offenen Schnürsenkel aufmerksam gemacht, sondern wirkte auch richtig sympathisch. Der erste Mars war mir dagegen ein Ticken zu selbstbewusst. Nichtsdestotrotz musste ich zugeben, dass er eine Bombenausstrahlung hatte, vielleicht gerade wegen dieses offensichtlichen Selbstvertrauens.

Wenn ich bloß die Augenfarbe des zweiten Mars' gesehen hätte. Ich rückte etwas in seine Richtung und versuchte, möglichst unauffällig einen Blick in seine Augen zu erhaschen.

Okay, sind wir ehrlich. Jemandem unauffällig in die Augen sehen, der einen nicht mal ansah, geht einfach nicht. Wahrscheinlich glotzte ich also eher. Doch immerhin brachte das die Bestätigung. Er hatte helle, leuchtend blaue Augen.

Mittlerweile waren alle aus dem Bus gestiegen. Der Direktor von Altenburg richtete irgendwelche Begrüßungsworte an uns, von denen der Großteil jedoch vom Wind davongetragen wurde. Doch ich schnappte auf, dass die hier versammelten Jungs alle aus der elften Jahrgangsstufe waren und die nächsten Wochen dafür zuständig, uns zu unterstützen, falls wir Fragen hatten.

»Mars geht in die Elfte«, flüstert Molly mir triumphierend zu. »Ich sag doch, *er* ist es.«

Sie brauchte nicht erst auf den Jungen mit Amelies Rucksack zu deuten, damit ich wusste, wen sie meinte.

Plötzlich war mir schlecht. Ich fühlte mich, als hätte mich jemand in diese Situation hineinkatapultiert. Mir war keinerlei Vorlaufzeit gegönnt, ich kam hier in Altenburg an und traf gleich auf zweimal Mars. Hätte es noch schlimmer kommen können?

Ich schlich zur Bulldogge, die andächtig der Ansprache ihres Kollegen lauschte, und schummelte: »Frau Bullke, mein Knöchel tut so weh, kann ich schon mal reingehen?«

Sie gab Kaja und Molly ein Zeichen, mich zu stützen, und schickte uns mit einer weiteren Geste in Richtung Eingang. Ich hüpfte voran, Kaja und Molly stürmten mir nach und hakten mich unter.

Nachdem wir endlich durch die Eingangstür waren, zogen meine Freundinnen mich in eine Ecke.

Mollys Augen leuchteten. Und selbst Kaja sah sichtlich aufgeregt aus.

»Es ist sicher der, der Amelie angequatscht hat«, befand Molly.

»Ich weiß nicht. Es könnte auch der sein, der mich auf meine Schnürsenkel aufmerksam gemacht hat«, gab ich zu bedenken.

»Ja eben, das meine ich auch!«, sagte Kaja.

»Nein, es war sicher der Erste«, gab Molly sich überzeugt.

»Noch haben wir ja bei Weitem nicht alle Altenburger gesehen, aber wenn das hier die Jungs aus der Elften sind, dann muss er einfach dabei sein«, sagte Kaja. »Und deine Beschreibung passt perfekt auf die zwei. Alle anderen waren zu klein oder zu dunkel.«

»Es ist der, der Amelie angequatscht hat«, wiederholte Molly. Kaja hob beide Hände. »Okay, was wir denken, ist aber eigentlich zweitrangig, Molly. Welcher gefällt dir denn besser, Sophia?«

Ich hob die Schultern, dann die Arme. Ich hatte in der Tat keinen blassen Schimmer. Außerdem sah ich noch ein ganz anderes Problem. »Sie sind sowieso beide viel zu toll.«

Molly stemmte die Hände in die Hüften. Das machte sie gern, wenn sie etwas kritisch hinterfragte. Vermutlich hatte sie sich die Pose auf irgendeinem Laufsteg abgeguckt, mich erinnerte sie damit aber immer an eine dieser kleinen verschnörkelten Vasen mit zwei Griffen.

»Für was sind die viel zu toll?«

Ziemlich verzweifelt ließ ich die Schultern fallen. »Na, für mich.«

Molly packte und rüttelte mich. »So was darfst du als Frau nie denken. Abgesehen davon, dass es totaler Blödsinn ist.«

Kaja nickte bekräftigend. »Deine Komplexe musst du wirklich ganz schnell ablegen. Denk dran: Du willst deinen Mars finden. *Deinen Mars!*«

Plötzlich war mir wieder ganz übel. Die Hand auf den Magen gepresst, sah ich mich nach einer Sitzgelegenheit um.

Jetzt erst fiel mir auf, dass die Halle, in der wir standen, riesig war. Auf der anderen Seite befand sich eine Treppe, die sich nach den ersten zwanzig Stufen nach links und rechts teilte. Von beiden Seiten kam man auf eine breite Galerie, an deren hinterer Wand riesige, massive Bücherregale standen. Die Treppe und die Galerie waren aus dunklem, schwerem Holz.

Kaja, die meinem Blick gefolgt war, murmelte: »Ganz schön einschüchternd hier, was?«

»Jetzt lenkt mal nicht ab«, befahl Molly.

»Ich muss mich setzen, mir ist irgendwie schlecht.«

Ich schleppte mich zu einer massiven Holzbank,

die neben dem Treppenaufgang stand, und ließ mich draufsinken.

Sie war ungefähr genauso bequem, wie sie aussah.

»Uffz, hab schon mal auf was Gemütlicherem gesessen.« Jetzt sah auch Molly sich zum ersten Mal so richtig um. Sie schauderte. »Wenigstens weiß ich jetzt, was man unter einer strengen Erziehungsanstalt versteht. Sehr heimelig hier.« Sie setzte sich neben mich. »Boah, ist die Bank hart. Da bekommt man ja blaue Flecken am Hintern. Aber egal, weiter im Text, Sophia.«

Ich seufzte. »Ihr habt die beiden doch gesehen, die spielen in einer völlig anderen Liga als ich. Ist halt einfach so. Und sie wirken so wahnsinnig selbstsicher. Vor allem der Erste –«

»Ha!«, rief Molly. »Also gefällt dir der Erste besser.«

»Nein. Ehrlich gesagt, würde ich mich bei dem Zweiten fast wohlerfühlen, der war nicht ganz so, na ja, eben so umwerfend selbstsicher wie der Erste. Vielleicht ist es aber auch nur, weil der Erste Amelie angesprochen hat und, ach ich weiß es nicht. Der Zweite …«

»Molly stöhnte: »Lasst uns ganz schnell die Namen von den beiden rausfinden. Der Erste … der Zweite … das hält man ja im Kopf nicht aus.«

»Dann ist das also unsere erste Mission«, sagte Kaja. »Ich bin ja immer noch für Nummer zwei.« Sie grinste plötzlich spitzbübisch. »Was ist? Wollen wir wetten, Molly?«

»Was? Ich auf den Ersten, du auf den Zweiten?« Mollys Augen leuchteten auf. Wenn sie auch nur den

Hauch einer Chance witterte, recht behalten zu können, war sie nicht zu bremsen. »Na klar! Worauf du einen lassen kannst.«

Sie schüttelten die Hände.

Und ich hatte schon gedacht, dass ich nicht richtig ticke.

Elftes Kapitel

Molly zog ihr Notizbuch samt Bleistift aus ihrem Rucksack. Sie schlug es auf. »Gut. Wir suchen also jemanden, der auf Twenty One Pilots steht und klasse singen kann. Gitarre spielen anscheinend auch. Als Erstes sollten wir jedenfalls eine Checkliste machen.«

Kaja verdrehte die Augen, sagte aber: »Na gut.«

»Bringt uns eine Liste jetzt was?«, fragte ich leicht verzweifelt, wobei ich mich ja auch gern an irgendetwas festgehalten hätte.

»Klar.« Molly schlug ihr Notizbuch auf. »Als Erstes müssen wir uns einen Überblick über alle Jungs aus der Elften verschaffen. Auch wenn wir uns eigentlich jetzt schon sicher sind, dass nur zwei auf die optische Beschreibung passen.« Sie hob ihren Zeigefinger. »Falls vorhin wirklich alle aus der Elften im Hof waren. Und er dich nicht mit seinem Alter belogen hat«, schob sie dann noch hinterher, worauf ich ihr einen bösen Blick zuwarf.

»Damit dürfen wir gar nicht anfangen, Molly«, fand auch Kaja. »Sonst können wir die Suche gleich ganz aufgeben. Denn im Prinzip kann er natürlich bei allem gelogen haben und gar nicht hier aufs Internat gehen.«

Ich schnappte nach Luft. Das wurde ja immer besser! »Oh Gott«, entfuhr es mir.

Kaja klopfte mir beruhigend auf den Schenkel. »Darum hab ich ja gesagt, dass wir damit gar nicht anfangen dürfen.«

Ich versuchte, diese Gedanken an etwaige Lügen abzuschütteln. »Okay, wir wissen außerdem, dass er schreibt, dass er anscheinend auch gut komponiert, dass er sehr gern liest, dass er in der Grundschule gedichtet hat«, ich seufzte, »dass er total lieb ist ...«

»Och«, Kaja streichelte meinen Arm.

»Das ist doch schon eine ganze Menge«, meinte Molly, die kaum mit Schreiben nachkam.

Kaja schmunzelte kurz, dann sagte sie: »Mars' Stimme könnte uns auch weiterhelfen. Auch wenn wir streng genommen nur seine Gesangsstimme kennen. Du musst uns seinen Song unbedingt noch mal vorspielen, Sophia. Vielleicht lässt sich damit etwas anfangen.«

Ich nickte. In meinem Bauch zog sich ein Klumpen zusammen, der aus nichts anderem als Sehnsucht bestand. »Seine Stimme ist echt eindringlich und total schön«, schwärmte ich.

»Jaja, wir wissen, dass du unendlich in ihn verknallt bist«, gab sich Molly unbarmherzig – um dann einlenkend hinzuzufügen: »Aber Kaja hat recht, seine Stimme könnte uns weiterhelfen, wir sollten uns den Song alle noch mal anhören.«

Plötzlich ertönte wie aus dem Nichts ein dumpfer,

allerdings sehr lauter Gongschlag. Wir zuckten alle drei zusammen.

»Was war denn *das* bitte?«, fragte Molly.

Kaja stand auf. »Die läuten damit wahrscheinlich ihre Pause ein. Passt zu diesen altehrwürdigen Hallen.«

»Ja«, schnaubte Molly. »So was wie Klingeln gibt's hier wohl nicht. Elektrizität haben die wahrscheinlich noch nicht erfunden.«

Tatsächlich hörten wir, wie kurz nach dem Gongschlag in den Stockwerken über uns knarrend Türen geöffnet wurden und gedämpftes Stimmengemurmel erklang.

Okaaaay, in Mondsee klang das etwas anders, wenn die Pause anfing. Erstens flogen die Türen sofort auf und zweitens war der Lärmpegel deutlich höher.

Noch bevor ich mich sammeln konnte, öffnete sich die schwere Eingangstür.

Mimimi-Miri stakste auf uns zu. »Da seid ihr ja. Ihr sollt kommen!«, keifte sie und wackelte daraufhin gleich wieder nach draußen.

»Tschiiiesas, die kann ja überhaupt nicht laufen mit den Absätzen«, urteilte Molly streng.

Ich stand auf und humpelte los. »Ich frag mich, warum sie überhaupt High Heels anhat.«

Kaja hakte mich unter. »Tja, meine Süße, scheint so, als wärst du nicht die Einzige hier, die darauf aus ist, sich einen Jungen zu krallen.«

»Kaja!«

Als wir nach draußen kamen, mussten wir alle drei blinzeln. Jetzt erst bemerkte ich, wie arg düster es im Gebäude gewesen war. Das reinste Gruselschloss.

Direktor Kamp und eine ziemlich aufgedrehte Bulldogge dirigierten unsere Mädchenschar mitsamt den braven Helfern über den Vorplatz zu einem anderen Gebäude, das nicht ganz so riesig und Furcht einflößend aussah wie das Haupthaus.

»Hey, was haben wir verpasst?«, fragte Molly Svenja und Birgitta, die vor uns gingen.

Sie informierten uns, dass wir jetzt unsere Schlafstätte zu sehen bekämen und nachher unsere Koffer aus den Bussen holen und reinbringen sollten.

»Schlafstätte?« Molly rümpfte die Nase. »Hört sich ja bezaubernd an.«

»Wurde schon irgendwas über die Zimmereinteilung gesagt?«, fragte ich Denise.

»Nicht wirklich, aber es hört sich nicht nach Einzelzimmern an.«

»Und auch nicht nach Zweibettzimmern.«

»Ist doch cool«, sagte ich zu Molly und Kaja. »Dann können wir diesmal auf jeden Fall alle drei in ein Zimmer.«

Wir hatten in den letzten zwei Tagen schon diskutiert, was passieren würde, wenn es – wie in Mondsee – nur Zweibettzimmer gäbe.

Doch um die Schlafeinteilung hätten wir uns wirklich überhaupt keine Gedanken machen müssen, denn was uns erwartete, waren fünf riesengroße Schlafsäle.

Die mussten noch aus dem vorvorigen Jahrhundert stammen.

Miri beklagte sich sofort. »Frau Bullke, das kann doch nicht sein. Da hat man ja null Privatsphäre! Wer soll denn hier schlafen können?«

»Ihr, meine Lieben. Genießt den großen Raum, ist mal was Neues.«

»Bleiben diese Schlafsäle so riesig? Ich meine für die Jungs?«, erkundigte sich Molly.

Die Bulldogge lachte. »Aber nein, da kommen doch überall noch Wände rein. Aber erst, wenn wir hier wieder weg sind.«

Die Schlafsäle waren komplett leer bis auf ein paar Schränke und Feldbetten mit Schaumgummimatratzen, auf die wir dann wohl unsere Schlafsäcke breiten sollten, um nachts, Seite an Seite wie die Sardinen in der Dose, zu pennen.

Die Bulldogge strahlte Direktor Kamp an. »Herrlich, dass das mit den Feldbetten noch geklappt hat, ich weiß nicht, wie ich Ihnen danken soll.« Sie klatschte in die Hände. »Mädchen, ich will keine mürrischen Blicke sehen. Das hier ist wie Campen, ein Abenteuer. Ich weiß, es wird euch viel mehr Spaß machen, als ihr euch vorstellen könnt.«

Ein Seufzer entfuhr ihr, als würde sie eine schwere Last tragen. »Ehrlich gesagt, fürchte ich fast, dass es euch mehr Spaß machen wird, als mir lieb ist. Eure Lehrerinnen und ich haben die Zimmer, die jeweils neben den Schlafsälen liegen. Und wir brauchen unseren Schlaf. Also, kein Massengekreische. Und Bettruhe um die übliche Uhrzeit.«

Miri, die trotz ihrer kessen Stöckelschuhe plötzlich ziemlich unglücklich dreinsah, platzte auf einmal heraus: »Ich wette, *Sie* haben *richtige* Betten!«

Die Bulldogge warf Direktor Kamp einen peinlich berührten Blick zu, der sich daraufhin verständnisvoll zurückzog. Ich fand ihn bisher recht nett mit seiner ruhigen Art und seinem Schnurbart und konnte mir gar nicht vorstellen, dass er hier so ein strenges Regiment führte.

»Meine liebe Miriam, ja, wir Lehrerinnen haben richtige Betten.«

»Ich meine ja nur, wegen meinem Asthma. Dieser Schaumstoff da sieht eklig aus.«

»Das habe ich extra mit deinen Eltern besprochen, Miriam, und sie waren der Meinung, dass der Schaumgummi kein Problem für dein Asthma darstellt. Aber ich nehme deine Ängste durchaus ernst, meine Liebe. Daher bringst du deine Sachen dann bitte in das Lehrerinnenschlafzimmer hier nebenan. Eine von uns wird mit dir den Schlafplatz tauschen.«

Sie sagte das mit dem ganzen Sadismus einer Lehrerin. Echt, ich glaube, nur Zahnärzte sind noch sadistischer als Lehrer.

Miri fand den großen Schlafsaal und die Schaumgummimatratzen auf den Feldbetten natürlich plötzlich doch ganz toll.

»Zum Glück«, zischte Molly mir zu. »Stell dir vor,

wir hätten jetzt zwei Wochen neben der Bulldogge schlafen dürfen. Oder der neuen Chemielehrerin mit ihren eingelegten Zähnen.«

»Wäre mir trotzdem lieber als Miri und Amelie«, flüsterte ich. »Wo ist Amelie denn überhaupt?«

Das fanden wir erst später heraus. Während wir noch dabei waren, die Betten unter uns aufzuteilen, kam plötzlich eine völlig genervte Bulldogge mit Amelie herein.

»Ich hab wirklich gedacht, du gehörst schon zu den Vernünftigen in der Runde.«

Amelie sah sie nur schweigend an.

Die Bulldogge fuhr mit ihrer Standpauke fort, wobei es sie gar nicht zu stören schien, dass sämtliche Mädchen ihre Gespräche unterbrochen hatten, um mitzubekommen, was sie Amelie zu sagen hatte: »Ich weiß, der Einstieg ins Internat war nicht leicht für dich ...«

Ich schnaubte leise.

Da wandte sich die Bulldogge plötzlich an uns alle: »Ihr könnt ruhig gleich alle zuhören, denn es betrifft jede von euch. Ihr seid nicht hier, um mit Jungs zu flirten.«

Jetzt endlich sagte Amelie etwas: »Ich hab doch nur mit einem geredet.«

»Amelie, wir sind noch nicht mal eine halbe Stunde hier und ich erwisch dich schon im Jungstrakt.« Unsere Direktorin funkelte Amelie böse an. »Ende der Diskussion. Jetzt kümmere dich mal um dein Gepäck und deinen Schlafplatz.«

»Na, wir wissen ja, mit wem sie da zugange war«, sagte Molly spitz.

Ich warf den Kopf in den Nacken. »Verdammt«, stöhnte ich. »Ist euch klar, dass sie da draußen vielleicht gerade das Gespräch aller Gespräche geführt hat? Das mit Mars? Dass er sie vielleicht gerade angesprochen hat? Dass er sich ihr gegenüber gerade zu erkennen gegeben hat?«

»Flipp nicht aus«, beschwor mich Molly. »Und vergiss, was ich grade gesagt habe. Genauso kann die Bulldogge sie mit einem anderen Typen erwischt haben. Aber eins ist klar«, sie sah Kaja und mich beschwörend an, »eine von uns muss sich ab sofort an ihre Fersen heften.«

Wir gingen noch einmal nach draußen, um unsere Koffer und Schlafsäcke zu holen. Fast hundertvierzig Mädchen im Alter zwischen vierzehn und achtzehn, deren Münder vor lauter Aufregung nicht stillstanden. Die Jungen von Altenburg waren Thema Nummer eins.

Diejenigen von uns, die nicht zum Haupthaus hinüberschielten, konnte man vermutlich an einer Hand abzählen. Aber die Typen, die ja angeblich alle einen Besen verschluckt hatten, waren anscheinend ähnlich von uns angetan wie wir von ihnen.

»Die stehen alle an den Fenstern und glotzen uns an!«, stellte Miri mit schlecht gespielter Empörung und großer Begeisterung fest.

Amelie lächelte überheblich und warf ihr Haar erst von links nach rechts, dann von rechts nach links.

Einmal geht noch, komm schon, Amelie, feuerte ich sie stumm an. Und ja, tatsächlich, da flogen die Haare noch einmal von links nach rechts.

Oben im Schlafsaal checkte ich meine E-Mails, aber er hatte mir immer noch nicht geschrieben.

»Warum schreibt er nicht mehr?«, fragte ich Kaja und Molly.

Beide schüttelten den Kopf. »Keine Ahnung«, sagte Molly.

Ich sah Kaja an, dass sie ernsthaft überlegte. »Vielleicht ist er krank geworden«, schlug sie vor.

»Nee«, sagte Molly. »Wir waren uns doch einig, dass es einer der beiden Surferboys vom Parkplatz sein muss. Genau genommen, der erste. Der mit Amelies Rucksack. Und das passt doch auch«, sagte Molly. »Er kennt sie vom Foto und ist daher natürlich sofort zu ihr hin.«

Mein Kopf fühlte sich plötzlich so schwer an, dass ich ihn nur noch hängen lassen konnte. »Das stimmt, du hast recht, Molly. Eigentlich ist diese Rucksackgeschichte fast schon so was wie ein Beweis.«

»Ist es nicht«, fuhr Kaja energisch und so laut dazwischen, dass alle Mädchen in der Nähe kurz zu uns sahen.

Kaja zog sich ihre Haare wie einen Schleier vors Gesicht. Dann fuhr sie in leiserem Ton fort: »Wenn es einer von den beiden ist, dann der Zweite. Der Erste hat irgendwie so arrogant ausgesehen. Und du hast ihn doch ganz anders geschildert, Sophia.« Sie sah von mir zu Molly. »Dem Ersten traue ich nicht mal zu, dass er einen Blog schreibt. Der interessiert sich nur für Sport und Mädchen, so einer ist das.«

Molly hob die Schultern. »Wir werden ja sehen, wer recht hat.«

Ich sah mich um. Obwohl wir drei es geschafft hatten, Feldbetten in einer der Ecken zu ergattern, fühlte ich mich von allen Seiten beobachtet und belauscht.

Dabei wollte *ich* doch eigentlich beobachten und belauschen. Wie sah Amelie drein? Flüsterte sie besonders verstohlen mit Miri? Konnte es sein, dass Mars sich ihr schon offenbart hatte? *Offenbart?* Was für ein bescheuerter Ausdruck. Jetzt wurde ich mir langsam selbst ein bisschen zu dramatisch.

Kaja stupste mich an. »Also, Sophia? Schauen wir noch mal in den Blog und die E-Mails rein und suchen nach Anhaltspunkten?«

»Okay«, ich öffnete meine E-Mails. »Aber nicht über meine Antworten lachen, ja?«

Ich tippte einen Mailverlauf aus der ersten Woche an, als wir gerade begonnen hatten, uns so richtig kennenzulernen. Ups, schnell erkannte ich, dass meine Freundinnen darüber wohl eher nicht lachen würden.

Mars: 🖂@ Was war dein erster Kinofilm?

Ich: 🖂@ *Arielle, die Meerjungfrau – Wie alles begann.* Das ist quasi das Prequel zum bekannten *Arielle*-Film. Vermutlich hast du weder den einen noch den anderen je gesehen. ☺

Und dein erster Kinofilm?

Mars: ✉ *Cap und Capper,* Teil 2. Und bevor du fragst: Ja, ich hab geheult wie ein Schlosshund. Meine Eltern mussten mich noch vor Ende aus dem Kino bringen.
Hoffe, das *Arielle*-Prequel war witziger?

Ich: ✉ Uff. Da stellst du eine harte Frage (aber das kannst du ja nicht wissen). Gleich am Anfang erfährt bzw. sieht man, wie Arielles Mutter gestorben ist. Mein Vater hatte keine Ahnung, dass das darin vorkommen würde, sonst wäre er nicht mit mir in den Film gegangen. Meine eigene Mutter war ein halbes Jahr zuvor gestorben (und bevor du fragen musst, es war Krebs). Oh, und wir haben den Film auch vor Schluss verlassen. Laaaange vor dem Schluss.

Molly und Kaja drückten mich kurz, bevor sie weiterlasen.

Mars: ✉ Oh shit, das ist ein ziemlicher Hammer. Sorry, wenn ich irgendeine Ahnung gehabt hätte, hätte ich das Thema sicher nicht angesprochen! Das tut mir wahnsinnig leid für dich. Sie muss eine ganz tolle Frau gewesen sein ... mit so einer Tochter!

Molly und Kaja drückten mich gleich noch mal.

Ich: 📧 Du brauchst dich doch nicht zu entschuldigen. Aber danke für deine lieben Worte. Sie war wirklich toll.

Mars: 📧 Magst du mir was über sie erzählen?

Ich: 📧 Ich weiß nicht. Es ist schwierig für mich. Ich vermisse sie sehr. Gerade heute früh hab ich intensiv an sie denken müssen. Als ich das Fenster geöffnet habe, war es draußen kalt. Da ist mir wieder eingefallen, wie es war, wenn sie mich vom Kindergarten abgeholt hat. Wenn ich auf sie zugelaufen bin und sie umarmt habe, war ihr Gesicht manchmal eiskalt von der Luft. So frisch und duftend, daran muss ich oft denken, obwohl ihr Tod schon über sieben Jahre her ist.

Mars: 📧 Ist es blöd, wenn ich schreibe, dass ich dich jetzt gerne im Arm halten und trösten würde?

Ich: 📧 Gar nicht blöd. Sondern sehr schön.

Mars: 📧 Ich würde dich jetzt gerne im Arm halten und trösten.

Kaja holte tief Luft: »Oh Gott, ich komm mir vor wie eine Voyeurin. Das ist so intim, wie ihr da schreibt.«

Ich winkte ab. »Na ja, wir haben aber auch einen lockereren Tonfall drauf.«

Während ich nach einem anderen Mailverlauf suchte, fiel mir ein, dass ich Molly auf keinen Fall alle E-Mails zwischen Mars und mir lesen lassen durfte, schließlich hatte ich ja über sie geschrieben. Die *Robin*-und-*Robbie-Williams*-Causa. Dass Mars dann noch dazu dachte, die Verwechslung der beiden Superstars stammte von dem Mädchen mit dem braunen Heiligenschein, also von mir, entbehrte zwar nicht einer gewissen – fiesen – Komik, machte es aber nicht gerade besser.

Doch wir wurden ohnehin unterbrochen. »Mittagessen, Mädels!«, dröhnte die Stimme der Kampfnuss durch die Räume.

Als sie auch noch verkündete, dass wir drüben im Haupthaus essen würden, erreichte das hysterische Geschnatter im Schlafsaal seinen vorläufigen Höhepunkt.

Zwölftes Kapitel

Der Speisesaal in Altenburg war riesig, doch die Jungs aßen trotzdem nicht alle gleichzeitig zu Mittag. Es wurde so gehandhabt, dass die älteren sich zuerst einfanden. Und zwar aus dem einfachen Grund, weil sie an fast allen Tagen nach dem Essen noch zum Nachmittagsunterricht mussten. Die jüngeren, die Externen, hatten meistens um zwei Uhr Schulschluss und bekamen dann ihr Mittagessen – während die Schüler der Oberstufe oft schon wieder beim Sport schwitzten oder im Zeichensaal hockten.

Jeweils die Hälfte von uns würde mit den älteren essen, die anderen mit den jüngeren.

Nicht schwer zu erraten, mit wem der Großteil von uns essen wollte.

Kaja schüttelte leicht verächtlich den Kopf. »Man könnte meinen, ihr hättet alle noch keine Kerle gesehen«, sagte sie in die Menge. »Mensch, das sind doch nur ein paar Jungs, jetzt tut euch doch nichts an wegen denen.«

Die Bulldogge fand das eine durchaus vernünftige Einstellung und teilte Kaja zu den älteren ein. »Deine Freundinnen darfst du auch mitnehmen. Bei euch dreien mach ich mir keine Sorgen«, sagte sie, wobei sie dann doch etwas sorgenvoll dreinblickte, als sie Mollys leuchtende Augen sah. Ich selbst versuchte, meinen roten Kopf, so gut es ging, zu verstecken. Mir persönlich wäre es tausendmal lieber gewesen, mit den Knirpsen zu essen. Aber Molly hätte mir das nie verziehen. Außerdem war das Mittagessen mit der Oberstufe natürlich eine perfekte Gelegenheit, um sich alle Elftklässler anzusehen.

Als die Einteilung abgeschlossen war und es beinahe zu gleichen Teilen enttäuschte wie hocherfreute Gesichter gab, verkündete die Bulldogge, dass es durchaus sein könnte, dass man am nächsten Tag die Gruppen tauschen würde. »Schauen wir mal, wie es heute läuft«, sagte sie abschließend mit einem Seufzen.

»Die arme Bulldogge tut mir irgendwie richtig leid«, flüsterte ich. »Was die heute herumseufzen muss. Ich glaube, die macht sich echt Sorgen, dass wir uns an diese Typen ranschmeißen.«

Molly hob ihre linke Augenbraue. »Tja, das wäre nicht so, wenn sie uns nicht von vornherein ständig auf Abstand zu Jungs halten würden. Mondsee ist echt ein nettes Internat, aber manchmal frage ich mich schon, in welchem Jahrhundert wir eigentlich leben, dass man Geschlechter noch voneinander trennen muss.«

Zwei Knirpse, die gerade an uns vorbeigingen, prusteten los.

»Du hast Geschlecht gesagt«, kicherte der eine Molly mitten ins Gesicht.

Sie schenkte den beiden einen verführerischen Blick, woraufhin sie rot anliefen und davonstürmten.

»Okay, Molly hätten wir schon mal an den Mann gebracht«, feixte Kaja.

Es war natürlich nicht das erste Mal, dass wir uns darüber unterhielten, ob ein reines Mädcheninternat überhaupt noch zeitgemäß war. Und bei Weitem nicht das erste Mal, dass Molly sich extrem darüber aufregte. Sie sagte oft, dass sie nur deswegen nicht auf einen Wechsel bestand, weil sie Kaja und mich nicht verlieren wollte.

Ich sah das Ganze ein bisschen anders. Unter Mädchen fühlte ich mich wohl, war selbstbewusst – vor allem auf dem Volleyballfeld –, aber sobald ich in die Nähe von Jungs kam, wurde ich nervös. Irgendwie auch logisch, wenn man nur so selten was mit Typen zu tun hatte. Was natürlich wieder dafür sprechen würde, dass man uns öfter mal mit Jungs zusammenkommen lassen sollte. Ach, ich gab auf. Es war ein Teufelskreis.

Manche Jungs saßen schon mit ihren Tabletts an Tischen, der Rest von ihnen stand in der Schlange vor der Essensausgabe. All das sah beruhigend vertraut für uns aus. Sogar die grässlichen orangefarbenen Tabletts waren die gleichen, die wir in Mondsee hatten.

»Bin mal gespannt, was es gibt«, verkündete Kaja, die ähnlich wie ich eigentlich ständig hungrig war.

Nur heute hatte ich keine rechte Lust aufs Essen. Mein Bauch war schon reichlich mit Emotionen angefüllt.

»Was soll denn das sein?«, fragte Molly, als wir in der Schlange endlich so weit aufgerückt waren, um zu sehen, was es gab.

Ich hatte das Gefühl, mir ploppten gleich die Augen aus dem Kopf. »Grenadiermarsch. Das ist das Zeug, über das Mars in seinem ersten Eintrag geschrieben hat«, sprudelte es aus mir heraus. »Okay, Leute, das ist ein Omen. Das ist die Bestätigung dafür, dass nichts im Leben Zufall ist. Ich meine, gibt's das? Echt jetzt?«

Wobei ich nach kurzem Überlegen zugeben musste, dass sich das Phänomen in Grenzen hielt, zumindest falls Mars in seinem Blog die Wahrheit geschrieben hatte und es tatsächlich jeden dritten Tag Grenadiermarsch gab. Aber das würden wir ja noch herausfinden – zwangsläufig.

»Pssst!«, wies Kaja mich an und ich sah mich panisch, aber hoffentlich dennoch sehr unauffällig um, ob uns irgendein blonder Junge mit blauen Augen gerade zuhörte.

»Sieht lecker aus«, sagte Kaja laut und fügte dann leiser hinzu: »Das wollte ich schon unbedingt probieren, als ich auf dem Blog davon gelesen habe.«

»Für mich bitte nur eine ganz kleine Portion«, fiepste Molly die Frau an der Essensausgabe an und schielte ängstlich auf ihren Teller. Molly mochte keine Experimente, wenn's ums Essen ging.

Dann sahen wir uns nach einem Tisch um und Mollys Augen leuchteten wieder auf. Herrisch dirigierte sie uns zu einem Tisch im hinteren Teil des Saals.

»Geht's noch?«, zischte ich, als ich erkannte, auf wessen Tisch sie da zusteuerte.

»Und wie«, erwiderte sie mit all ihrem verdammten überzogenen Selbstvertrauen.

»Ist da noch Platz für uns drei?«, fragte sie mit zuckersüßem Lächeln und zur Seite geneigtem Kopf, als sie vor Mars Nummer eins stand.

Der zögerte. Er und seine Kumpels, die mit ihm am Tisch saßen, hatten sicher auf Amelie gewartet. Außerdem sah man doch, dass dort nur noch Platz für genau eine Person war.

»Gehen wir weiter«, flüsterte ich Molly zu, doch sie reagierte null darauf. Stattdessen redete sie weiter völlig ungeniert mit Mars Nummer eins: »Du, sag mal, ich kenn dich doch von irgendwoher. Heißt du nicht … ähm, Bruno?«

Oh Gott, war das alles peinlich. Wie kam sie denn ausgerechnet auf einen Namen wie Bruno? Sogar Kaja lief rot an und starrte zu Boden.

»Nein, Bruno heiße ich nicht gerade …«

»Aber du gehst in die Elfte«, legte Molly nach.

Nicht-Bruno-aber-vermutlich-Mars warf seinen Kumpels einen Blick zu, der deutlich ausdrückte, dass er sich ein kleines bisschen geschmeichelt fühlte, von so einer Bombe wie Molly ausgequetscht zu werden.

Man kann sich gar nicht vorstellen, wie peinlich es ist, mit einer Ladung Grenadiermarsch auf einem Tablett vor einem Tisch voller Jungs zu stehen und darauf zu warten, dass sie endlich so gnädig waren, einen entweder an den Tisch zu lassen oder wenigstens wegzuschicken. Wirklich, ich sehnte mich nach dem Gnadenschuss.

Kaja ging es offensichtlich ganz ähnlich. Ob ihr Gesicht immer noch rot war, konnte ich allerdings nicht mehr sagen, denn plötzlich hingen ihre Haare wie ein Vorhang davor.

Da beschloss ich, dass nun Schluss war mit dem Jammerbild, das wir darboten.

»Kommt, Mädels«, sagte ich laut, »gehen wir zu einem anderen Tisch.«

»Ja, geht ihr nur«, hörte ich da Molly sagen. »Ich bleib bei den Jungs.«

Mit extra gerader Haltung humpelte ich davon, Kaja dicht hinter mir.

Wir ließen uns am erstbesten Tisch nieder, an dem genügend Platz war. Die fünf Kerle dort nickten uns sogar relativ freundlich zu. Oh Gott, fast hätte ich mein Tablett vom Tisch gefegt. Einer der fünf war Mars Nummer zwei. Der mit dem freundlichen und aufmerksamen Blick.

Als ich zu Mollys Tisch hinübersah, erkannte ich, dass sie die Jungs in ein Gespräch verwickelt hatte, während sie ihre Haare um den Zeigefinger wickelte und den Kopf kokett schräg legte. Version Amelie 2.0.

Ich wollte jetzt endlich das Essen hinter mich bringen, verschluckte mich jedoch an meinem ersten Bissen, als Kaja plötzlich laut sagte: »*Gre-na-dier-marsch.*«

Es klang wie eine Ankündigung. Wie als hätte sie

vor, jetzt einen langen Vortrag zu diesem Gericht zu halten.

Die Jungs sahen sie alle an.

Kaja hielt ihren Blicken stand. Dann spießte sie einen Bissen auf ihre Gabel und sagte, mit etwas künstlicher Stimme. »So was hab ich noch nie gegessen. Ähm, habt ihr das öfter?«

»Ziemlich oft«, antwortete einer von ihnen. Ein anderer grinste.

Ich beobachtete Mars Nummer zwei, wie er sich eine Gabel nach der anderen in den Mund schaufelte.

»Du scheinst das Zeug ja ziemlich zu mögen«, sagte ich mit einem Lächeln zu ihm.

Er schluckte hinunter. »Geht so.«

Geht so. War es diese Stimme, die das Lied für mich gesungen hatte? Sie hatte jedenfalls einen angenehmen Klang. Und wie die vom anderen Mars-Kandidaten war sie tief und ein wenig rau … und geheimnisvoll. Sofern man das nach den zwei Worten und der Schnürsenkelansage von vorhin schon sagen konnte.

»Geht so? Was genau heißt das?«, hakte Kaja nach. »Das klingt irgendwie so, als hättest du dich im Laufe der Zeit an den Geschmack gewöhnt.«

Er nickte. »So könnte man das ausdrücken.«

»Wie ist es denn hier in Altenburg so?«, fragte ich dann in die Runde. Ich fand, das Thema Grenadiermarsch hatten wir genügend ausgeschöpft. Wenn wir so weitermachten, konnten wir den Typ gleich direkt fragen, ob er den Blog *Hell on Earth* betrieb.

In dem Moment sagte Kaja: »Ich habe übrigens einen Blog. Wer von euch –«

Mein Fußtritt fiel wohl etwas fester aus als geplant, Kaja entfuhr ein lautes »Autsch!«.

»Was ist denn los?«, fragte einer der Jungs. »Hast du dir auf die Zunge gebissen?«

Sie biss die Lippen zusammen – vermutlich um jeglichen Kommentar in meine Richtung tapfer zu unterdrücken – und schüttelte dann den Kopf. »In die Wange«, nuschelte sie.

Ein anderer sagte: »Oje, schade um die schöne Wange.«

Kaja drückte ihr Bein fest an meins, während ihr Gesicht knallrot anlief. Sie nahm ihr Glas und trank es in einem Zug leer.

»Und wie ist Mondsee so?«, erkundigte sich der Junge, der Kaja gefragt hatte, ob sie sich auf die Zunge gebissen hatte.

»Gut«, sagten Kaja und ich wie aus einem Mund.

Die Jungs grinsten.

»Ich bin übrigens Felix. Und das sind Adrian, Richard, Giovanni und Jonas.«

Jonas! Ein Name, wir hatten endlich einen Namen. Halleluja. Ich spürte, wie Kaja neben mir Luft holte. Dann sagte sie: »Ich bin Kaja.«

Ich schluckte runter. »Und ich Sophia.«

Jetzt erst fiel mir Molly wieder ein. Die lehnte inzwischen ziemlich nah an Mars eins und berührte ihn gerade spielerisch am Arm.

»Die traut sich was, oder?«, flüsterte ich Kaja mit Blick zum anderen Tisch zu.

»Genauso viel wie wir«, gab die zurück. »Nur mit dem Unterschied, dass wir am richtigen Tisch sitzen.«

»Hey, Mädels«, unterbrach Jonas unsere Tuschelei. »Wie war denn eure Anreise?«

»Anreise?«, wiederholte ich. *Yeah, Sophia, stupides Wiederholen hast du ja schon mal drauf. Immerhin.*

»Ja.« Er lächelte mich an. Ich lächelte zurück. Hoffte zumindest, dass es ein Lächeln war, denn plötzlich hatte ich das Gefühl, ich würde viel zu breit grinsen. *Krieg deine Gesichtszüge mal wieder unter Kontrolle, Sophia,* knurrte ich innerlich. Half natürlich nichts. Ich grinste immer noch wie ein Honigkuchenpferd.

Hilfe suchend wandte ich mich an Kaja. »Unsere Herreise, Kaja. Die war gut, oder?«, sagte ich mit einer Stimme, die mir selbst ganz fremd war. Total kieksig.

Kaja sah mich besorgt an. Wieder spürte ich ihr Bein an meinem. Sie hatte natürlich bemerkt, dass ich nicht ganz ich selbst war. Keine Ahnung, warum … na ja, eigentlich schon. Dieses Lächeln von Jonas. Die kleinen Fältchen, die sich dabei um seine Augenwinkel zeigten, und ja, vor allem wohl die Tatsache, dass dieses Lächeln voll auf mich gerichtet war, nicht etwa auf Kaja oder ein anderes Mädchen, das brachte mich etwas aus der Fassung.

Es war ja nicht so, dass mich noch nie ein Junge angelächelt hätte, aber einer, der so gut aussah, tatsächlich noch nie.

In diesem Augenblick hoffte ich, dass er wirklich Mars war. Vielleicht spürte er eine spezielle Verbindung zwischen uns.

Oh, oder vielleicht dachte er daran, dass ich das Mädchen mit dem geistlosen Gesichtsausdruck vom Foto war, das Robin nicht von Robbie Williams unterscheiden konnte. Ich verschluckte mich an einer Nudel.

Mein Husten klang grässlich. Der ganze Tisch starrte mich an. Kaja klopfte auf meinen Rücken. Als ich mich endlich wieder einkriegte, stand Jonas neben mir.

»Bist du okay?«, fragte er.

Ich nickte. »Ja, danke«, flüsterte ich mit vom Husten rauer Stimme.

»Gut. Ich dachte schon, dass ich endlich mal den Heimlich-Griff anwenden kann.«

Das hätte mir gerade noch gefehlt. Ich sah die Szene sofort vor mir. Wie Jonas von hinten die Arme um mich schlang, mit der Faust in meinen Magen drückte, damit die Nudel aus meiner Luftröhre katapultiert wurde, die dann im Idealfall ein paar Tische weiter auf dem Teller von Mars Nummer eins landete.

Wenigstens das war mir erspart geblieben.

»Danke jedenfalls, dass du mich gerettet hättest«, sagte ich zu Jonas.

Er deutete eine kleine Verbeugung an. »Stets zu Ihren Diensten, Mylady.«

Ich betete für eine spontan einsetzende Sonnenfinsternis, damit er mein tomatenrotes Gesicht nicht sehen konnte.

Als Kaja und ich uns von den Jungs verabschiedeten und auf den Weg machten, um unsere Tabletts loszuwerden, juchzte Kaja leise auf.

»Er ist echt süß, Sophia. Und er steht auf dich. Hast du das bemerkt?«

»Findest du wirklich?«, fragte ich zurück, obwohl das eigentlich nur noch *fishing for compliments* war, denn ich hatte selbst den Eindruck, dass er mich mochte.

»Natürlich! Er mag dich und er ist auf jeden Fall dein Mars. Er hat gesagt, dass er diesen Matsch anfangs nicht essen wollte und sich erst mit der Zeit daran gewöhnt hat.« Kaja strahlte regelrecht. »Bin ich froh, dass mir diese Frage eingefallen ist. Hoffentlich, hoffentlich war Molly ebenfalls so clever und hat *ihren* Mars das auch gefragt. Apropos Molly ...«

Wir sahen uns nach ihr um. Sie war gerade im Aufstehen begriffen. So wie die Jungs sich von ihr verabschiedeten, schien sie ziemlich gut bei ihnen angekommen zu sein.

»Oh, da seid ihr ja, Mädels«, flötete Molly. Sie winkte uns zu sich. »Ich stelle euch noch schnell meine Tischnachbarn vor. Jungs, ich hab euch ja schon von ihnen erzählt, das sind also Sophia und Kaja.« Sie schwenkte ihre Arme wie eine Flugbegleiterin, die den Passagieren die Notausgänge präsentierte. »Und das hier sind Simon, Gregor, Clemens, Basti und Magnus.«

Beim letzten Namen zeigte sie auf Mars Nummer eins und sah mich dabei triumphierend an.

Ja, meine Freundinnen hatten ganze Arbeit geleistet.

Wir hatten nicht nur Kontakt geknüpft, wir kannten nun auch ihre Namen.

Die Typen nickten uns zu und ich stellte wieder fest, dass sie sich weitaus cooler gaben, als man es aus so einem Eliteinternat erwartet hätte. Wenn ich da an den Film *Club der toten Dichter* dachte ... Na gut, wir lebten halt doch in einem anderen Jahrtausend.

Ich räusperte mich. Wenn ich nicht als die totale Langweilerin rüberkommen wollte, musste ich endlich etwas sagen.

»Tja, dann«, begann ich, als ich mich zu Ende geräuspert hatte, »bis bald mal, Kerle ...«

Kerle? Hatte ich tatsächlich *Kerle* gesagt? Scheiße!

Ich hatte nur krampfhaft nach einem anderen Wort für Jungs gesucht, weil Molly sie doch schon so genannt hatte. Ich spürte, wie mir die Hitze in den Kopf stieg.

»Ähh«, stammelte ich, während ich merkte, dass sowohl meine Freundinnen als auch die *Kerle* unruhig wurden, »Simon, Felix, Richard ...«, ich stockte. Verdammt, das waren die falschen Namen, oder?

Mars Nummer eins, der Magnus hieß – wenigstens das hatte ich mir gemerkt –, grinste einen großen, schwarzhaarigen Jungen mit einem etwas finsteren Gesichtsausdruck fast schon schadenfroh an. »Deinen Namen hat sie sich gemerkt, Simon. Darauf kannst du dir was einbilden.«

Simon sah jedoch gar nicht so drein, als ob er sich sonderlich was darauf einbildete.

»Ich äh … sorry, Felix und Richard waren Jungs, die ich gerade vorhin an einem anderen Tisch kennengelernt habe.« Ich versuchte zu grinsen. »Ich habe ein ganz ausgezeichnetes Kurzzeitgedächtnis, wie ihr seht.«

Warum musste ich eigentlich die Einzige sein, die über meinen kleinen Witz lachte?

»Gehen wir«, sagte ich mit fester Stimme, dann drehte ich mich mit Schwung um und knallte gegen Amelie.

»Ups«, sagten wir zeitgleich und genauso zeitgleich erstarb das spontane Lächeln, das man in so einem Moment des Aufeinanderprallens oft aufsetzt.

Wir hatten es beide eilig, aus der Nähe der anderen zu kommen. Als ich dem Ausgang zustrebte, sah ich gerade noch, dass Amelie an Magnus' Tisch stehen blieb.

Verdammt.

Dreizehntes Kapitel

Warum das Brot immer auf die Butterseite fällt

Viele von euch denken jetzt vielleicht an Murphys Gesetz, das besagt, dass alles schiefgeht, was nur schiefgehen kann.
Und wenn man einen frisch gescheuerten Fußboden oder einen teuren Teppich besitzt, ist es demnach nur natürlich, dass genau die fettige Seite des Brotes darauf landet.
Oder auch umgekehrt: Wem es egal ist, dass sein Fußboden durch die Butter befleckt ist, weil der Boden ohnehin schon vor Dreck starrt, dem dürfte es zumindest etwas ausmachen, wenn ausgerechnet die bestrichene Brotfläche darin landet und sämtliche Brösel und anderes Ekliges daran haften bleibt.
Wen selbst das nicht juckt, dem kann ich nur sagen: Mahlzeit.
Was aber die Auflösung betrifft: Es liegt an der Fallhöhe. Die meisten Tische haben eine Höhe, die es einer Brotscheibe ermöglicht, sich exakt um hundertachtzig Grad zu drehen, wenn sie vom Tisch rutscht. Nachdem das Brot auf dem Tisch wohl ganz artig mit der bestrichenen Seite nach oben liegt, ist es also

kein Wunder, wenn es mit der Butterseite unten auf dem Boden landet.
Woher ich das weiß?
Ich kann es selbst kaum fassen, aber zum ersten Mal habe ich was Interessantes hier in Altenburg gelernt.
Physikunterricht … Wer hätte das gedacht, hm?

Wir hatten die erste Nacht hinter uns gebracht und eigentlich waren die Feldbetten ganz okay gewesen.

Kaja war wie üblich morgens um einiges munterer als Molly und ich. Während ich es noch nicht mal schaffte, die Augen ganz zu öffnen, machte sie schon irgendwelche Yogaübungen und flüsterte Molly und mir dabei zu: »Heute müssen wir Amelie total im Auge behalten. Entweder Jonas oder Magnus wird sich sicher an sie ranmachen. Dann wissen wir Bescheid.«

Molly gähnte. »Jaja schon gut. Gib mir doch mal ’nen Moment, ein alter Mann ist doch kein D-Zug. Und ich bin weder ein alter Mann noch ein D-Zug«, fügte sie wenig sinnvoll hinzu.

»Ich auch nicht«, sagte ich und hätte am liebsten noch eine Runde weitergeschlafen.

»Ich geh mal Zähne putzen«, kündigte Kaja an.

»Jaja«, murmelte ich und war froh, wieder Ruhe zu haben.

Womit ich nicht gerechnet hatte, war, dass Molly plötzlich munter wurde und als erste Aktion am frühen Morgen eine neue Liste begann. Auch wenn es wohl die simpelste Liste der Welt war.

Die fünf gruseligsten Internatsessen der Welt:
Platz 5: Grenardiermarsch
Platz 4: Grenardiermarsch
Platz 3: Grenardiermarsch
Platz 2: Grenardiermarsch
Platz 1: Grenardiermarsch

»Und weißt du, warum es mir so wichtig ist, das festzuhalten?«

Ich setzte mich stöhnend auf. »Ja, das hast du gestern schon gesagt. Weil Magnus …«

»… der absolut selben Meinung ist wie ich«, vollendete sie meinen Satz.

»Ich fand das Zeug echt lecker.«

»Ja, weil du und Kaja aus irgendeinem unerfindlichen Grund mit einem Saumagen ausgestattet seid. Ich aber nicht. Und dein Mars auch nicht. Echt, Sophia, ich bin mir so sicher, dass er es ist, dass ich heute schon zu ihm gehen könnte und ihn einfach rundheraus fragen.«

Ich war plötzlich hellwach: »Wehe, du tust das!«

Molly sah mich leicht beleidigt an. »Was denkst du? Natürlich mach ich nichts, was du nicht willst. Ich sagte nur, ich *könnte.* Und würde es am liebsten auch tun. Wovor hast du eigentlich solche Angst, Sophia? Er soll doch wissen, wer du bist. Ich meine, ich habe diese E-Mails zwischen euch gesehen, der Typ mag dich total, er steht auf dich. Warum soll er nicht endlich erfahren, wer du bist?«

Ich zischte: »Das weißt du doch. Weil er denkt, dass ich wie Amelie aussehe.«

»Na und? Wer sagt dir, dass er nicht total froh ist, wenn er rausbekommt, dass seine Volleyqueen wie du aussieht?«

Ich starrte sie an. Gleich darauf kam Kaja zurück. Sie ließ sich zu uns auf die Schlafsäcke fallen und sagte eindringlich: »Toll. So laut, wie ihr seid, weiß jetzt der ganze Schlafsaal Bescheid.« Sie deutete den Hauch einer Kopfbewegung an und quetschte zwischen den Zähnen hervor: »Dort sind Amelie und Miri, die haben jetzt vielleicht alles gehört.«

»Mist«, murmelte ich.

Molly gab mir nickend recht.

Heute stand als Erstes Sport für uns auf dem Programm.

Und nicht nur für uns! Auch die elfte Klasse aus Altenburg war draußen auf dem Sportplatz versammelt. Unter ihnen Mars Nummer eins – also Magnus – und Mars Nummer zwei – Jonas. Damit waren die letzten Zweifel beseitigt. Beide gingen also in die Elfte und außer ihnen war kein weiterer groß gewachsener Surfertyp unter ihren Klassenkameraden auszumachen. Einer der beiden war also mein Mars. Jetzt mussten wir nur noch herausfinden, welcher.

Während die Jungs draußen Fußball spielten, hetzte die Kampfnuss meine Klassenkameradinnen auf die Wiese neben dem Platz zur Gymnastik.

Ich saß auf einer der Bänke dazwischen und durfte noch einmal meinen Knöchel auskurieren. Was mir in dem Fall auch sehr recht war, darum nutzte ich mein Leiden noch einmal aus, obwohl es dem Knöchel schon wieder ganz gut ging. Der Beobachtungsposten war durchaus ein spannender, wenn auch zeitweise ein ziemlich frustrierender, aber zumindest jederzeit ein aufschlussreicher. Die Jungs starrten meine Mitschülerinnen in ihren Sportoutfits nämlich die ganze Zeit unverhohlen an – Fußball hin oder her.

Ich konnte kaum fassen, was Amelie trug. So was hatte ich in Mondsee noch nicht an ihr gesehen. Die orangerote Leggings, okay, aber dieses silberfarbene Oberteil, das eigentlich nichts anderes war als ein Sport-BH, der ihre beiden speziellen Vorzüge in Szene setzte und vor allem ihren flachen Bauch präsentierte. So machte sie es mir unmöglich herauszufinden, welcher der beiden Mars-Kandidaten ein Auge auf sie geworfen hatte und also der richtige war. *Alle* Jungs starrten meine Stiefschwester an.

»Na? Auch im Krankenstand?«

Ich fuhr herum. Es dauerte einen Moment, bis ich den schwarzhaarigen Typ einordnen konnte, der sich neben mich auf die Bank gesetzt hatte.

»Hey, ähm, äh, Simon, oder?«

Es war der Kumpel von Magnus, dessen Namen ich am Mittagstisch als Einzigen richtig genannt hatte. Ich erinnerte mich allerdings auch daran, dass er sich deswegen jedoch nicht besonders geschmeichelt gefühlt hatte. Auch jetzt sah er mich etwas zwiespältig an. Dabei hatte er mich immerhin angesprochen. Er nickte so kurz, dass ich mir nicht mal sicher war, ob es ein Nicken war.

»Und du?«, fragte er dann.

»Ich bin Sophia«, ich streckte ihm die Hand hin, wobei ich mich schon während der Geste fragte, warum ich das eigentlich machte. Nicht gerade cool, oder? Aber gut, man musste ja auch nicht immer cool sein. Und Simon war mir sowieso herzlich egal.

Wir schüttelten uns die Hände.

Dann wandten wir uns wieder unseren Mitschülern zu. Amelie lief gerade an uns vorbei und ich wunderte mich einen Moment lang über das strahlende Lächeln, das sie mir zuwarf, bis ich begriff, dass es gar nicht mir galt. Natürlich nicht.

In dem Moment wurde mir klar, dass Simon doch irgendwie zählte. Er war schließlich mit Magnus befreundet. Womöglich sogar sehr gut. Vielleicht wusste er über unseren Chat Bescheid. Und hielt Amelie für mich!

Natürlich nur vorausgesetzt, Magnus hatte ihm so detailliert Auskunft erteilt wie ich meinen Freundinnen. Falls Magnus überhaupt Mars war. Eigentlich war jetzt die beste Gelegenheit, das herauszufinden. Ich dachte kurz nach und beschloss dann, nicht gleich mit der Tür ins Haus zu fallen. Erst mal ein bisschen Small Talk.

»Also von wegen Krankenstand«, begann ich. »Ich

hab mich ein bisschen doof angestellt und bin die Treppe runtergefallen. Und bei dir?«

Er winkte ab. »Ach, ist eine alte Verletzung vom Fußball, die immer mal wieder auftaucht.« Er deutete mit einer knappen Kopfbewegung auf sein linkes Knie. »Es zwickt ein bisschen mehr, als es sollte, und dann muss ich für eine Weile pausieren.«

Ich knirschte unwillkürlich mit den Zähnen und stellte mir kurz vor, wie es wäre, eine dauerhafte beziehungsweise immer wiederkehrende Verletzung zu haben, die mich am Volleyballspielen hindern würde. Dieser Simon hatte immerhin einen ganz schön durchtrainierten Body, wenn ich ihn mir so ansah. Wahrscheinlich war er ziemlich sportbegeistert. Das musste schwer sein für ihn.

»Tut mir leid«, murmelte ich.

Er zuckte mit den Schultern. »Tja, ist halt so.«

Da fiel mir etwas ein. »Ist Jonas nicht auch im Fußballteam?« Prima Aufhänger, um etwas über Jonas rauszukriegen. Nach Magnus konnte ich ihn später noch fragen.

Obwohl ich Simon während meiner Frage nicht ansah, spürte ich seinen Blick auf mir.

»Ja, wieso?«, erwiderte er.

»Nur so.« Ich wartete kurz ab, dann fragte ich so nebenbei wie möglich: »Seid ihr befreundet?« Am liebsten hätte ich mich ja selbst k. o. geschlagen, so peinlich war mir die ganze Ausfragerei.

Simon zuckte mit den Schultern. »Ja, schon. Wir gehen in dieselbe Klasse und waren im selben Fußballteam. Du stellst aber Fragen.«

Okay, das war das Stichwort. Ich wusste, ab jetzt hielt er mich wahrscheinlich ohnehin schon für jungsverrückt, da konnte ich gleich aufs Ganze gehen.

»Ähm, eine meiner Freundinnen – nicht ich – hat sich ein bisschen in deinen Kumpel Magnus, na ja, verguckt …«

Oh Gott, wie peinlich, der glaubte mir doch nie, dass ich nicht von mir selbst sprach. Dementsprechend sah er mich auch an.

»Eine deiner Freundinnen also?«

»Ja ehrlich. Ich selbst, ich … ich steh eher auf Dunkelhaarige … oh.«

In dem Moment war ich erst wieder so weit bei Sinnen, dass ich Simons schwarze Haare wahrnahm, die ihm lässig in die Stirn fielen.

Peinlich berührt, wandten wir uns beide voneinander ab.

Ganz toll.

»Und?«, fragte Simon plötzlich.

»Und?«, fragte ich automatisch zurück.

»Du wolltest mich doch irgendetwas zu Magnus fragen, oder?«

Endlich wachte ich wieder auf. »Oh ja! Ähm, meine Freundin fragt sich, was für eine Art von Musik er mag.«

Ich nahm kurz die Hände vors Gesicht, das alles hörte sich so schrecklich dämlich an, dass ich es längst bereute, damit angefangen zu haben.

»Der mag's gern klassisch«, erwiderte Simon schulterzuckend.

»Klassisch? Wie ›Klassik‹?«

Molly und Kaja rannten an uns vorbei. Beide glotzten Simon viel zu auffällig an, dann fingen sie auch noch an, miteinander zu tuscheln.

»Deine Freundin soll ihn am besten selbst nach seinem Musikgeschmack fragen, so kommt sie wenigstens ins Gespräch mit ihm, meinst du nicht?«

Ich seufzte. »Ja, da hast du vermutlich recht.«

Ganz unvermutet lächelte er mir zu. *Schönes Lächeln*, schoss es mir durch den Kopf. *Grübchen in den Wangen.*

Mollys erstes Thema, als ich sie und Kaja zu den Duschen begleitete, war ausnahmsweise mal nicht Mars oder sonst ein Junge.

»Hast du gesehen, was sie getragen hat, Sophia?«

»Du meinst Amelie? Ja, voll peinlich.«

»Mehr als das! Sie hatte genau die gleichen Klamotten an wie Celine auf dem Shape-Cover.«

»Celine? Shape?« Ich verstand nur Bahnhof.

»Mensch ist dein Gedächtnis so kurz? Wir haben die Folge von *GNTM* doch zusammen gesehen, verdammt! 2017! Celine gewinnt das Shape-Cover und trägt darauf dieses Outfit. Jetzt bin ich mir sicher, dass Amelie bei *GNTM* mitmachen will. Oh Gott, wie ich sie hasse!«, zeterte Molly.

»Pssst«, machte Kaja.

»Nein, jetzt hat's sich's ausge-pssst. Warum müssen wir immer den Mund halten, wenn es um die Gurke geht? Ich hab's echt satt.«

»Ich verlange sicher nicht von dir, dass du wegen Amelie ständig den Mund hältst, aber lass Sophia doch mal von ihrem Gespräch mit Magnus' Freund erzählen …«

»Simon«, warf Molly schmollend ein. »Er heißt Simon.«

Viel gab es da zwar nicht zu erzählen, aber das bisschen, das ich in Erfahrung gebracht hatte, erzählte ich ihnen breitwillig.

»Häh? Klassische Musik? Da frag ich Magnus lieber selber noch mal«, sagte Molly, als ob sie ihn bereits ewig kannte.

»Okay«, sagte ich leise. Und erwähnte nicht, dass Magnus dann vermutlich davon ausgehen würde, dass Molly in ihn verknallt war. Also sofern Simon ihn in unser Gespräch einweihte.

»Was ist das eigentlich für ein bescheuerter Nickname?«, schimpfte Molly später am Nachmittag, als wir freihatten. »Volleyqueen … das hört sich total eingebildet an und passt gar nicht zu dir. Also, das Eingebildete daran.«

Ich ließ mich auf eine Bank hinterm Hauptgebäude fallen.

»Ich weiß«, gab ich zu. »Den hab ich mir mit dreizehn Jahren zugelegt, als ich zum ersten Mal zur Kapitänin in der Mannschaft ernannt wurde. Wenn ich gewusst hätte, wie sich das Ganze entwickelt, hätte ich mir für den Kontakt mit Mars was anderes ausgedacht.«

»Ja, mach das mal nächstes Mal«, empfahl Molly mir.

»Es gibt aber kein nächstes Mal«, sagte ich fest entschlossen. »Es geht um Mars und ich will niemand anderen als ihn. Und ich werde ihn mir schnappen.«

»Das ist ein Wort«, fand Kaja. »Dann lass uns mal überlegen, wie du an Jonas rankommst. Ich weiß nämlich ganz sicher, dass er Mars ist.«

Molly ließ sich neben mich auf die Bank plumpsen. Sie verschränkte die Arme und sah Kaja an. »So? Na, dann schieß mal los.«

Kaja berief sich in ihrer Erzählung noch einmal auf den Grenadiermarsch und dass Jonas ihre Worte bestätigt hatte, nämlich dass er ihn am Anfang nicht ausstehen konnte, sich aber mittlerweile daran gewöhnt hätte. »Genau so, wie er es in seinem Blog geschrieben hat«, schloss sie.

»Das mit dem öden Radetzkymarsch hast du mir jetzt schon dreimal erzählt«, meckerte Molly. »Außerdem hat Magnus dasselbe –«

Kaja winkte ab. »Ich weiß, ich weiß. Er hat dasselbe gesagt. Nur dass es Grenadiermarsch heißt. Sag, bist du dir sicher, dass ihr übers Essen gesprochen habt, Molly?«

Molly sperrte empört den Mund auf.

»Hey, ihr«, bremste ich die beiden ab. »Das Ganze soll doch nicht in einem Streit zwischen euch enden.«

»Du hättest mich wenigstens fragen lassen sollen, ob Jonas einen Blog schreibt«, sagte Kaja.

Ich zuckte mit den Schultern. »Ich hab es ja schon erklärt, ich fand es viel zu auffällig. Und letztendlich hätte man ja an seiner Antwort auch nichts festmachen können. Selbst wenn er gesagt hätte, dass er einen Blog hat, wüssten wir nicht, ob nicht die Hälfte aller Altenburg-Schüler einen betreibt. Abgesehen davon, dass ich nicht glaube, dass er es zugegeben hätte. Zumindest nicht, wenn er wirklich Mars ist. Ihr habt seinen Blog gelesen. Und auch die Kommentare. Da schreibt nie einer seiner Schulkollegen was drunter. Ich glaube, er schreibt ganz geheim, die anderen wissen nichts davon.«

Kaja seufzte plötzlich tief auf. »Guck mal an, wer da kommt.«

Amelie und Miri kamen um die Ecke, beide steckten in engen Jeans und Pumps.

»Ich glaub, die beiden haben sich echt noch was von zu Hause schicken lassen, als es hieß, wir fahren nach Altenburg«, flüsterte ich. »Ich meine, wann haben die beiden sich in Mondsee jemals so aufgetakelt?«

Molly beäugte Amelie mit besonders bösem Blick. Hätte sie Krallen gehabt, dann hätte sie die jetzt vermutlich ausgefahren.

Dass sie im Outfit eines Germany's next Topmodels aufgetaucht war, würde sie ihr nie verzeihen.

»Sie sieht so verdammt gut aus«, knurrte Molly. Dann kehrte sie Miri und Amelie betont den Rücken zu.

Ich hingegen musterte Amelie ganz genau. Ich wollte herausfinden, ob sie frisch verliebt, besonders glücklich oder sonst irgendwie anders aussah als sonst. Das Einzige, was mir auffiel, war, dass sie meinem Blick auswich, fast als hätte sie etwas vor mir zu verbergen. Doch das bildete ich mir vielleicht nur ein.

Miri tönte in meine Richtung: »Na, geht's deinem Knöchel immer noch nicht besser oder warum hast du heute beim Sport gekniffen? Wir sind ganz schön wehleidig, was?«

Eigentlich war ich derlei von Miri ja mittlerweile gewohnt. Was mich viel mehr aufregte, war Amelies blödes Grinsen.

»Lass sie«, sagte Kaja leise, die wie immer die Stimme der Vernunft spielte.

Und obwohl ich wusste, dass sie recht hatte, fiel es mir schwer, mich einfach abzuwenden und Amelie samt BFF links liegen zu lassen.

Doch ich schaffte es. Ausgerechnet in dem Moment stieß Molly mir in die Seite. »Da kommt Magnus. Ich quetsch ihn jetzt aus.«

»Was?«, entfuhr es mir. Oh Gott, ich konnte kaum zu Molly hinsehen. Wie sie da breitbeinig stand, in ihrem stoischen Selbstvertrauen, die Arme in die Seiten gestützt, mein kleiner Bullterrier. Für alle, auch für Magnus und die Jungs in seiner Begleitung, musste es völlig klar sein, dass sie genau auf ihn wartete.

Ich meinte, sämtliche Jungs zu erkennen, die zu Mittag mit Magnus am Tisch gesessen hatten. Als ich Simon sah, flüsterte ich Molly ins Ohr: »Frag Magnus nach seinem Musikgeschmack.«

Okay, ich wusste, das war unfair von mir und einer Freundin eigentlich nicht würdig, doch es war mir einfach oberpeinlich, dass Simon bestimmt glaubte, ich stünde auf Magnus und hätte die Freundin nur vorgeschoben. Und die Gelegenheit, jetzt Molly als diese Freundin hinzustellen und den Verdacht von mir zu lenken, war einfach zu günstig. Ich hätte das auch nie gemacht, wenn ich irgendwelche Bedenken gehabt hätte, dass es Molly unangenehm sein könnte. Das schwöre ich. Sie war so selbstbewusst – außer in Bezug auf ihre Größe –, dass sie tatsächlich nicht lange fackelte.

Als die Truppe der Jungs fast bei uns angekommen war, fragte Molly laut und geradeheraus: »Sag, Magnus, jemand hat mir erzählt, du magst nur Klassik, stimmt das?«

Bevor er antworten konnte, schob Amelie sich vor Molly und säuselte: »Wie nett von euch, dass ihr gekommen seid.«

Magnus warf Molly einen durchaus freundlichen Blick zu und sagte: »Keine Ahnung, wer so einen Blödsinn behauptet hat, aber tja, sorry, ich muss jetzt weiter.« Er nickte Amelie und Miri zu. »Kommt ihr? Ihr wolltet doch das Schulgelände ansehen, oder?«

Amelie lächelte zuckersüß und wandte sich dann unverwandt an mich. »Nicht ärgern, Schwester«, sagte sie spöttisch.

Magnus sah von ihr zu mir. »Schwester?«

Amelie warf lachend den Kopf in den Nacken. »Lange Geschichte.«

Dann hakte sie sich bei ihm unter, was Miri ihr natürlich sofort nachtat. Und so schritt Magnus, mit je einem Mädchen an seiner Seite von dannen, während die anderen Jungs ihm folgten.

Molly, Kaja und ich sahen uns an. Und jeder von uns dreien blieb absolut die Spucke weg. Diese verfluchte Amelie war uns immer um einen Schritt voraus.

Vierzehntes Kapitel

✉@ Hey, Mars,
irgendwie ist das schon seltsam. Wir waren uns in den letzten Wochen durch unser Schreiben so nah, manchmal hatte ich fast das Gefühl, du wärst bei mir, und das obwohl wir ein paar Autostunden voneinander entfernt waren. Jetzt befinden wir uns am selben Fleck und haben unsere Verbindung doch verloren.
Wie ist das möglich?
Ich vermisse dich …

Wir waren auf dem Weg zum Essen, als ich meinen Freundinnen die Nachricht zeigte, die ich Mars nun doch geschrieben hatte.

»Oooch«, machte Kaja. »Süß.«

»Hmpf«, machte Molly.

»Nicht gut?«, fragte ich sie.

»Ach, komm schon.« Kaja stöhnte auf. »Hör nicht auf sie. Unsere Jungsexpertin ist doch nur eingeschnappt, weil du sie nicht vorher um Rat gefragt hast.«

»Gar nicht wahr«, behauptete Molly. »Aber zu dritt wäre uns sicher ein etwas besserer Text eingefallen.«

Ich blieb stehen. »Aber genau darum ging es mir. Ich

wollte eben keinen superoriginellen Text, sondern einfach nur schreiben, was ich denke.«

»Ich finde es gut«, sagte Kaja.

»Danke.« Wir marschierten weiter.

»Das Einzige …«, murmelte Kaja.

Ich sah sie an. Was jetzt? Kam jetzt doch noch Kritik?

»Das Einzige, was ich mich frage, ist, ob er Amelie vielleicht schon auf euren Chat angesprochen hat und sich nach deiner Nachricht jetzt wundert, warum sie ihm so was schreibt.«

Ich erschrak. »Scheiße. Daran hab ich gar nicht gedacht. Mensch, das wäre ja total peinlich.«

»Aber, Moment mal«, Molly hakte mich fester unter. »Falls er Amelie wirklich auf die Mails angesprochen hat, dann hat sie ihm doch sicher sowieso gesagt, dass sie nicht Volleyqueen ist. Das heißt, er wüsste dann ja längst, dass es eine andere sein muss.«

Ich nickte langsam. »Stimmt auch wieder.«

Kaja stieß hörbar Luft aus. »Ganz schön kompliziert, diese Sache.«

Ich blieb abrupt stehen. »Und ganz schön spannend. Denn falls er tatsächlich mit Amelie gesprochen hat, könnte sie ihn auch darüber aufgeklärt haben, dass normalerweise *ich* Teamkapitänin bin.«

»Dann wüsste er, dass du Volleyqueen bist«, hauchte Molly.

Als wir im Speisesaal ankamen, stellten wir fest, dass wir uns diesmal überhaupt keine Gedanken darüber machen mussten, wo wir uns hinsetzen sollten – ob eher zu Magnus oder zu Jonas an den Tisch. An beiden Tischen gab es keinen freien Platz mehr. An Magnus' Tisch thronte Amelie zwischen ihm und Miri.

Wir fanden einen Tisch ganz in ihrer Nähe. Ich setzte mich mit dem Rücken zu Amelie und murmelte meinen Freundinnen zu, dass sie hin und wieder einen Blick auf Magnus werfen sollten, um zu sehen, ob er irgendwann in meine Richtung sah. Wenn, dann sicher mit einem entgeisterten Gesichtsausdruck, dachte ich. Das wäre dann nämlich der Moment, in dem Amelie ihm erzählte, dass ich eigentlich Teamkapitänin war.

Als hätte Molly meine Gedanken gelesen, sagte sie: »Wisst ihr, was? Ich glaube gar nicht, dass Amelie den Irrtum aufklären würde. Wenigstens würde sie nichts über Sophia sagen.« Sie steckte sich ein Stück Essiggurke von der kalten Platte, die es gab, in den Mund und fuhr kauend fort: »Ich meine, denkt doch mal nach. Sie hasst dich, Sophia. Und sie ist leider clever. Sobald Magnus ihr eröffnet, dass er Mars ist und herausgefunden hat, dass sie Volleyqueen ist, fügt sie eins und eins zusammen. Und selbst wenn sie nichts von ihm wollte, würde sie ihn schon allein deswegen in dem Glauben lassen, dass sie diejenige welche ist, um dir eins auszuwischen, Sophia.«

»Verdammt, du hast recht«, entfuhr es mir. Ich steckte mir das Stück Käse in den Mund, das ich gedankenverloren die letzten zwei Minuten in Senf gebadet hatte. Es brannte wie Hölle und vermutlich schoss weißer

Dampf aus meinen Ohren, doch das war genau, was ich für einen Kampf mit Amelie brauchte. Und ich hatte plötzlich das Gefühl, dass mir exakt der bevorstand.

Während Molly Magnus und Amelie nicht aus den Augen ließ, verrenkte Kaja sich den Hals nach einem ganz anderen Tisch.

»Lasst uns Jonas nicht vergessen. Nur weil Amelie jetzt bei Magnus sitzt, heißt das noch lange nicht, dass er Mars sein muss.«

»Stimmt.« Ich kaute ein Stück Brot nach meiner Senforgie.

»Doch er ist es«, wiederholte Molly zum gefühlt tausendsten Mal ihre Überzeugung. »Und jetzt guck mal nach«, schob sie hinterher, »hat er zurückgeschrieben?«

Ich fummelte mein Handy aus der Hosentasche, checkte meine E-Mails und schüttelte den Kopf. In dem Moment ging Amelie an uns vorbei in Richtung Toilette. Da kam mir plötzlich eine Idee.

Ich hatte zwar nicht Mars' Telefonnummer, aber manche Leute stellten ihre Handys doch so ein, dass sie ein Signal von sich gaben, sobald eine E-Mail kam.

»Was machst du, Sophia?«, fragte Kaja.

»Pssst. Hört mal in Richtung Magnus. Ich schicke ihm noch mal eine Nachricht. Vielleicht meldet sich sein Handy ja.«

Molly fuhr sofort in die Höhe. »Warte 'ne Sekunde. Bis ich bei ihm am Tisch stehe.«

Sie sprintete sofort los.

Ich tippte auf mein Handy.

»Was schreibst du ihm?«, fragte Kaja.

»Nur eine leere Mail. Als wäre es ein Versehen.«

Ich sendete sie ab.

Molly blieb noch eine Weile am Tisch drüben stehen.

»Was zum Teufel macht sie da so lange?«, zischte Kaja.

Als Molly wiederkam, leuchteten ihre Augen.

»Ich hab was tüten gehört. Etwa drei Sekunden, nachdem ich am Tisch stand.«

»Echt?« Ich schluckte. »Und hat er draufgesehen, aufs Handy?«

Sie schüttelte den Kopf. »Nee, hatte es wohl in der Hosentasche. Die Jungs hier sind gut abgerichtet. Die halten sich an die Hausregeln. Kein Handy beim Essen.«

»Dann weißt du ja gar nicht sicher, ob es sein Handy war«, stellte Kaja fest.

»Na, wessen denn sonst?«

»Ich mein ja nur, der Tisch von Jonas steht gleich daneben, vielleicht kam das Tüten auch von dort.«

Molly verdrehte die Augen. »Das ist nicht dein Ernst, Kaja. Es kam eindeutig aus Magnus' Richtung.«

Kaja zuckte mit den Schultern.

Amelie kam wieder zurück. Als sie an uns vorbei war, streckte Molly ihr die Zunge heraus.

»Hast du ihm eigentlich absichtlich die Nachricht

erst geschickt, als Amelie nicht am Tisch war?«, fragte mich Kaja.

»Natürlich. Sonst müsste ihm ja klar sein, dass die E-Mail nicht von Amelie gekommen sein kann. Sie kann ihm ja nicht gut heimlich was schicken, während sie genau neben ihm sitzt und sich mit ihm unterhält.«

»Clever«, gab Kaja zu. »Aber warum sollte Mars – welcher von den beiden es nun auch ist – nicht endlich erfahren, dass es eben nicht Amelie ist, mit der er sich online so gut verstanden hat?«

Ich nahm noch einmal eine ordentliche Kostprobe vom Senf. Tränen traten mir in die Augen, ich dampfte wie eine Lokomotive aus Nase und Ohren. Das war fast so was wie eine kleine Bestrafung für meine Feigheit, mich zu outen.

»Ich habe einfach Angst«, sagte ich, als ich endlich wieder reden konnte, »Angst vor dem Moment, wo er herausfindet, dass ich es bin. Was, wenn er dann total enttäuscht ist?«

Ich war froh, dass in diesem Moment Direktor Kamp im Speisesaal erschien. Er verkündete, dass wir Mädchen uns um acht Uhr im Theatersaal einfinden sollten. Das Internat Altenburg würde uns ein kleines Unterhaltungsprogramm bieten.

Gott, war ich froh über ein bisschen Ablenkung.

Fünfzehntes Kapitel

> Gut, eines muss man der alten Dame lassen, außen zwar pfui, doch innen äußerst hui.
> Bevor mich jetzt irgendjemand für einen Milfjäger mit grausamer Ausdrucksweise hält, möchte ich klarstellen, dass ich unser Internatsgebäude »alte Dame« nenne.
> Außen sieht man ihr die Unbarmherzigkeit ihres Alters an, die Fassade bröckelt, aber in ihr drin sieht es ganz anders aus. Ihre Seele hab ich heute zum ersten Mal entdeckt. Den Theatersaal …

Als ich den Theatersaal betrat, wusste ich, was Mars gemeint hatte. Die Seele, von der er schrieb, spürte man sofort.

Düster hin oder her, Altenburg entpuppte sich innen drin tatsächlich als reinstes Luxusanwesen. Obwohl ich Mars' Blogeintrag zum Theatersaal kannte, erwartete ich unbewusst so etwas Ähnliches wie bei uns in Mondsee, will heißen, einen stinknormalen Raum, der zu zwei Dritteln mit unbequemen Plastikstühlen befüllt war, während aneinandergereihte Europaletten im hintersten Drittel eine ziemlich unspektakuläre Bühne bildeten.

»Hui«, entfuhr es Kaja, als wir einen riesengroßen, nach unten abfallenden Saal betraten, in dem sicher hundertfünfzig Zuschauer auf richtigen Theaterklappstühlen aus Holz Platz hatten. Die Bühne, die sich unten im Saal befand, bestand aus einem pompösen Podest, das ein Meter hoch, zehn Meter breit und sicher fünf Meter tief war.

»Nobel geht die Welt zugrunde«, sagte Kaja und machte eine Kaugummiblase, die sie anerkennend platzen ließ.

Nachdem wir drei etwas spät dran waren und die vordere Hälfte der Reihen schon besetzt war, beschlossen wir, uns neben den ersten Reihen an den Rand zu stellen. Aufgefädelt der Größe nach wie die Orgelpfeifen – erst Molly, dann Kaja, dahinter ich.

Anfangs entpuppte es sich noch als großes Glück, dass ich nicht wie Molly ganz vorne stand, denn es stellte sich heraus, dass der Großteil des Abends, den die Altenburger für uns vorbereitet hatten, sehr auf Interaktion mit dem Publikum setzte. Jedes Mal, wenn es um Publikumseinsatz ging, duckte ich mich hinter Kaja.

Molly war natürlich voll in ihrem Element. Nachdem die erste Nummer – ein paar steppende Neuntklässler – über die Bühne gegangen war, betrat ein Typ mit Harry-Potter-Brille, der wie ein fünfzehnjähriger Nerd aussah, aber laut Anmoderation »Julian aus der Zwölften« war, die Bühne. In der Hand hielt er ein großes schwarzes Taschentuch und einen Zylinder.

»Meine Damen, meine Damen«, verkündete er mit verblüffend tiefer und selbstsicherer Stimme. Trotzdem kicherte die Hälfte seiner Zuschauerinnen los, Molly inklusive.

Kaja warf ihr einen bösen Blick zu. Das mochte ich an Kaja, sie lachte nie jemanden aus.

Ich pikte Molly mit dem Finger in die Rippen. »Hör auf damit«, flüsterte ich, aber sie prustete einfach weiter.

Und da nahm Julian sie ins Visier. »Ich glaube, ich habe meine heutige Assistentin bereits gefunden«, sagte er. Ihn schien es nicht zu stören, dass Molly und die anderen Mädchen sich auf seine Kosten amüsierten.

Molly sperrte ihren Mund auf, legte sich die Hand auf die Brust und fragte kokett: »Ich?«

Julian nickte und winkte sie auf die Bühne. »Komm nur her, schönes Kind.«

Diesmal musste ich auch lachen. Molly zierte sich noch kurz, dann spazierte sie jedoch nach vorne und stieg selbstsicher die fünf hohen Stufen zur Bühne hinauf.

Wir klatschten, Molly verbeugte sich in alle Richtungen.

Kaja drehte sich zu mir um und verdrehte die Augen. »Sie ist so selbstverliebt.« Trotzdem musste auch sie lachen.

Man sollte Menschen wirklich nie nach ihrem Äußeren beurteilen. Dieser Julian, Mr Nerd himself, hatte Molly innerhalb kürzester Zeit derart in den Bann geschlagen, dass ich meine Freundin kaum wiedererkannte.

Anfangs war sie noch ganz relaxed gewesen, als er ihr jedoch nicht nur eine Münze aus dem Ohr zauberte, sondern außerdem, ohne sie zu berühren, flugs um sie herumwirbelte und plötzlich ihre Kette, die eben noch um ihren Hals hing, in der Hand hielt, starrte Molly ihn begeistert an und kam aus dem Klatschen gar nicht mehr heraus.

Danach musste sie sich stellvertretend für das Publikum vergewissern, dass das schwarze Taschentuch in Julians Hand leer war, nur um gleich darauf erstaunt festzustellen, dass sich plötzlich die verschiedensten Dinge darin befanden. Eine silberne Kugel, ein paar Bonbons und zum Schluss sogar noch ein weißes Stoffkaninchen.

Ich sah Direktor Kamp auf der anderen Seite neben der Bühne stehen, sein Blick voller Stolz. Die Bulldogge saß in der zweiten Reihe gleich in seiner Nähe und warf ihm immer wieder bewundernde Blicke zu.

Oha, also entweder sie war gerade dabei, sich zu verknallen, oder sie sammelte begeistert Ideen für unser Internat. Ich sah sie schon, wie sie verzweifelt versuchte, uns Zaubertricks beizubringen, die sie in irgendwelchen Videos auf YouTube entdeckt hatte.

Als Molly zu uns zurückkam, hauchte sie: »Das war obergeil! Der Hammer! Ich schwöre euch, der Typ kann wirklich zaubern. Ich habe alles ganz genau beobachtet, ich habe die ganze Zeit hingesehen, da kann kein Trick dabei gewesen sein. Das war *echt.*« Dann flüsterte sie: »Geht's eigentlich nur mir so oder findet ihr ihn auch irgendwie total süß?«

»Hihi, Molly ist verlie-hiebt«, zog ich sie auf.

»Gar nicht, ich sag nur, dass er süß ist. Wow, so einen Mann müsste man haben. Einen, der was kann, was sonst niemand kann.«

Ich wollte ihre Begeisterung nicht bremsen und sie daran erinnern, dass es zahllose gute Zauberer gab, die einen im richtigen Moment so geschickt ablenken konnten, dass man nicht mal aus nächster Nähe dahinterkam, wie sie gerade getrickst hatten. Ich fand es süß, dass Molly das erste Mal von einem Typen Notiz genommen hatte, der, rein optisch gesehen, so gar nicht in ihr Beuteschema passte.

Als Nächstes stand ein Sketch auf dem Programm, in dem Magnus und Simon die Jungfrau Maria und ihre Mutter Anna spielten. Sie standen mit Lockenwicklern und im Bademantel auf der Bühne, rasierten sich die Beine und berieten dabei in tiefstem Bayerisch, wie Maria ihrem Gatten Josef klarmachen sollte, dass sie schwanger war, obwohl sie »es« doch noch nie getan hatten.

»Geh, Mama, dea wiad so a debbads Drama machn«, jammerte Maria alias Magnus.

»Na, dann sagst eam hoid, wias woa. Dass doa a Engarl kemma is und dia des Kind g'machd hat«, zirpte Simon.

»Naa, Mama, so waar's fei ned. I hob den ned ranlassen, den Engl, an meinen Drrraumbody. Der hot's mia nur g'sagt ... die quasi Frohe Botschaft.«

»Aber geh, Maria, des glaobt dia ned amol d' Mama.«

Ich verschluckte mich beinahe vor Lachen. Obwohl ich Magnus bisher für etwas eingebildet gehalten habe, musste ich zugeben, dass er ein begnadeter Komiker war. Und auch Simon verlor auf der Bühne seine finstere Miene.

Nie im Leben hätte ich den beiden so etwas Lustiges zugetraut.

Das Publikum grölte und jubelte nach der Nummer. Direktor Kamp schien nicht sonderlich begeistert zu sein und warf der Bulldogge entschuldigende Blicke zu. Die jedoch amüsierte sich prächtig und klatschte laut.

Während der nächsten Nummer, einer Art witzige Quizshow, für die ein paar Mädchen auf die Bühne gerufen wurden, drehte Molly sich zu mir um.

»Dein Mars ist ja so toll«, raunte sie. »Du hast echt Glück, Sophia.«

»Glück? Bei dem hab ich null Chancen. Am Anfang war er nur ein Typ mit einem Blog, der mir süße E-Mails geschrieben hat. Dann sieht er plötzlich superfantastisch aus und jetzt ist er auch noch ein Spitzenschauspieler. Was kommt als Nächstes? Vermutlich hat er schon ein paar Herz-OPs durchgeführt und bekommt den nächsten Literaturnobelpreis.«

»Kein Problem für dich. Denn Magnus ist nicht Mars«, erinnerte Kaja uns an ihre Sicht der Dinge. »Oh, apropos.« Sie nickte Richtung Bühne. Dort war gerade Jonas in einem weißen Rüschennachthemd erschienen, was ihm sofort einen ersten Applaus bescherte. In der Hand hielt er ein Stück Lattenzaun, das er nun vor sich platzierte. Als er die ersten Worte sprach, wurde klar, dass es sich dabei um ein Balkongeländer handeln sollte.

»Oh, Romeo«, seufzte er laut und säuselnd, woraufhin wieder alle kicherten. Er stützte sich auf den Zaun beziehungsweise das Balkongeländer und rezitierte tragisch – was sehr lustig war: »Warum nur heißt du Romeo? Was ist schon ein Name, er ist nicht Hand noch Fuß noch Aug' noch Antlitz oder sonst ein Teil, der Menschen eigen ist.«

Kaja war äußerst zufrieden. »Da habt ihr's. Der dritte grandiose Schauspieler im Bunde«, flüsterte sie mir und Molly zu.

»Jaja«, murmelte Molly.

»Pssst«, machte ich, denn ich wollte auf keinen Fall was verpassen.

Noch fehlte natürlich der Auftritt des Romeo, ich war wahnsinnig gespannt, wer es sein würde.

»Magnus«, Molly hätte beinahe in die Hände geklatscht, als er plötzlich auf die Bühne trat und sich vor Julias Balkon warf.

Während Magnus anscheinend unter großer körperlicher Anstrengung jenen Balkon erklomm beziehungsweise über das kleine Zaunstückchen kletterte, eilten von hinten zwei Jungs mit einer Matratze herbei.

»Wohoo, Bettszene!«, jodelte irgendein Mädel aus dem Publikum.

Diesmal warf die Bulldogge Direktor Kamp entschuldigende Blicke zu. Er winkte großzügig ab, ganz offensichtlich froh darüber, dass nicht nur seine Schüler sich zeitweise danebenbenahmen.

Julia alias Jonas streckte dem Mädchen im Publikum den Daumen nach oben und stürzte sich dann auf Romeo alias Magnus. Ich lachte so sehr, dass ich Angst hatte, Schluckauf zu bekommen.

»Dann aber das schreckliche Erwachen am nächsten Morgen«, tönte eine Stimme aus dem Off.

»Ich glaube, die Stimme kommt von deinem Zauberer«, neckte Kaja Molly.

Romeo und Julia stritten sich kurz darum, ob das nun zu hörende Zirpen eines Vogels die Nachtigall oder die Lerche gewesen war. Das Ganze artete in eine Kissenschlacht aus, die Romeo plötzlich unterbrach. Er wandte sich ans Publikum. Und ehe ich es mich versah, hatte Molly mich aus meiner gemütlichen Nische gezogen und als Freiwillige auf die Bühne geschoben. Und wer stand neben mir? Ausgerechnet Amelie.

So schnell konnte ich gar nicht schauen, da bekam ich schon einen Federschmuck à la Nachtigall aufgesetzt, während Amelie zur Lerche geschmückt wurde.

»Juhu, Am, du schaffst das!«, rief Miri aus dem Publikum.

War ich froh, dass meine Freundinnen sich dergleichen sparten. Ich litt so schon Höllenqualen vor lauter Angst, mich zu blamieren.

Amelie und ich mussten das Vogelzirpen naturgetreu nachmachen und dann sollte das Publikum entscheiden, ob Romeo und Julia zusammenbleiben durften oder nicht. Und wie jeder, der Romeo und Julia schon einmal gesehen hatte, wusste, war klar, dass ich dabei gewinnen musste. Denn die Nachtigall war der Vogel, der in der Nacht singen durfte, sobald aber die Lerche erklang, hieß es Tagesanbruch und damit Todesgefahr für das Liebespaar.

»Könnt ihr uns die Vogelgeräusche bitte noch mal vorspielen?«, bat ich.

»Ja, vorspielen, vorspielen!«, rief das Publikum.

Amelie hingegen hob nur eine Augenbraue. Mist, wahrscheinlich hatte die auch noch ein absolutes Gehör und merkte sich jeden Ton, den sie auch nur einmal irgendwo gehört hatte. Das würde meiner ungewollten Stiefschwester ähnlich sehen.

Doch die Jungs taten mir den Gefallen. Und ich durfte zum Glück als Erste loszwitschern, sodass mich Amelies Auftritt nicht einschüchtern konnte.

»Tschiep, tschiep, tschiep«, machte ich vorsichtig, nachdem ich das Zirpen noch einmal vom Band gehört hatte.

»Lauter!«, rief das Pubikum.

Ich tschiepte lauter, immer lauter und kam mir unsinnigerweise plötzlich fast wie ein Popstar vor.

Dann war Amelie dran. Doch irgendwie hörte ich

sie gar nicht mehr, sondern schwelgte in meinem Erfolg. Als wir uns kurz darauf verbeugten und ich mich Hand in Hand zwischen meinen beiden Romeos – alias Mars – befand, dachte ich, mir würde gleich jeder Restverstand schwinden. Keine Ahnung, wie ich es schaffte, die Stufen wieder runterzukommen. Molly und Kaja mussten mich jedenfalls auffangen. Und am allerliebsten wäre ich in Ohnmacht gefallen.

Der Direktor bedankte sich bei seinen Schülern für ihren Einsatz und bei uns für unsere Aufmerksamkeit und die Bulldogge bedankte sich bei Direktor Kamp für diesen wunderbaren Abend und sein Entgegenkommen und die Hilfe und bla, bla, bla.

»Ich muss heute noch mit Magnus oder Jonas sprechen«, flüsterte ich Molly und Kaja zu. »Ich muss wissen, welcher von beiden es ist.«

Da Miri und Amelie Magnus und Simon in Beschlag genommen hatten, hielt ich mich erst mal an Jonas. Als rettende Nachtigall hatte ich immerhin einen Aufhänger, um ein Gespräch mit ihm anzufangen. Jonas saß auf den Stufen zur Bühne und ich setzte mich kurzerhand neben ihn.

»Hey, habt ihr die Texte selbst geschrieben?«

»Ja, genau genommen, hat jeder an seinem eigenen Text gearbeitet.«

»Wahnsinn, ihr seid ganz schön talentiert.«

»Danke.« Er grinste mich breit an.

Plötzlich kam mir eine Idee. »Ähm, dürfte ich mir euren Romeo-und-Julia-Text ausborgen?«

Er grinste noch breiter. »Wofür denn?«

Frag doch nicht so nach, dachte ich gequält. In Wahrheit suchte ich nur nach einer Möglichkeit, an seine E-Mail-Adresse zu kommen. Wenn ich die hatte … tja, dann wusste ich, ob er *er* war.

Ich senkte den Kopf, leicht verschämt. »Na ja, zu Weihnachten führen meine Cousine und ich immer im familiären Rahmen ein kleines Stück auf und …«

»Ach so, ja klar, kein Problem. Ich kann dir den Text kopieren.«

»Oh, kannst du ihn mir auch per E-Mail schicken? Wenn du mir deine Adresse gibst, dann, ähm …«

»Gib mir doch einfach gleich deine. Ich schick dir den Text, versprochen.«

Nein, verdammt. Kapierst du denn nicht, dass ich deine *Adresse brauche? Um ein für alle Mal zu wissen, ob du Mars bist?*

Ich unterdrückte ein Seufzen. Nein, natürlich kapierte er das nicht. Wie sollte er auch? Okay, um das Gesicht zu wahren, würde ich ihm jetzt einfach meine geben. »Gut, also das ist Vo…« Ich stockte abrupt. War ich denn des Wahnsinns? Wenn ich ihm jetzt meine sagte und wenn er tatsächlich Mars war, dann wusste er ja, dass ich Volleyqueen war.

»Ich hab sie vergessen«, brach es aus mir heraus. »Ich verwende die so selten, meistens hab ich über WhatsApp Kontakt und …«

Oh Gott, der Schlamassel, in den ich mich gerade reinredete, wurde immer schlimmer. Jetzt vermutete er wahrscheinlich, ich wollte seine Telefonnummer aus ihm rauskitzeln und erwähnte deswegen WhatsApp.

Andere Taktik, sofort. Und am besten auch gleich Themenwechsel.

»Schreibst du eigentlich auch Gedichte?«, platzte es aus mir heraus. *Oh Gott, Sophia, du bist so ein Trampel,* dachte ich. *Jetzt hält er dich wahrscheinlich für total bekloppt.*

Jonas sah mich erst etwas erstaunt an, aber dann sagte er: »Puh, schon lange nicht mehr. Früher ja, aber die sind öhm, na ja …« Er grinste wieder entwaffnend.

Das gab mir wieder neuen Mut. »Ich hab mal ein Gedicht über die Liebe gelesen. Also wegen Romeo und Julia«, stotterte ich. »Es ging um Liebe. Und um den Tod.«

Er sah mich abwartend an. »Ja?«

»Ja, irgendwie so: der Tod gewinnt und ich verlier … so oder so ähnlich. Und dann, ähm, oh, wehe mir.«

Sein Gesichtsausdruck änderte sich leicht, ich konnte ihn allerdings schwer deuten.

In dem Moment stellte sich jemand vor uns.

Amelie.

Ich traute meinen Augen kaum, als ich sah, dass sie tatsächlich mit einer ihrer Haarsträhnen spielte, als sie Jonas ansprach. Es fehlte nicht viel und sie hätte auch noch lasziv auf ihrer Unterlippe herumgekaut. Oder was man halt sonst so machte, wenn man einen Typen verführen wollte.

»Du weißt schon, dass ich die Nachtigall absichtlich

habe gewinnen lassen«, hauchte sie ihm zu. »Sonst hätte ich womöglich dein Leben riskiert und das wollte ich auf keinen Fall.«

Jonas sah kurz zwischen ihr und mir hin und her, offensichtlich unentschlossen, ob er das Gespräch mit mir einfach so unterbrechen sollte.

Das sollte er nicht. »Oh weh, oh weh, oh, wehe mir«, fügte ich daher hinzu.

Amelie warf mir einen misstrauischen Blick zu.

Jonas sah erneut zwischen ihr und mir hin und her, wusste sichtlich nicht, was er tun sollte.

»Schon gut«, sagte ich schließlich. »Wir sehen uns die Tage.«

Ohne mich noch einmal nach ihm oder Amelie umzudrehen, ging ich davon.

Ich schnappte mir Kaja und suchte mit ihr nach Molly.

Kaja ärgerte sich wahnsinnig über Amelie.

»Wenn diese schreckliche Ziege sich jetzt nicht zwischen euch gedrängt hätte, wer weiß, was dann passiert wäre. Ich habe genau gesehen, wie er dich angeschaut hat. Ich sage dir, er steht total auf dich.«

»Ich habe gerade versucht, ihn zu testen«, offenbarte ich Kaja und erzählte ihr von dem Gedicht.

»Und hat er darauf reagiert?«

»Schwer zu sagen.«

Als wir abends auf unseren Feldbetten saßen, verkündete ich meinen beiden Freundinnen meinen neuen

Plan. »Genau so, wie ich Jonas heute den Köder mit dem Gedicht hingeworfen hab, werde ich morgen etwas zu Magnus sagen, was ich auf Mars' Blog gelesen habe. Oder zu einer von euch – aber dann, wenn er in Hörweite ist. Und das mach ich so lange bei beiden, bis einer von ihnen eindeutig reagiert.«

»Könntest du die beiden dann nicht gleich direkt fragen, ob einer von ihnen Mars ist?«, fragte Molly.

»Nein. Das Gute an meinem Plan ist, dass ich mich immer noch nicht endgültig als Volleyqueen outen muss. Den Blog könnte ich durch irgendeinen irren Zufall ja kennen. Auch wenn ich nicht diejenige welche bin.«

»Du bist einfach viel zu unsicher, Sophia«, schimpfte Molly. Ich öffnete den Mund zu einer Replik, doch sie ließ mich gar nicht erst zu Wort kommen. »Aber weißt du, was? Vielleicht ist das auch genau das Geheimnis, das hinter Mars steckt. Er ist einfach schüchtern. Das kann ich mir bei Magnus gut vorstellen. Nach außen gibt er sich total extrovertiert, aber innen drin ist er ein schüchterner kleiner Junge«, schwärmte sie. »Darum meldet er sich auch nicht mehr bei dir. Weil er Angst davor hat, dich zu treffen.«

»Du meinst, Amelie zu treffen«, korrigierte ich sie.

Molly winkte ab. »Das ist doch jetzt dasselbe in Lilagrün.«

Ach so? Das fand ich ganz und gar nicht.

Sechzehntes Kapitel

✉@ Ich finde es total schön, dass du dich gemeldet hast.
Ich wollte das auch schon längst tun.
Was für ein unglaublicher Zufall, dass ihr ausgerechnet zu uns gekommen seid. Als wir verständigt wurden, dass die Insassinnen 😉 von Mondsee für ein paar Wochen zu uns ziehen werden, habe ich das erste Mal in meinem Leben an etwas wie Schicksal geglaubt.
Wie siehst du das? Ist Schicksal einfach nur ein Begriff oder verbirgt sich was Großes, was Echtes dahinter?
Reden wir bald persönlich darüber?
Miss u

Diese Nachricht hatte ich heute früh auf meinem Handy gefunden. Ich las sie Kaja und Molly sofort vor.

»Das ist Jonas«, beharrte Kaja. »Der ist irgendwie sensibel, hab ich das Gefühl. Magnus ist für mich immer noch so ein Womanizer. Der würde andere Worte wählen, behaupte ich mal. Mensch, Molly, das musst du doch auch erkennen.«

»Woher wollen wir wissen, wie Magnus wirklich ist?«, erwiderte Molly. »Sein ganzes, etwas machohaftes Auftreten kann genauso gut nur Fassade sein. Ihr habt doch selbst gesagt, dass ihr ihm so eine Nummer wie die bayerische Maria auf der Bühne nie im Leben zugetraut hättet. Oder den Romeo. In ihm steckt viel mehr als ein oberflächliches Arschloch.«

»Ich hab nie gesagt, dass er ein Arschloch ist«, stellte Kaja richtig. »Aber Magnus ist nun mal …«

»Habt ihr eigentlich auch noch irgendein anderes Gesprächsthema als Magnus?«, fuhr Amelie plötzlich dazwischen.

Was machte die denn so nah bei uns? Ich hatte sie gar nicht kommen sehen.

»Ach, halt doch die Klappe«, reagierte Molly, zugegeben ziemlich brutal.

»Nett«, kommentierte Amelie affektiert.

Ich seufzte. Amelies wichtigster Lebensinhalt schien es zu sein, mir den Tag zu vermiesen. Wie, verdammt noch mal, sollte das nur werden, wenn unsere Eltern ein gemeinsames Zuhause für uns gefunden hatten? Das würde ich doch niemals aushalten. Am besten, ich ignorierte sie ab sofort.

»Gehen wir frühstücken«, sagte ich zu Kaja und Molly.

»Frühstücken und Magnus anschmachten«, ätzte Amelie.

»Da redet gerade die Richtige«, fuhr ich sie an. Ähm ja, so ganz klappte das mit dem Ignorieren wohl noch nicht. »Wer hat sich denn gestern ständig an ihn gehängt?«, fuhr ich sauer fort. »Du bist es doch, die keine Sekunde die Finger von ihm lassen kann.«

»Huch.« Amelie schüttelte ihre rechte Hand, als hätte sie sich verbrannt. »Da lodert ja ziemlich die Eifersucht.«

Oh, Mensch, Papa, wenn du wüsstest, was ich dir zuliebe alles auf mich nehme!, dachte ich und bemühte mich, an meinem eben gefassten Vorsatz festzuhalten. *Ignorieren, verdammt!*

Kaja und Molly bemerkten wohl meinen Blick und zogen mich schnell davon.

Nervigerweise standen Amelie und Miri dann ausgerechnet hinter uns, als wir bei der Essensausgabe auf das Frühstück warteten.

Ich wollte Kaja und Molly gerade bitten, mir einfach irgendwas mitzunehmen, während ich uns schon mal einen Tisch suchte, doch da gesellte sich Simon zu den beiden Nervensägen hinter uns. Das könnte interessant werden. Vielleicht hatte Magnus ihn ja geschickt, um möglichst unauffällig Näheres aus Amelie rauszubekommen.

Ich warf einen vorsichtigen Blick über die Schulter und sah, wie Miri Simon anstrahlte. Er nickte ihr kurz zu. »Guten Morgen, die Damen.«

»Uhh, da sieht ja einer ziemlich verschlafen aus«, neckte Amelie ihn.

»Ja wirklich, ziemlich verschlafen«, bekräftigte Miri und kicherte.

Ich verdrehte die Augen. Könnte fast sein, dass sich Miri noch später als ich einen Freund an Land ziehen würde.

»Was gibt's denn heute?«, hörte ich Simon fragen. »Ach nein, sagt bloß, eine Scheibe Toast, eine Scheibe Butterkäse und ein Löffel Himbeermarmelade. Herrlich, wenn man schon in der Jugend mit Essensroutine konfrontiert wird. Das macht die Umstellung im Altersheim später um einiges leichter, findet ihr nicht? Dazwischen liegen vielleicht ein paar Jahre der Selbstbestimmtheit, aber was glaubt ihr, wie selig wir sein werden, wenn wir im Alter dann wieder genau das vorgesetzt bekommen wie in unserer Jugend. Und zwar Tag für Tag dasselbe.«

Amelie sagte: »Nicht nur verschlafen, sondern auch mit dem falschen Fuß aufgestanden, mein Lieber?«

Typisch Amelie. Kaum flirtet ein Junge nicht sofort drauflos, wenn er vor ihr steht, wird sie schnippisch. Dabei fand ich Simons Gedanken ganz witzig.

»Oh«, hörte ich Simon unbeirrt weiterreden. »Einer der Jungs hat mir übrigens geflüstert, dass du bald wieder Cousine wirst.«

»Ich?«, entfuhr es Amelie erstaunt.

»Ja. Bekommst du nicht bald deinen vierten Cousin? Oder eine Cousine?«

Mein ganzer Körper stand unter Strom. Zum Glück konnten wir unsere Tabletts auf einer Art Leiste in Richtung Essensausgabe schieben. Hätte ich es selbst gehalten, wäre es mir vermutlich längst heruntergefallen.

»Na ja, wenn man das munkelt, wird es schon stimmen«, sagte Amelie.

War das jetzt ihr Ernst? Gab sie sich etwa ohne Scheu

für mich aus? In dem Moment fiel mir ein, dass ich eigentlich nichts von Amelie wusste. Ich kannte ihre Mutter, ja. Doch wie sah eigentlich der Rest ihrer Familie aus?

Miri mischte sich in das Gespräch ein. »Ich hab nur eine Cousine. Aber die ist schon über zwanzig. Und du, Simon?«

Ich meinte fast, ihre Wimpern klimpern zu hören, und musste mich wahnsinnig zurückhalten, um mich nicht umzudrehen vor lauter Neugierde. Als wir endlich einen Tisch gefunden hatten, platzte ich heraus: »Molly, du hattest recht. Es ist Magnus.«

»Was?«, fragte Kaja.

»Magnus ist Mars«, erklärte ich. »Ganz sicher.«

»Wegen dieser Cousingeschichte von Simon? Hast du Mars etwa mal geschrieben, dass du drei Cousins hast und deine Tante wieder schwanger ist?«

Ich nickte.

Molly kicherte selbstzufrieden vor sich hin. »Und jetzt hat Magnus Simon losgeschickt, damit er sicherstellt, ob Amelie auch die Richtige ist.«

Kaja schüttelte den Kopf. »Ich versteh nur Bahnhof. Wieso sollte er Simon vorschicken und sie nicht gleich selbst danach fragen?«

Molly hatte sofort eine Erklärung parat – eine, die selbst mir langsam logisch schien. »Weil er sich nicht blamieren möchte. Auf seine Weise ist er eben schüchtern und unsicher, das hatten wir doch schon festgestellt.«

»Das hast *du* festgestellt«, korrigierte Kaja. »Ich glaube da keine Minute dran. Und Sophia ist auch schüchtern und unsicher«, fuhr sie erbarmungslos fort, »aber selbst sie hat es gestern geschafft, gegenüber Jonas Hinweise fallen zu lassen – und hat nicht eine von uns vorgeschickt.«

»Ja, weil sie in einer ganz anderen Position ist. Mars käme momentan nie darauf, dass sie Volleyqueen sein könnte. Er glaubt ja, es ist Amelie. Er hat dagegen in seinen Nachrichten verraten, dass er blond und blauäugig ist, Typ Surfer, also schickt er seinen schwarzhaarigen Freund vor.«

»Jaja«, dämmte ich Mollys Redeschwall ein. »Für mich hört sich das jedenfalls logisch an. Jetzt fragt sich nur, was Simon Magnus berichten wird. Amelie hat ihre Antwort ja etwas in der Schwebe gehalten.«

Molly warf mir einen triumphierenden Blick zu. »Umso besser«, meinte sie. »Magnus wird langsam, aber sicher dahinterkommen, dass er sich möglicherweise umorientieren muss, um endlich das Mädchen seiner Träume in den Armen halten zu dürfen.« Ihre Stimme schwoll bei den letzten Worten pathetisch an.

»Pssst«, machte ich, grinste verliebt und wurde knallrot.

Auf dem Weg zu unserem Wohntrakt sagte Molly: »Okay, Sophia, was hat Mars sonst noch in seinem Blog geschrieben? Sag mir alles. Ich streue dann ein paar passende Bemerkungen ein, wenn ich mit Magnus rede, und dann sehen wir ja, wie er reagiert.«

»Hey, dann mach ich aber das Gleiche bei Jonas«, versetzte Kaja.

»Nichts da, ihr zwei.« Ich stieß die Tür auf. »Wenn, dann mach ich das selber.«

»Dann mach es aber auch!«, verlangte Molly.

So würdevoll wie möglich entgegnete ich: »Worauf du Gift nehmen kannst.«

Es gab derzeit noch nicht genügend Klassenräume für so viele zusätzliche Schüler, daher musste improvisiert werden. Unsere Klasse wurde in einem frei stehenden Raum im Keller unterrichtet. Wie wir erfuhren, hatten die Jungs am Tag vor unserer Ankunft noch brav Pulte und Stühle dorthinunter geschleppt.

Die Kampfnuss, die wir nicht nur im Sport, sondern auch in Biologie hatten, verwendete die Biostunde hauptsächlich darauf, mit uns über Altenburg zu reden und sich zu erkundigen, wie es denn für uns sei, nach all den Jahren im Mädcheninternat plötzlich von so vielen Jungs umgeben zu sein.

»Schööön«, rutschte es Svenja mit einem Seufzer heraus, woraufhin alle lachten.

Birgitta fand es allerdings eher komisch. So richtig wohl fühlte sie sich hier nicht in ihrer Haut. »Ich habe sie mir eher wie Gentlemen vorgestellt, Jungen von der alten Schule eben. Aber ich finde sie ziemlich laut und aufdringlich und irgendwie vulgär.«

Die Kampfnuss hob die Augenbrauen.

»Aufdringlich?«, hakte Molly lauthals nach. »Schön wär's.«

Damit hatte sie alle Lacher auf ihrer Seite. Außer von Birgitta, Amelie und – nach einem bösen Blick von Amelie – auch Miri.

Die Kampfnuss grinste. Erinnerte sich dann aber offensichtlich wieder daran, dass sie hier die Respektsperson war, und bemühte sich um einen strengen Ton, als sie Molly fragte: »Wie aufdringlich hättest du sie denn gern?«

Molly ließ sich nicht so leicht aus der Ruhe bringen. »Na ja, sie müssen mir nicht ständig an den Fersen kleben, aber ganz ehrlich, so ein bisschen Aufmerksamkeit vom anderen Geschlecht ist doch eigentlich was ziemlich Nettes.« Sie drehte sich nach Birgitta um. »Oder?«

Die verzog keine Miene.

Ein paar andere gaben Molly lautstark recht.

Die Kampfnuss ergriff wieder das Wort. »Mir ist klar«, begann sie, »dass die Situation, in der ihr euch momentan befindet, eine besondere ist. Ihr verbringt den Großteil des Jahres rein unter Mädchen. Und plötzlich trefft ihr hier auf vergleichsweise engem Raum auf über hundert Jungs. Das ist natürlich eine große Umstellung. Ich sage euch jetzt etwas in aller Diskretion und hoffe, ihr verpetzt mich nicht an meine Kolleginnen …«

Sie unterbrach sich, musterte uns alle, eine nach der anderen. In unserem neuen Klassenzimmer war es urplötzlich vollkommen still geworden. Gebannt starrten wir unsere Lehrerin an.

Die fuhr fort: »Ich persönlich finde es extrem wichtig, dass ihr nicht nur in den Ferien die Chance bekommt, das andere Geschlecht kennenzulernen. Auch während des Schuljahres sollte das hin und wieder passieren.«

Denise, mit der sich Kaja in Mondsee das Zimmer teilte, platzte plötzlich heraus: »Mondsee ist echt ganz schön konservativ, was das betrifft. Warum haben wir nicht wenigstens ein paar männliche Lehrer?«

Kaja klatschte in die Hände: »Bravo. Endlich mal jemand, der das ausspricht. Echt jetzt, warum ist das so? Es verlangt ja keiner, dass die fünfundzwanzig sind und aussehen wie Jaden Smith. Aber es wäre doch völlig normal, auch männliche Lehrer zu haben. Wohin soll das sonst führen?« Sie steigerte sich plötzlich richtig rein. »Sollen wir auf der Uni alle in Schweiß ausbrechen, nur weil wir es da endlich mal mit einem männlichen Professor zu tun bekommen? Von den männlichen Mitstudenten ganz zu schweigen?«

Die Stimmen im Klassenzimmer wurden immer lauter, jede schien etwas dazu zu sagen zu haben. Sogar ich hörte auf, mir den Kopf über Mars zu zerbrechen, und folgte interessiert der Diskussion.

Die Kampfnuss stand auf und sah einerseits sehr ernst, andererseits auch ein bisschen stolz drein. Sie hob den rechten Zeigefinger, legte ihn an die Lippen und wartete, bis wir uns beruhigt hatten.

»Es ist tatsächlich so, dass es ganz bewusst keine männlichen Lehrer in Mondsee gibt. Ich sage euch gleich, dass ich den Grund dafür lächerlich finde, unter anderem auch deswegen, weil es euch nicht aufs Leben nach der Schule vorbereitet, da gebe ich dir völlig recht, Kaja. Man befürchtet einfach, dass einige Mädchen, nun ja«, sie holte Luft, suchte wohl nach den richtigen Worten, lächelte schließlich, als sie weitersprach, »dass einige romantische Gedanken bezüglich etwaiger männlicher Lehrer entwickeln könnten – vor allem, da männliche Mitschüler fehlen.«

Irgendjemand schnaubte. »Tsss, lächerlich. Außerdem kann das in einer gemischten Schule auch passieren.«

Svenja fragte provokant: »Wie ist das denn eigentlich bei der Anmeldung für Mondsee? Ich kann mich gar nicht dran erinnern, dass ich gefragt wurde, ob ich eventuell lesbisch bin. Das müsste aber eigentlich abgeklärt werden, oder? Alle lesbischen Mädchen müssten dann konsequent in ein Internat mit rein männlichen Lehrern gesteckt werden.«

Wir lachten und auch die Kampfnuss schmunzelte, wenn auch mit einer gewissen Bitterkeit.

Es war schon komisch. Ich hatte mir noch nie darüber Gedanken gemacht, ob eine unserer Lehrerinnen vielleicht nicht ganz und gar hinter dem Schulbeziehungsweise Internatskonzept stand. Das war bisher nie Thema gewesen.

Wir Mädchen untereinander sprachen natürlich öfter mal drüber, dass es nett wäre, zumindest ein paar männliche Lehrer zu haben, wennschon keine männlichen Mitschüler.

»Wären Sie denn dafür, dass das Internat auch Jungs aufnimmt?«, fragte ich.

Sie nickte. »Ich denke, es wäre ein guter und wichtiger Schritt. Deswegen werden wir morgen auch eine gemischte Biostunde abhalten«, fügte sie schmunzelnd hinzu. Diese Nachricht schlug wie eine Bombe ein.

In der Pause diskutierten wir untereinander das Thema weiter und versuchten, es in die nächste Stunde hinüberzuretten. Doch unsere Chemielehrerin ließ sich leider überhaupt nicht darauf ein und verlangte stattdessen eine Wiederholung der bereits gelernten Chemieformeln von uns. Während sie dabei ihre obere Zahnreihe circa vierzehnmal nach unten klacken ließ, vermasselte ich sämtliche Formeln. Nicht nur, weil mich die Rückfuhraktion jener Zahnreihe per Zunge total irritierte, sondern auch, weil ich die ganze Zeit daran denken musste, wie viel Vertrauen uns die Kampfnuss geschenkt hatte. Uns einfach so ihre, bei der Bulldogge sicher unpopuläre Sichtweise zu schildern, fand ich mutig und es erinnerte mich irgendwie an Lehrer Keating in *Der Club der toten Dichter.*

Siebzehntes Kapitel

✉@ Hey, mein lieber Mars,
so schön, dass du dich zurückgemeldet hast.
Heute musste ich im Unterricht an dich denken. Eine meiner Lehrerinnen hat mich da ziemlich beeindruckt. Sie hatte ein bisschen was von Mr Keating. Ich hab mich aber nicht getraut, auf einen Tisch zu steigen, um von dort aus »Oh, Captain! Mein Captain!« zu rufen. Schade eigentlich.

PS: Du hast deine Sache auf der Bühne gestern Abend sehr gut gemacht. ☺

Von dieser E-Mail an Mars erzählte ich Molly und Kaja nichts. Ich vermisste die intimen Nachrichten, die Mars und ich ausgetauscht hatten, und wollte endlich wieder an den Punkt kommen, wo sie auch wirklich persönlich waren. Und vor allem regelmäßig.

Krisensitzung auf unseren Feldbetten: Ich stellte zwei neue Thesen in den Raum und war gespannt darauf, was meine Freundinnen dazu sagen würden.

»Also These Nummer eins lautet: ›Wir können nicht sicher sein, dass Simon durch Magnus über meine

Cousins Bescheid weiß. Er könnte es auch von Jonas wissen. Die beiden sind auch irgendwie befreundet und waren früher in derselben Fußballmannschaft. Es könnte also durchaus sein, dass Jonas Mars ist.‹«

»Yepp, yepp, yepp«, pflichtete Kaja mir bei. »Ich sag doch, dass es Jonas ist.«

»Ja, aber warte mal«, fuhr ich fort, »hier noch These Nummer zwei: Versucht mal, alle bisherigen Indizien zu vergessen. Was ist, wenn er gelogen hat? Mars, meine ich. Wenn er weder blond noch Surferboy ist?«

»Warum sollte er gelogen haben?«, fragte Kaja. »Davon hätte er doch nichts. Selbst wenn er nie vorgehabt hatte, dich zu treffen, und es also egal wäre, ob du sein wahres Aussehen kennst, wieso sollte er auf die Idee kommen, sich ausgerechnet so zu beschreiben? Oder hast du ihm mal geschrieben, dass du auf Surfertypen stehst?«

Ich schüttelte den Kopf. »Nein, auf keinen Fall. Ich steh eigentlich auch gar nicht besonders auf Blonde.«

Molly sah mich interessiert an. »Dafür hast du aber doch ganz schön Interesse an Magnus und Jonas.«

»Na ja, dass die beiden besonders gut aussehen, lässt sich wohl nicht leugnen, ganz egal, auf welche Haarfarbe man persönlich abfährt. Aber das Wichtigste ist, dass einer von ihnen Mars ist.«

»Wen magst du eigentlich lieber?«, fragte Kaja plötzlich. »Magnus oder Jonas?«

Ich brauchte nicht lange zu überlegen. »Ich mag vor allem Mars.«

»Und Magnus«, ergänzte Molly.

»Weißt du, was mir gerade auffällt? Du hast seit unserer Ankunft hier noch kein einziges Mal Bobby erwähnt«, neckte ich sie. »Du wirst ihn doch nicht etwa vergessen haben?«

»Ein bisschen vielleicht.« Sie lachte.

Ich zögerte, holte Luft. »Du, Molly, wenn dir Magnus so gut gefällt ... ich hab bei dem eh keine Chance ... ich stehe dir nicht im Weg, gell.«

»Quatsch«, sagte sie. »Er ist Mars. Ich weiß es einfach. Und deswegen gehört er natürlich dir.«

Ich sah sie an, hatte keine Ahnung, ob ich ihr glauben konnte. Irgendwie wirkte sie seit Kurzem so verändert.

»Ihr glaubt also nicht, dass Mars mit seinem Aussehen gelogen hat?«, knüpfte ich an meinem ursprünglichen Gedanken an.

Kaja schüttelte den Kopf, Molly nickte, doch sie meinten beide dasselbe.

Wir schlenderten in den Garten und setzten uns unter eine riesige, alte Eiche, deren dickes, knorriges Geäst sicher einen Durchmesser von über zehn Metern hatte.

Denise und Svenja kamen mit ein paar anderen Mädchen vorbei. »Hey, wisst ihr schon, dass es heute Abend ein Lagerfeuer geben wird? Das Essen wird anscheinend auch im Freien ausgegeben.«

»Grillen für über dreihundert Leute?«, fragte Kaja.

»Soweit ich verstanden hab, gibt es zwar Brot und Kartoffeln für alle, die was ins Feuer halten wollen, aber das eigentliche Abendessen ist schon vorgekocht«, meinte Denise.

»Die lassen sich hier ganz schön was einfallen für uns«, sagte ich.

»Ja, und die Jungs sind hier auch besonders nett«, grinste Svenja.

»Welcher hat's dir denn besonders angetan?«, erkundigte sich Kaja.

Svenja schwieg und zog nur vielsagend die Augenbrauen hoch.

»Ich weiß es«, kam es von Denise.

»Pssst«, zischte Svenja. Dann lachte sie. »Na gut, ich geb's zu, ich find Magnus ziemlich klasse. Den Romeo von gestern Abend«, fügte sie dann noch hinzu, für den Fall, dass wir nicht wussten, wer Magnus war.

Molly reagierte sofort: »Der ist 'ne Niete. Total eingebildet, sonst nichts.«

Svenja hob die Augenbrauen. »Ach so? Dafür hast du dich gestern Mittag aber ziemlich angeregt mit ihm unterhalten.«

Molly und sie starrten sich jetzt an. Oh, oh, Zickenterror lag in der Luft.

Ich versuchte zu helfen. »Keine Bange, Svenja. Molly steht nicht auf ihn.«

»Aber du, Sophia, oder?«, mischte Denise sich ein. »Ich hab gesehen, wie du ihn gestern beobachtet hast.«

Ich zuckte mit den Schultern und bemühte mich um einen möglichst lockeren Tonfall. »Na ja, er ist ja auch sexy zum Ansehen. Aber mein Typ ist er nicht.«

Das Ganze ging noch eine Weile hin und her, bis Denise und die anderen abzogen. Normalerweise verstanden wir uns eigentlich ganz gut mit ihr und ihrer Clique, doch in Altenburg schienen wir alle Konkurrentinnen geworden zu sein.

»Hier scheinen ja alle in Magnus verknallt zu sein«, stellte ich fest, als sie außer Hörweite waren. »Ich hatte die ganze Zeit nur Amelie im Visier, aber eigentlich ist es ja klar, dass die anderen Mädels auch nicht blind sind.«

Wobei ich das tatsächlich nicht so schlimm fand, wie mir plötzlich klar wurde. Eigentlich war Jonas mir von Anfang an sympathischer gewesen. Er war nicht ganz so abgespaced wie Magnus und seine Clique. Und ein paar Indizien deuteten ja auch in seine Richtung. Wenn ich bloß wüsste, warum er mich, als ich nach dem Theaterabend das Kindergedicht rezitiert hatte, so komisch angesehen hatte. Weil es seines war? Oder weil er mich ganz einfach komisch fand?

»Boah, ist das heiß«, stöhnte Molly, die ganz nah an einem der drei Feuer hockte und versuchte, ihre in Alufolie verpackte Kartoffel in die Glut zu verfrachten.

»Nicht ganz so weit, sonst ist die nur noch Brennmaterial«, riet Magnus ihr.

Sie sah zu ihm hoch. »Danke für den Tipp. Ich glaube, ich komm jetzt zurecht. Sophia braucht ein bisschen Hilfe, wie ich sehe.«

Hätten wir nicht unter Beobachtung gestanden, hätte ich sie ordentlich geboxt. Noch auffälliger ging es ja wohl kaum, oder?

»Ich hab alles im Griff«, beeilte ich mich zu sagen und sah an Mollys Gesichtsausdruck, dass *sie* mich jetzt am liebsten geboxt hätte. Stell dich nicht so an, signalisierte sie mir mit ihrem Blick. Nutz die Chance. Ran an den Mann.

Ha, die hatte gut reden. Sie strahlte ja auch etwas Niedliches, ein bisschen Naives aus, etwas, das in jedem Typ sofort den Beschützerinstinkt weckte. Wenn frau allerdings eine Körperlänge hat, die den durchschnittlichen deutschen Mann übertraf, löste das in Jungs nicht unbedingt das Bedürfnis aus, sie vor der großen, schlechten Welt retten zu müssen. Grmpf.

Ich hörte Magnus lachen. »Ich glaub nicht, dass du wirklich alles im Griff hast, Sophia. Oder willst du den tatsächlich noch essen?«

Ich starrte auf die Spitze des Stockes, den ich in der Hand hielt. Der rosa Marshmallow, der dort steckte, war keinen Millimeter mehr rosa. »Ups«, sagte ich mit Blick auf das kohlrabenschwarze Ding.

Magnus grinste und setzte sich neben mich.

»Hast du eine Lieblingsfarbe?«, fragte er.

Mein Mund fühlte sich plötzlich ganz trocken an. »Blau«, flüsterte ich.

Als ich kapierte, dass ich ihm dabei tief in die Augen blickte – in seine blauen Augen wohlgemerkt –, spürte ich einen Schwall Hitze in mein Gesicht steigen, der wohl nicht nur vom Feuer herrührte.

»Eine gute Wahl«, antwortete er und steckte einen blauen Marshmallow auf meinen Stock. Dann reichte er ihn mir, ließ ihn selbst aber keineswegs los. Unsere Hände berührten sich leicht. Trotz der Hitze des Feuers waren seine Finger angenehm kühl. Ein unerwarteter Stromstoß jagte durch meinen Körper. Oje, jetzt bloß nicht anfangen zu zittern, Sophia. Kaum war mir der Gedanke überhaupt in den Sinn gekommen, spürte ich das Zittern schon. Zum Glück ließ Magnus im selben Moment los, sodass er es hoffentlich nicht bemerkt hatte.

Schweigend saßen wir nebeneinander. Dazu das knisternde Lagerfeuer. Fehlten fast nur noch die berühmten Geigen am Himmel.

Plötzlich hörte ich seine Stimme an meinem Ohr. »Kommst du jetzt alleine zurecht?«

Sein Gesicht war so nah an meinem, dass es mehr Wärme ausstrahlte als das Lagerfeuer.

Oh nein, so konnte ich ihn nicht gehen lassen! Was also? Ich brauchte dringend ein Gesprächsthema. Am besten eins, das auch gleich zur Aufklärung beitrug. Sollte ich es noch einmal mit dem Gedicht vom Blog probieren? Nein, lieber etwas weniger Peinliches.

»Ja, denke schon«, begann ich, »bei diesen Dingern gibt's wenigstens keine Butterbrotseite.«

Ich spürte seinen fragenden Blick auf mir.

Nachdem er nichts sagte, fuhr ich fort. »Na ja, Murphys Gesetz besagt doch, dass immer das Schlimmste passiert. Darum fällt eine Brotscheibe natürlich immer auf die beschmierte oder belegte Seite.«

Oh Gott, was ich hier für einen zusammenhanglosen Stumpfsinn von mir gab, ich war wohl echt nicht mehr zu retten. Doch ich wollte es endlich wissen. Wenn er es jetzt also bei Murphys Gesetz bleiben ließ und mich nicht aufklärte, dass –

»Eigentlich gibt's eine physikalische Erklärung für das Phänomen«, sagte Magnus da.

Ich zog hörbar die Luft ein.

»Ist dir kalt?«, fragte Magnus.

Ich schüttelte den Kopf. Verdammt. Ich hatte das mit dem Flirten wirklich nicht drauf. Auf der anderen Seite des Feuers sah ich Amelie, der Jonas gerade seine Jacke umlegte …

»Physikalische Erklärung?«, hakte ich nach und genoss Magnus' Nähe mehr, als ich es vorgehabt hatte. Schließlich war ich doch auf einer Mission, musste herausfinden, ob er Mars war, bevor ich …

»Ja, es liegt einfach an der Tischhöhe«, erklärte Magnus – und es war, als würde er aus Mars' Blog rezitieren. »Bei der durchschnittlichen Tischhöhe hat eine Brotscheibe beim Runterfallen genau Zeit für eine 180-Grad-Drehung. Zack, landet sie auf dem feinen Teppich natürlich mit der Butter nach unten. Oder auch auf dem dreckigen Fußboden.« Er lachte. »Such dir aus, was die schlimmere Variante ist.«

Es kostete mich unglaubliche Überwindung, ihn nicht anzustarren. Oder perplex den Kopf zu schütteln. Oder sonst irgendetwas zu tun, was mich total dämlich hätte aussehen lassen.

In diesem Augenblick trat jemand hinter uns. Ich

blickte mich um und erkannte im Lichtschein des Feuers Simon. Dankbar für die Ablenkung, blinzelte ich und suchte nach irgendeinem unverfänglichen Gesprächsthema.

»Oh, ich muss euch beiden ein großes Kompliment machen«, sagte ich endlich. »Eure Vorstellung von Maria und ihrer Mutter gestern war der Hammer.« Das Bild der beiden mit dem Rasierschaum auf den Beinen und den Lockenwicklern auf dem Kopf stieg noch einmal vor mir auf. »Ich dachte echt, ich mach mir in die Hose.«

Oh. Das war jetzt wohl eher weniger sexy gewesen.

Simon hinter mir stieß ein kurzes Lachen aus. »Ihr wart aber auch ein tolles Publikum.«

Magnus stand auf und legte mir kurz die Hand auf die Schulter – Stromstoß! »Ich hole noch ein paar Holzscheite.«

Ich warf Kaja vielsagende Blicke zu, am liebsten hätte ich sie sofort beiseitegezogen und ihr die neuesten Neuigkeiten berichtet. Aber zu meinem Erstaunen ließ Simon sich neben mir nieder. Wahrscheinlich wollte er auf Magnus warten. Stumm sah er ins Feuer.

»Magst du eigentlich Schauspieler werden?«, versuchte ich, mit ihm ins Gespräch zu kommen. Vielleicht konnte ich ihn noch ein bisschen über Magnus ausfragen, solange der weg war.

Er zögerte kurz, dann schüttelte er den Kopf. Er spießte sich ebenfalls einen Marshmallow auf einen Stecken und hielt ihn ins Feuer.

Als ich schon dachte, es würde gar nichts mehr kommen, sagte er plötzlich: »Eigentlich Psychologe.«

»Oh wow, auch nicht schlecht.«

Er zuckte mit den Schultern. »Vielleicht, ja. Und du?«

»Ich?« Oh Mist, verdammt, mein nächster Marshmallow war im Eimer bzw. komplett verbrannt.

Simon half mir, ihn loszuwerden. Das Berufsthema ließen wir wieder fallen, stattdessen unterhielten wir uns jetzt über Marshmallows und die Kunst, sie richtig zu rösten.

»Übung«, sagte Simon. »Übung ist die einzige Kunst.«

Kaja, die sich gerade die Finger an ihrer Kartoffel verbrannte, fluchte. »Verdammt, die Alufolie war gar nicht so heiß. Warum glüht die Kartoffel dann so?«

»Reine Physik«, sagte Simon.

»Ich weiß schon, warum ich Physik hasse«, brummte Kaja.

Simon und ich lachten beide – und sahen uns an.

»Und? Macht ihr so was öfter?«, erkundigte ich mich bei ihm, bevor eine peinliche Pause entstehen konnte.

»Was?«, fragte er.

Ich verdrehte innerlich die Augen. Na, was schon? »So ein Lagerfeuer«, sagte ich.

Pause.

Dann sagte er: »Nö. Nicht öfter. Meistens zu Beginn und Ende des Schuljahres.« Er blickte ins Feuer. »Aber drei auf einmal machen wir normalerweise nicht an. Gut, so viele sind wir ja sonst auch nicht.«

»Wie findet ihr das denn, dass wir jetzt da sind?«,

fragte Kaja, während ich schnell meinen neuen Marshmallow aus dem Feuer zurückzog. An einer Seite war er schon wieder leicht verkohlt.

Simon stocherte mit einem Stock im Feuer herum. Jetzt erst fiel mir auf, dass er heute Abend seine Haare mit einem Stirnband aus dem Gesicht hielt. Das stand ihm richtig gut. Na ja, schlecht sah er eigentlich sowieso nicht aus. Schöne grüne Augen. Toller Kontrast zu den schwarzen Haaren.

»Ich denke, wir finden das alle ziemlich nett«, beantwortete er endlich Kajas Frage und verzog den Mund zu einem schiefen Grinsen.

Miri rief mir über das Feuer hinweg zu: »Ähm, Sophia, das wie vielte von den Dingern war das gerade, das du heute schon verkohlt hast? Die Zuckerbauern dieser Welt können sich freuen. Bei jedem Lagerfeuer mit Sophia steigt der Umsatz rapide.« Sie lachte doof. »Bis die endlich mal einen hinkriegt, gehen einige Tüten Marshmallows drauf.«

Um sie herum wurde vereinzelt gelacht. Simon neben mir runzelte die Stirn. Das fand ich nett. Auch Magnus, der mittlerweile neben Amelie saß, hatte mich nicht ausgelacht. Was mich aber am meisten wunderte, war, dass die keine Miene verzog. Kein spöttisches Lachen von Amelie, nichts. Na gut, die gab wieder mal die Coole.

Und wieder hatte ich meinen Freundinnen eine Neuigkeit zu erzählen, als wir um Mitternacht im Schlafsaal in unseren Schlafsäcken lagen. »Lacht mich nicht aus«, begann ich, »aber es muss doch Magnus sein.«

»Was?« Alle beide sahen mich fassungslos an.

Ich erbrachte ihnen den Beweis mit der Butterbrotgeschichte.

»Er hat quasi wortwörtlich das gesagt, was im Blog stand. Das kann doch kein Zufall sein.«

»Vielleicht haben die das in Altenburg alle im Physikunterricht gelernt. Und jeder gibt es so wieder, wie es der Lehrer ihnen erklärt hat.«

Ich überlegte. Das wäre natürlich eine Option.

»Vergiss nicht Jonas' Gesichtsausdruck, als du ihm etwas aus seinem Gedicht rezitiert hast«, erinnerte mich Kaja.

»Aus seinem Gedicht?«, ätzte Molly, klang dabei aber schon recht schläfrig. »Du meinst wohl das Gedicht von Mars – alias Magnus.«

»Mädels, ich muss jetzt dringend schlafen«, verkündete sie dann, was mich sehr wunderte. Normalerweise lief sie bei dieser Diskussion zu Hochtouren auf.

»Mit wem hast du dich eigentlich den ganzen Abend unterhalten?«, fragte ich sie, während sie sich in ihrem Schlafsack in Embryonalstellung rollte und die Augen schloss.

»Och, mit diesem und jenem.«

Bildete ich es mir nur ein oder zog da tatsächlich ein Hauch von Röte über ihre Wangen?

»Was soll die Geheimnistuerei? Jetzt komm schon«, forderte ich sie auf.

»Ich bin müde!«

»Hä? Kaja, kapierst du das?«, fragte ich.

»Nö, ich versteh auch nur Bahnhof.«

Molly schlug verärgert die Augen auf. »Tschiiiesas, seid ihr anstrengend. Ich hab mit Julian gequatscht, okay?«

»Julian?«, fragte ich. »Wer war das noch mal?«

»Der Zauberer«, antwortete Molly. »Und jetzt lasst mich endlich schlafen.«

Kaja und ich sahen uns an, als auf einmal mein Handy eine neue Nachricht verkündete.

✉@ Oh, Captain! Mein Captain!
Wie schön, dass du so eine Lehrerin hast.
Welche ist es denn?
Danke für dein Lob zu meinem Auftritt. Das kann ich nur zurückgeben. Du hast dich ganz prima geschlagen.
Und beim Lagerfeuer gestern waren wir uns doch schon ganz schön nah …

»Oh, Captain, mein Captain? Was soll denn das bedeuten?« Molly war schlagartig wieder hellwach und hatte sich mitsamt ihrem Schlafsack aufgesetzt, als sie am Pling meines Handys gehört hatte, dass ich noch eine Nachricht erhalten hatte – und zwar von Mars.

»Das ist ein ganz berühmtes Zitat aus dem Film *Der Club der toten Dichter*«, sagte ich.

Kaja stieß Molly an. »Du weißt schon, der Film mit Robbie Williams«, zog sie sie auf.

Molly schmollte kurz. »Jaja, schon gut. Immer auf die kleinen Blonden.«

Ich lachte nicht mit. Ich stellte mir vor, wie Mars heute ganz nah neben Amelie am Lagerfeuer gesessen und vielleicht sogar Herzklopfen wegen ihr gehabt hatte. Ich hatte sowohl Jonas als auch Magnus neben ihr sitzen sehen.

»Schreib ihm zurück«, riss Molly mich aus meinen Gedanken.

»Und was?«, fragte ich.

Molly zog die Knie an und umklammerte sie. »Okay, lasst uns brainstormen.«

»Nur brainstormen?«, fragte Kaja erstaunt nach. »Keine Liste erstellen?«

»Doch!« Mollys Augen funkelten plötzlich. »Wir müssen tatsächlich eine neue Liste erstellen. »Wer sind die drei heißesten Typen aus Altenburg?«

»Ach komm«, sagte Kaja.

»Doch, wir machen eine geheime Abstimmung. Verstellt eure Schrift. Nachher ziehen wir und lesen vor.«

Wir waren alle perplex, als das Ergebnis feststand. Unsere Abstimmung gewann nicht etwa Magnus oder Jonas, sondern Simon.

Eigentlich kein Wunder, wir hatten ihn alle aufgelistet. Magnus und Jonas waren hingegen jeweils einmal nicht aufgelistet worden. Dafür befand sich ein gewisser Julian auf der Liste.

»Der Zauberer?«, fragte Kaja – und bestätigte damit

meine Vermutung, dass nicht sie ihn auf die Liste gesetzt hatte.

»Weißt du, was ich komisch finde?«, sagte Kaja dann noch. »Dieser Zettel muss von dir sein, Sophia, oder?« Sie hielt mir einen unter die Nase. Da steht aber weder Magnus noch Jonas auf Platz eins.«

»Ich konnte mich nicht zwischen den beiden entscheiden, also hab ich Simon als Ersten genommen. Und die anderen beiden auf Platz zwei gesetzt.«

»Du bist so unentschlossen«, maulte Molly.

Ich seufzte. »Ich weiß.«

»Okay, Leute. Was soll ich ihm jetzt schreiben? Das Blöde ist ja, egal, was ich schreibe, er bezieht es vermutlich immer noch auf Amelie.«

»Ich glaub, du musst ihm die Wahrheit schreiben«, sagte Kaja langsam.

»Dass ich nicht die kesse Cheerleaderpuppe vom Foto bin?«, fragte ich zweifelnd und ja, auch verzweifelt.

Kaja schüttelte den Kopf. »Nein«, sagte sie energisch. »Dass du nicht diese eingebildete Zicke bist, die er seit drei Tagen kennt.« Sie sah sich um und senkte die Stimme. »Jetzt denk doch mal daran, wie Amelie sich bisher hier verhalten hat.«

»So wie sie sich immer verhält.«

»Na eben. Denkst du, dass sie sonderlich positiv auffällt? Also, ich glaub das nicht.«

»Jungs sehen das anders«, behauptete ich. »Magnus hat den ganzen Abend neben ihr gesessen.«

»Das stimmt doch gar nicht«, sagte Molly. »Erst war er bei dir.«

»Denk mal nicht ständig an Magnus, sondern an Jonas«, sagte Kaja.

Ich wollte was sagen, doch sie unterbrach mich sofort: »Angenommen, es ist genau so, wie ich es sage, was glaubst du, wie der sich freuen wird, wenn er erfährt, dass *du* Volleyqueen bist. Der wird ausflippen vor Glück.«

Okay, ich stellte es mir vor. Ja, Kaja könnte recht haben.

War Jonas Mars?

Oder war Magnus Mars?

Und was wollte ich?

Hätte ich bei einem von ihnen reale Chancen?

Ich merkte, dass ich gerade dabei war, in Gedanken eine Liste à la Molly zu erstellen. Gleichzeitig stieg eine große Müdigkeit in mir auf.

Als wir zu dritt im Einklang gähnten, mussten wir lachen.

»Ich überleg mir morgen, was ich Mars schreibe«, entschied ich.

Im gleichen Moment ging das Licht aus.

»Nachtruhe«, verkündete die Bulldogge. »Schlaft gut. Morgen steht uns ein neuer, arbeitsreicher Tag bevor.«

Ach, du meine Fresse. Die wusste, wie man einem das Einschlafen versüßte.

Achtzehntes Kapitel

Ich angelte nach meinem Handy und schaltete das Display an.

Zwei Uhr sechsundfünfzig. Vier Stunden musste ich es also noch im Bett beziehungsweise im Schlaflager aushalten, bevor endlich ein neuer Tag mit neuen Chancen anbrach. Keine Ahnung, wieso, aber seit ich vor ungefähr einer halben Stunde aufgewacht war, fühlte ich mich so voller Energie, dass ich es kaum aushielt, liegen zu bleiben. Aber warum musste ich eigentlich liegen bleiben? Es zwang mich schließlich keiner dazu.

Vorsichtig, um nur ja keinen überflüssigen Lärm zu machen, schälte ich mich aus dem Schlafsack. Nachdem durch die Fenster absolut kein Licht hereinfiel, stellte der Weg quer durch die schlafenden Mädchen eine ziemliche Herausforderung dar. Hätte es nicht das Mini-Notlicht an der Tür gegeben, wäre es ein absolut unmögliches Unterfangen gewesen, aus dem Schlafsaal zu gelangen, ohne über die Hälfte der anwesenden Schulkolleginnen zu fallen.

Ich fand meine Schuhe nicht gleich und lieh mir daher Kajas bequeme Treter, in denen ich leise die Treppen hinunterschlich.

Die kalte Nachtluft tat meinem erhitzten Gesicht

unheimlich gut. Der Abend am Lagerfeuer spukte immer noch durch meine Gedanken. Ich hatte ja sonst nie was mit Jungs zu tun. Und dann diese Nähe zu Magnus und danach das Gespräch mit Simon. Ich atmete tief ein. Ich wusste nicht, warum, aber ich fühlte mich plötzlich glücklich und frei. Oder vielleicht auch glücklich, weil frei. Sich einfach mal so nach draußen zu schleichen, ohne dass es irgendjemand mitbekam, war ein gutes Gefühl.

Ich entschied mich, nicht zum Haupthaus hinüberzugehen, sondern das Grundstück in die andere Richtung zu erforschen. Es war eine sternenklare, aber mächtig finstere Nacht. Neumond. Doch das tat dem angenehmen Kribbeln in meinem Bauch keinen Abbruch.

Ich stellte fest, dass das Grundstück direkt in einen Wald überging, entschloss mich aber, diesen – zumindest heute Nacht – nicht alleine zu betreten. Eine selten vernünftige Entscheidung für mich und die Tatsache, mal klug zu handeln, machte mich fast ein bisschen stolz.

Das Einzige, was ich bereute, war, dass ich mein Handy samt Kopfhörer im Schlafsaal gelassen hatte, ich hätte mir jetzt gerne Mars' selbst komponiertes Lied reingezogen. Oder einen Song von Twenty One Pilots. Unvermittelt begann ich, den Beginn von *Oh Ms Believer* vor mich hin zu summen. Plötzlich hörte ich ein Knirschen und blieb wie erstarrt stehen. War da etwa noch jemand unterwegs? Oje, bei meinem Glück sicher die Bulldogge oder Direktor Kamp. Ich lauschte, aber jetzt war es still. Ich hatte das Gefühl, dass die andere Person ebenfalls stehen geblieben war. Als ich nach einer Minute immer noch nichts hörte, ging ich wieder los. Ich schwöre, die andere Person setzte sich in exakt derselben Sekunde ebenfalls in Bewegung.

Ich schluckte. Irgendwie hatte die Situation was Gruseliges und ich wäre gar nicht mehr böse gewesen, wenn sich der andere Nachtschwärmer als die Bulldogge erwiesen hätte. Noch einmal stehen zu bleiben und abzuwarten, hielt ich nicht aus. Angriff ist die beste Verteidigung. Ich beschloss, auf das Geräusch zuzugehen.

»Hallo?«, fragte ich flüsternd in die Finsternis.

Jetzt konnte ich eine Silhouette ausmachen. Zu groß für Frau Bullke.

»Hallo«, klang es zurück. »Du hast aber eine schöne Stimme.«

»Wer bist du? Oh, Simon?«

»Ja.«

Jetzt standen wir voreinander.

»Hast du mich wirklich summen gehört? Oh Gott, wie peinlich …«

»Wieso denn? Außerdem mag ich den Song total gern.«

»Echt?«

»Was machst du denn ganz allein hier draußen?«, fragte er mich.

»Ich geh spazieren. Und du?«

»Dito.« Er scharrte mit dem Fuß im Kies. »Machst du das in Mondsee auch? Nächtliche Spaziergänge?«

Wahrheitsgetreu schüttelte ich den Kopf. »Eher nicht. Zumindest nicht allein. Und du?«

»Ich geh auch eher selten in Mondsee spazieren.«

»Haha«, erwiderte ich trocken, grinste dann aber.

»Manchmal laufe ich alleine hier draußen herum.« Er legte den Kopf in den Nacken und sah in den tiefschwarzen Himmel, der mit winzigen leuchtenden Punkten gespickt war.

»Kennst du die Sternbilder?«, fragte er plötzlich.

»Nicht wirklich«, gab ich zu.

Dann schwiegen wir beide. Nach einer Weile fragte ich ihn, ob er mir den Großen und den Kleinen Wagen zeigen könnte. Wir setzten uns ins Gras und er erklärte mir ausführlich, was es am Himmel so zu sehen gab. Er wusste echt eine Menge darüber.

»Okay«, sagte ich. »Jetzt hab ich endlich kapiert, warum die Amis den Großen Wagen Löffel nennen. Sieht ja wirklich so aus.«

Simon lachte leise.

Ich streckte die Beine aus. »Bist du gerne hier?«, fragte ich ihn.

Er zuckte mit den Schultern. »Geht so. Irgendwie ist es ja nett, wenn man seine Kumpels immer um sich hat.«

Das war mein Stichwort. Ob ich ihn noch mal auf Magnus und Jonas ansprechen sollte? Vielleicht war jetzt ja die Chance, endgültig herauszufinden, wer von beiden Mars war. Mir schoss sogar die irrwitzige

Idee durch den Kopf, Simon von meinem Schlamassel mit Mars und den E-Mails und Amelie und dem Foto zu erzählen. Doch irgendwie wollte ich die Stimmung nicht zerstören. Nein, es war wesentlich besser, Simons Vertrauen zu gewinnen und ihm dann meine Fragen zu stellen.

Plötzlich hörten wir einen leisen Knall aus dem Hauptgebäude. Ich zuckte zusammen.

»Keine Angst«, beschwichtigte Simon mich. »Da ist nur ein Fenster zugefallen.«

»Okay.« Ich lächelte.

Er holte Luft und stand dann mit Schwung auf. »Wir sollten jetzt trotzdem lieber reingehen, bevor uns noch wer erwischt«, sagte er. »Komm.«

Er hielt mir die Hand hin, ich zog mich daran hoch. Dann folgte ich ihm quer über die Wiese.

Mein Knöchel war zwar inzwischen wieder ganz verheilt, aber über unebenes Gelände war ich noch etwas lahm. Simon verlangsamte seinen Schritt.

»Was ist dir denn eigentlich genau passiert?«, fragte er und deutete auf meinen Fuß.

»Oh, wie schon gesagt, ich war nur etwas ungeschickt beim Treppenruntersteigen.«

»Also keine Sportverletzung?«

»Ach, schön wär's, das würde etwas heldenhafter klingen.«

Er lachte kurz auf, doch es klang schmerzlich. Mist, mir fiel ein, dass er ja wegen einer Verletzung kein Fußball mehr spielen sollte.

»Wie geht's deinem Knie momentan?«, tastete ich mich vorsichtig ran.

Er starrte geradeaus und nickte nur.

»Kannst du wirklich gar kein Fußball mehr spielen oder musst du einfach aufpassen, dass du das Knie nicht überstrapazierst?«

»Na ja, wenn man mal so wie ich in der Kreisliga gespielt hat, dann gibt es die sogenannte einfache Alternative nicht. Entweder ganz oder gar nicht.«

»Das versteh ich.«

»Ja?« Er sah mich zweifelnd an.

»Ich betreibe auch eine Sportart sehr intensiv«, erklärte ich und wusste, dass ich mich auf gefährliches Terrain begab. Wenn ich ihm jetzt vom Volleyball erzählte und davon, dass normalerweise ich die Kapitänsschleife trug und nicht Amelie, dann wussten das morgen früh vielleicht auch Magnus und Jonas. Und falls einer von ihnen Mars war, wusste derjenige dann, dass ich Volleyqueen war.

»Was machst du denn für einen Sport?«

Ich holte Luft. »Volleyball«, sagte ich.

»Ach ja, jetzt erinnere ich mich. Ich hab dich auf dem Foto von eurer Mannschaft gesehen.«

Na toll, gerade das, wo ich so besonders schick drauf aussah. Doch, Moment mal, warum hatte er sich das Foto angesehen? Die Antwort lieferte er mir gleich selbst.

»Wir waren natürlich gespannt, wer da zu uns kommt. Eure Homepage müsste in den Tagen vor eurer Ankunft eigentlich zusammengebrochen sein wegen der vielen Zugriffe.« Wieder lachte er leise. Dann sagte er: »Das heißt, Amelie ist deine Kapitänin.«

Ich zögerte kurz. »Na ja, kann man so sagen.«

»Muss komisch sein. Ich hab den Eindruck, dass ihr beide euch nicht besonders gut versteht.«

Ich lachte unfroh auf. »Die Untertreibung des Jahrhunderts.« Ich blieb stehen. »Dabei sind wir so was Ähnliches wie Schwestern.«

Er war ebenfalls stehen geblieben und trotz der Dunkelheit meinte ich zu erkennen, wie er die Stirn runzelte. »Ich hab zwar mitbekommen, dass sie dich Schwester genannt hat, aber … das war doch ein Scherz, oder?«

»Leider nicht. Mein Vater und ihre Mutter sind ein Paar und gerade auf der Suche nach einem kuscheligen Eigenheim für uns vier.« Ich stieß die Luft aus. »Es ist echt so absurd.«

Er erwiderte nichts mehr darauf, blieb nur plötzlich stehen.

Ich erkannte, dass wir beim Quartier der Mädchen angekommen waren.

Er sah auf die Uhr. »Schon nach vier.«

Wow, da waren wir ja ganz schön lange unterwegs gewesen.

»Danke für deine Begleitung«, sagte ich zum Abschied.

Er tippte sich mit zwei Fingern an einen imaginären Hut, das war wohl seine Art, sich zu verabschieden.

Neunzehntes Kapitel

Wir warteten nur auf den Startschuss. Molly, Kaja und ich hatten uns natürlich eine Strategie für die gemeinsame Biostunde mit den Jungs überlegt. In der großen Hoffnung, dass sich die Pärchen selbst zusammenfinden durften, würde Molly sich auf Magnus und Kaja auf Jonas stürzen. Ich selbst sollte mir entweder einen engen Freund von Jonas oder einen von Magnus angeln, um den so gut wie möglich über den jeweiligen Mars ausquetschen zu können.

Als wir uns im Laborraum eingefunden hatten, standen Kaja, Molly und ich in den sprichwörtlichen Startlöchern. Jede hatte sich in unmittelbare Nähe ihres Opfers gedrängt. Ich selbst hatte es auf Simon abgesehen. Er war ein Freund von Magnus *und* von Jonas. Und nach dem gestrigen Nachtspaziergang waren mir noch einige Fragen eingefallen, die ich ihm gut hätte stellen können.

Also, ran an den Mann, Sophia, dachte ich.

Kaum erwähnenswert, dass Kaja, Molly und ich nicht die Einzigen waren, die sich um die begehrtesten Jungs scharten.

Ich beobachtete Amelie. Sie stand ganz dicht neben Magnus – genau wie Molly. Welche der beiden würde das Rennen machen? Ich warf Molly beschwörende Blicke zu.

Doch als die Kampfnuss mit den Worten »Findet euch nun in Zweiergruppen zusammen, immer ein Junge und ein Mädchen« das Startsignal gab, war es plötzlich nicht mehr Molly, die um ihren Wunschpartner kämpfen musste, sondern ich. Molly hatte sich Magnus so schleunig geschnappt, dass Amelie blitzschnell umentscheiden musste und sich einfach bei Simon einhakte.

Ups. Ich stand ziemlich blöde da. Doch zumindest sah ich aus dem Augenwinkel, dass Kaja sich Jonas erkämpft hatte.

Gott, das Ganze erinnerte mich plötzlich an irgendeine obskure Versteigerung. Mir fiel auf, dass sich ganz generell die Mädchen weitaus mehr ins Zeug warfen als die Jungs. Die ausgehungerten Mondsee-Girls nahmen offensichtlich in Kauf, total peinlich rüberzukommen. Hauptsache, sie kamen an ihr Ziel der Begierde. Alle außer mir. Mist. Um Jonas gab es sogar ein richtiges Gerangel. Miri giftete Kaja ordentlich an. Ich versuchte inzwischen hektisch, einen der anderen Kumpels – egal, ob von Magnus oder Jonas – zu erwischen, doch die waren längst alle vergeben.

Am Ende stand ich sogar ganz alleine da. Aber die Kampfnuss hatte natürlich einen besonders tollen Plan. Grmpf.

»Sophia, schließ dich doch bitte Amelie und ihrem Partner an.«

Echt grandios. Zwar hatte ich ursprünglich ja ein Team mit Simon bilden wollen, aber jetzt, da Amelie dabei war, brachte das rein gar nichts. Ich konnte ihn nicht über seine Freunde ausfragen, ohne dass meine geliebte Stiefschwester ständig dazwischenfunken und sich sicher noch dazu lautstark über mich lustig machen würde.

Wenigstens hatte ich das Glück, dass unser Tisch gleich neben dem von Kaja und Jonas stand. So hatte ich wenigstens meine Freundin an meiner Seite.

Ich sah zu ihr rüber. Sie zwinkerte mir aufmunternd zu und deutete dann mit dem Kopf in die Reihe vor uns.

Okay, Molly und Magnus saßen direkt vor mir. Ich war gespannt, ob ich den einen oder anderen Gesprächsfetzen auch von dort vorne mitbekommen würde.

Ich sah mich im Raum um. Miri hatte letztendlich einen Typen ergattert, der mir bisher noch gar nicht aufgefallen war. Begeistert schien sie nicht gerade, doch immerhin war es ihr erspart geblieben, den Posten des letzten Mauerblümchens zu besetzen. Denn das war ja ich, juhu.

Ich war dermaßen damit beschäftigt, mir Gedanken über die Pärcheneinteilung zu machen, dass ich erst mitbekam, was sich die Kampfnuss für heute überlegt hatte, als die ersten »Iiiihh!« oder »Geil!« riefen und Simon fragte: »Kommt ihr beiden damit klar?«

Ich starrte nach vorne, zum Tisch der Kampfnuss.

»Womit? Oh …! Ähm, ja klar.« Blöße wollte ich mir hier natürlich auch keine geben.

Ich war mir immer sicher gewesen, dass ich keine Probleme damit hätte, im Unterricht einen Frosch zu sezieren. (Also sofern der Frosch eines natürlichen Todes gestorben war und nicht, damit ich ihn zerlegen konnte.)

Die Sache war nur, dass vorne auf dem Lehrerpult keine Frösche lagen, sondern Schaben … bekannt auch unter dem Namen Kakerlaken!

Jetzt bloß Haltung bewahren, Sophia, dachte ich mit einem Seitenblick auf Amelie und atmete tief durch. *Du schaffst das schon.* Wobei ich erstaunt feststellen musste, dass Amelie äußerst blass aussah. Sie machte auch keinerlei Anstalten, Simon auf seine Frage zu antworten.

Die Kampfnuss erklärte gerade: »Es gibt noch weitaus größere Exemplare als unsere hier. Auf Borneo trefft ihr beispielsweise auf ein Prachtstück von zehn Zentimetern und einer Flügelspannbreite von siebzehn Zentimetern …«

»Okay, der nächste Borneo-Urlaub wird gestrichen«, witzelte Simon.

»Findet du das etwa lustig?«, fuhr Amelie ihn an.

»Ich find's lustig«, kam ich Simon zu Hilfe.

Simon warf mir ein winziges Lächeln zu und Amelie einen schwer zu bestimmenden Blick. Ich grinste und schaute zu Molly, die mir einen Blick über die Schulter zuwarf. Und der war eindeutig.

Während die Kampfnuss von Tisch zu Tisch ging und ihre Kakerlaken austeilte, flüsterte Molly: »Ich kann das nicht, Sophia.«

Magnus drehte sich ebenfalls zu mir um und sagte, fast entschuldigend: »Ich hab ihr schon gesagt, dass ich das Sezieren übernehme. Sie braucht nicht mal hinzuschauen.«

Die Kampfnuss legte eine Schabe vor Molly und Magnus ab, was Molly dazu brachte, sich so fest gegen ihre Stuhllehne zu pressen, dass die laut knackte.

»Ach, komm schon, so schlimm wird's nicht. Sieh einfach nicht hin«, versuchte Magnus, sie aufzumuntern, bevor er sich noch mal zu mir drehte und mir einen dermaßen süßen zweifelnd-fragenden Blick zuwarf, dass mir die Kakerlake, die soeben auf dem Tisch unserer Dreiergruppe landete, völlig egal war.

»Sie packt das schon«, flüsterte ich in Magnus' Richtung.

Er legte die Stirn in Falten. Wow, das stand ihm gut.

Ich konnte Molly so gar nicht verstehen. Säße ich neben ihm, ich würde es einfach nur genießen, von ihm getröstet zu werden. Okay, auch wenn Mollys Mission eigentlich eine andere war, sie sollte ihn ja ausfragen.

Doch das konnten wir wohl vergessen. Ich sah, dass sie regelrecht zitterte.

Ich schlich mich zu ihr und kniete mich neben ihren Stuhl.

»Sophia«, hörte ich die Stimme der Kampfnuss.

»Gleich. Ich bin gleich wieder an meinem Platz«,

erklärte ich hastig und flüsterte Molly dann ins Ohr: »Erinnerst du dich noch an die Kandidatin von *Germany's next Topmodel* – du hast mir den Clip im Netz gezeigt –, die diese Schaben-Dinger im Haar, im Kleid und überall hatte?«

Sie nickte. »Das war Aleksandra, weil sie gegen Bienen allergisch ist, musste sie die Kakerlaken nehmen. Aber die hatten schon fast eine goldene Farbe und glänzten und … und sie waren einfach nicht so wie dieses Ding hier.«

»Dafür ist das hier tot«, kehrte ich die positive Seite an der Sache hervor.

»Wenigstens das.«

Die Stimme der Kampfnuss ertönte erneut: »Molly? Alles in Ordnung bei dir?«

Da ergriff Magnus plötzlich ihre Hand, streckte sie siegessicher nach oben und verkündete: »Aber ja, wir schaffen das, oder?«

Es gab mir einen richtigen Stich, so gern wäre ich an Mollys Stelle gewesen, doch trotzdem war ich erleichtert, dass sie endlich wieder ein bisschen Farbe ins Gesicht bekam.

Als ich wieder an meinem Platz saß, erklärte die Kampfnuss gerade: »Diese Tiere sind natürlich nicht extra getötet worden, damit wir sie sezieren können. Das würde ich komplett ablehnen, und soweit ich von euch gehört habe, ihr auch.«

»Wie sind sie denn gestorben?«, fragte Kaja.

»Zum großen Teil eines natürlichen Todes. Dann

wurden sie eingefroren und nach Deutschland transportiert …«

»Wozu die Mühe?«, fragte Simon. »Bei uns in Altenburg rennen doch genug davon herum.«

Er lachte dabei, es war unmissverständlich, dass das ein Scherz gewesen war, doch Amelie zischte ihn an: »Sag, dass das nicht stimmt!«

»Es stimmt nicht«, gab er mit entwaffnendem Lachen zurück.

Ich sah zu Kaja rüber. Die saß in stiller Eintracht mit meinem Mars zwei da, das Skalpell lag immer noch zwischen ihnen.

Ich nahm mir kurz Zeit, um Jonas näher zu betrachten. Er hatte ein ungeheuer ebenmäßiges Profil. Seine Nase, seine Lippen, sein Kinn – alles wies einen so hübschen sanften Schwung auf, dass ich an Schauspieler aus dem letzten Jahrhundert denken musste. Ich brauchte diese Filme ja nicht unbedingt, aber mein Vater schaute sie so gerne mit mir. Die Claude-Chabrol-Filme mit Alain Delon oder diese drei Kultfilme mit James Dean. Was mich jeweils wach gehalten hatte beim Zugucken waren die Gesichter dieser Männer gewesen und jetzt saß so ein Mann ganz in meiner Nähe. Konnte es sein, dass Jonas der bei Weitem hübschere Mars war – nur dass Magnus durch sein Auftreten einfach viel mehr auffiel?

Ich spürte ein unwillkürliches Ziehen in der Brust. Oh, Mann, und das nur wegen eines hübschen Gesichts, Sophia? Doch nein, natürlich war es nicht nur das. Seine Performance als Julia und vor allem seine natürliche Art, wenn er mit mir sprach, lösten etwas in mir aus – jetzt da ich mir unsere Zusammentreffen in Erinnerung rief. Und passten die Texte, die Mars mir geschrieben hatte, nicht ohnehin besser auf ihn als auf Magnus? Doch den Blog würde ich wiederum eher Magnus zutrauen, ich wusste selbst nicht, warum.

Und das Gefühl beim Lagerfeuer neben Magnus … so nahe bei ihm, dieses Kribbeln, das dabei durch meinen ganzen Körper gegangen war, ich spürte es noch immer.

Schon komisch, wenn man gefühlsmäßig im siebten Himmel schwebt, während man gerade eine Kakerlake zerlegt.

»Ähm, vorsichtig!« Simon warf sich gerade noch rechtzeitig zwischen mich und das Tierchen, bevor ich es aus meiner stürmischen Gefühlslage heraus einfach irgendwie zersäbelte.

»Ups, sorry.« Ich kicherte nervös.

Er grinste. »Kein Thema. Du bist eben mit Leidenschaft bei der Sache.« Er warf einen Blick auf seine andere Seite, wo Amelie mit fest verschränkten Armen und immer noch ziemlich blass um die Nase saß.

Ich drehte mich nach links. Kaja starrte skeptisch auf ihre Schabe, während mich Jonas ansprach. »Wie läuft's denn bei euch?« Er lächelte süß. »Wir trauen uns nicht, den ersten Schnitt zu machen.«

Da wachte Kaja plötzlich auf. »Mensch, Sophia, rück mal ein Stück näher, wir brauchen dich.«

»Ach kommt, das ist nicht euer Ernst. Außerdem hätte ich unser kleines Biest grade beinahe zerstückelt.«

Jonas lächelte. »Zeig doch einfach mal, wie du das machst.«

Ich sah mich nach der Kampfnuss um, die zwei Reihen vor uns stand und Miri davon zu überzeugen versuchte, dass sie ihre Ängste über Bord werfen und sich endlich über die Schabe hermachen sollte.

Kaja lehnte sich nach hinten, sodass Jonas und ich uns vor ihrem Gesicht ziemlich nahe kommen konnten. Ich bildete mir ein, den Duft seines Shampoos zu riechen. Mit plötzlich zitternder Hand setzte ich das Skalpell an den Bauch der Schabe an. Und während ich noch darüber nachdachte, ob es tatsächlich sein konnte, dass sich die Nähe eines quasi fremden Jungen schon wieder so gut anfühlte, flutschte mir die Kakerlake unter dem Skalpell davon und katapultierte sich in geradezu olympischer Leistung in die Höhe, um dann ausgerechnet auf den schönsten Naturlocken des ganzen Raumes zu liegen zu kommen – nämlich auf Amelies.

Ich wünschte, es hätte Musik für Amelies Kakerlakentanz gegeben – *La Cucaracha* zum Beispiel. Sie steppte quiekend durch den halben Raum, Simon hüpfte neben ihr her und versuchte, ihr das tote Tierchen aus den Haaren zu pflücken.

Während die meisten der Anwesenden noch lachten, kriegte ich mich langsam ein. Nachdem ich schon öfter mal in meinem Leben verspottet wurde, konnte ich mich gut genug in sie hineinversetzen. Ich fing an, neben Simon herzuspringen.

»Amelie, bleib ruhig«, beschwor ich sie. »Dann holen wir dir das Ding raus.«

Letztendlich war es Magnus mit seinen ein Meter neunzig (oder mehr), der den besten Überblick über Amelies Oberhaupt hatte und den ungewollten Gast herunterangelte.

Amelie war offensichtlich so glücklich darüber, dass sie vergaß, gleich in den Flirtmodus überzuspringen. »Danke«, sagte sie ganz einfach zu Magnus und ließ sich dann auf ihren Stuhl fallen, nicht ohne sich noch ein paarmal durch die Haare zu fahren. Ich merkte, wie sie mich ansah, und wappnete mich gegen eine Verbalattacke, doch es kam nichts. Was war nur los mit ihr?

Im Gegensatz zu Amelie hielt die Kampfnuss sehr wohl eine Konsequenz für mich parat. Da konnte ich ihr auch noch so flehend versichern, dass der Schabenflug keine Absicht gewesen war. Es half nichts, sie verdonnerte mich zum Aufräumen des Laborraums, was hieß, ich musste nach der Stunde die zerschnittenen Kakerlakenteilchen von den Tischen einsammeln.

»Die Box steht hier. Am besten, du gehst damit von Platz zu Platz. Und nimm die Pinzette zum Einsammeln.«

Also das hätte sie mir nicht extra sagen müssen. Auch wenn es damit ewig dauern würde, die teils winzigen

Überreste des Gemetzels zu fassen zu bekommen, mit bloßen Händen hätte ich die sicher nicht angefasst.

Kaja bot sich an, mir zu helfen, was die Kampfnuss aber nicht erlaubte.

»Sophia, ich hab dir gesagt, du und Amelie müsst euch endlich miteinander arrangieren. Also, hopp auf, sonst kommst du viel zu spät zur nächsten Stunde«, sagte sie im Hinausgehen.

Na, vielen Dank auch.

Kaja und Molly warfen mir bedauernde Blicke zu, doch dann mussten auch sie mich allein lassen. Ich seufzte tief und umklammerte dann mit der Pinzette die erste halbe Kakerlake. Sie entflutschte mir sofort. Na, das konnte ja heiter werden.

Plötzlich öffnete sich die Tür und Simon kam herein.

»Hast du was vergessen?«, fragte ich ihn.

Er legte den Finger an die Lippen und schloss die Tür leise wieder. Dann kam er zu mir. »Komm, ich helf dir schnell«, sagte er.

»Echt?« Ich konnte es gar nicht fassen. »Danke. Das ist total lieb.«

»Ist doch kein Problem. Wie wär's, wenn du das Sezierbesteck einsammelst und ich kümmere mich um die kleinen Schnuckel. Oder um das, was noch übrig ist von ihnen.«

»Guter Plan.« Ich schnappte mir den Behälter für die Pinzetten und Skalpelle und ging damit von Tisch zu Tisch.

»Wahrscheinlich sollte ich das Besteck waschen, oder?«

Simon hob den Kopf und grinste. »Wow, jetzt bist du sogar bereit für Fleißaufgaben?«

Ich lächelte zurück. »Jetzt, wo ich moralische Unterstützung habe, ja.«

»Was heißt hier ›moralische‹? Hier stehe ich im Schweiße meines Angesichts und verrichte rohe, heldenhafte Männerarbeit. Moralisch … tsss.«

»Oh, soso Männerarbeit. Ha! Als ob frau nicht dazu imstande wäre.« Ich schnappte mir ebenfalls eine Pinzette und griff mir damit das nächstbeste Käferteilchen. Prompt flutschte es mir wieder heraus und landete auf dem Boden. Ich musste kichern.

»Madame, Sie sind ja ein Naturtalent … ähm, hast du schon mal daran gedacht, in die Medizin zu gehen? In die Chirurgie vielleicht?«, feixte Simon.

Ich klaubte das Teilchen vom Boden auf und hielt die Pinzette wie eine Schleuder in Simons Richtung. »Pass bloß auf, wohin ich das nächste Mal ziele«, warnte ich ihn, nur um das kleine Ding gleich wieder auf den Boden fallen zu lassen.

Diesmal brachen wir beide in Lachen aus. »Ich sollte das mit der Chirurgie vielleicht doch noch mal überdenken«, prustete ich los.

In dem Moment ging die Tür auf – und die Kampfnuss stand im Raum.

»Sehr interessant«, lautete ihr trockener Kommentar, als sie Simon sah.

»Ähm, Hilfsbereitschaft ist eine der wichtigsten menschlichen Tugenden, Frau Kampernuss«, schoss es aus mir heraus. Ich musste Simon irgendwie aus der Bredouille retten. Es war so nett gewesen, dass er mir seine Hilfe angeboten hatte.

»Sie hat mich nicht darum gebeten, es war meine Idee«, sagte Simon.

Die Kampfnuss sah von mir zu ihm und dann wieder zurück zu mir. »Na ja, ist ja nichts Schlimmes passiert. Und jetzt hopp, beide zum Unterricht, ihr seid schon spät dran.«

»Danke, Frau Kampernuss«, flüsterte ich erleichtert. Dann sah ich mich um. »Aber was ist mit dem Rest?«

»Den übernehme ich. Ich habe nicht ernsthaft angenommen, dass du innerhalb von zehn Minuten hier klar Schiff machen kannst. Ich wollte dir nur eine kleine Lektion erteilen.« Noch einmal musterte sie Simon, bevor sie hinzufügte: »Wobei du es anscheinend lustiger hattest als geplant. Und jetzt raus mit euch beiden.«

Simon verabschiedete sich mit einer kleinen Verbeugung von ihr, was sie kopfschüttelnd quittierte. Ich lief hinter ihm raus.

»Hey, Simon«, flüsterte ich. »Vielen Dank noch mal. Du bist mein Held.«

Er drehte sich zu mir um und zwinkerte mir zu. Erst als unsere Wege sich getrennt hatten, fiel mir ein, dass ich die Zeit mit ihm dazu hätte nutzen können, ihn über Magnus und Jonas auszufragen.

Als Kaja, Molly und ich uns nach der nächsten Stunde endlich für einen kurzen Moment zurückziehen konnten, um zu besprechen, was in den Kleingruppen vorgefallen war, wurde schnell klar, dass sich vor lauter Kakerlaken- – und sonstiger – Aufregung kaum Gespräche ergeben hatten, die weiteren Aufschluss darüber bringen konnten, wer Mars war.

»Eins weiß ich jetzt aber«, sagte Kaja dennoch bedeutungsvoll, »es ist nicht nur am *wahrscheinlichsten*, dass Jonas Mars ist, sondern er ist auch der beste Kandidat. Er war so nett heute.«

Molly stach ihren Zeigefinger in die Luft. »Ha, und Magnus erst! Der war so verständnisvoll, einfach unfassbar.«

Ich nickte abwesend.

»Was ist los mit dir?«, fragte Kaja.

Ich schüttelte den Kopf. »Ich weiß auch nicht. Aber findet ihr nicht auch, dass Amelie plötzlich anders ist?«

Molly runzelte die Stirn: »Inwiefern?«

»Sie hat mich gar nicht zur Schnecke gemacht wegen der Kakerlake im Haar.« Ich zuckte mit den Schultern. »Keine Ahnung, aber irgendwas ist da im Busch.«

Zwanzigstes Kapitel

Am nächsten Morgen auf dem Flur passierte etwas Sonderbares. Mir wurde von einem Jungen aus der Elften ein Zettelchen zugesteckt. »Das soll ich dir geben«, sagte er nur.

Ich faltete das Stück Papier auseinander, warf einen kurzen Blick darauf und rannte dann dem Überbringer hinterher. »Hey, ähm … ist das von dir?«

»Was?« Er lachte. »Nee. Ich hab auch eine Stimme zum Sprechen, ich brauch keine blöden Briefchen schreiben.«

»Von wem ist es dann?«

»Von einem Mitschüler aus meiner Klasse. Der sagte aber, ihm wurde es auch weitergegeben. Keine Ahnung, von wem er ursprünglich kommt.«

Ich lief sofort zu Kaja und Molly zurück, die mich neugierig erwarteten.

»Was sollte das denn?«, erkundigte sich Molly.

Möglichst unauffällig sah ich mich um. »Nachher«, wisperte ich. Denn nichts wäre peinlicher, als wenn der Verfasser der Nachricht mich dabei beobachten würde, wie ich meinen Freundinnen seine Botschaft zeigte oder auch nur mit ihnen tuschelte. »Wir müssen jetzt zum Unterricht.«

In der nächsten Pause umringten mich meine Freundinnen neugierig. »Nun zeig schon her«, sagte Molly ungeduldig und riss mir den Zettel fast aus der Hand. Sie las vor:

Hi, Sophia,
ich würde gerne einmal ungestört mit dir reden.
Komm bitte um halb sechs zur großen Eiche.
c u

Kaja überlegte. »Könnte c u auch für etwas anderes als *see you* stehen? Könnten es Initialen sein?«

Molly winkte ab. »Das steht nur für *see you.* Keiner, um den es hier geht, heißt irgendwas mit c oder u.«

»Molly?«

Sie sah mich perplex an, anscheinend hatte ich ihren Namen tatsächlich so streng ausgesprochen, wie ich es vorgehabt hatte.

»Ja?«, fragte sie.

»Molly«, sagte ich noch einmal. »Wenn diese Botschaft von dir stammt und du mich damit in irgendeine peinliche Situation bringst, dann …«

Sie schaute mich empört an. »Hallo? Wie kommst du bitte darauf? Nur weil ich gesagt habe, dass es sich bei *c u* sicher nicht um Initialen handelt? Und warum bitte sollte ich dich absichtlich in eine peinliche Situation bringen wollen?« Ihr Ton wurde lauter, die Gespräche um uns herum deutlich leiser.

Ich richtete mich auf. »Mensch, Mädels«, sagte ich laut.

»Es gibt hier nichts zu sehen und nichts zu hören. Ihr könnt gern alle wieder eure Gespräche aufnehmen.«

»Quak, quak, quak«, äffte Miri mich nach. Amelie ließ sich nicht zu so was herab, sie hob nur eine Augenbraue und wandte sich von uns ab.

Ich nahm Mollys Hand. »Sorry, Molly. Ich hab das nicht böse gemeint.« Ich fühlte mich richtig schlecht, war froh, dass sie ihre Hand nicht wegzog. »Ich weiß nur, wie sehr du mir das wünschen würdest, dass es zwischen Magnus und mir klappt. Und dass du alles dafür tun würdest.« Eigentlich nahm ich es Molly auch überhaupt nicht übel, dass sie mit einem gewissen Ehrgeiz an diese ganze Mars-Geschichte herangegangen war, der natürlich auch was damit zu tun hatte, dass sie am Ende recht behalten beziehungsweise gewinnen wollte. Denn meine Freundinnen hatten ja nicht nur darum gewettet, wer Mars war, sondern auch darum, wer es schaffte, mich mit dem Passenden zu verkuppeln.

Oh, Mann, das erste Mal, dass ich mich fast drüber freute, dass endlich der Unterricht begann.

Aber in den Pausen spekulierten wir weiter darüber, von wem die Nachricht stammen könnte. Und ob ich Mars vor dem Treffen an der Eiche eine Nachricht schreiben sollte oder nicht. Denn was, wenn die Nachricht tatsächlich von ihm stammte? Andererseits: Er wusste ja nicht, dass ich Volleyqueen war.

Da kam mir plötzlich die ultimative Idee.

»Mensch, waren wir blöd«, entfuhr es mir.

»Was denn?«, fragte Kaja.

»Hä?«, machte Molly.

Ich sah von einer zur anderen. »Eigentlich ist das mit dem Treffen doch die Lösung. Also nicht mit diesem Treffen heute, sondern generell.«

Die beiden sahen mich an, als hätte ich nicht alle Tassen im Schrank.

Ich hingegen spürte regelrecht, wie ich strahlte. »In meiner nächsten E-Mail an Mars bitte ich ihn, mich an einem bestimmten Ort zu treffen. An irgendeinem Ort, den man von außen gut beobachten kann. Dann beziehen wir einfach Stellung und schauen uns an, wer von den Jungs dort erscheint. Ich selbst werde mich natürlich nicht blicken lassen, sondern beobachte nur«, fügte ich noch schnell hinzu.

Kaja klatschte ihre Hand an die Stirn. »Verflucht, ja«, rief sie. »Wieso ist uns das nicht schon längst eingefallen?«

Molly nickte aufgeregt. »Genial. So machen wir's! Bis auf eine Sache.« Hektisch hob sie ihren Zeigefinger und bohrte ihn mir fast in die Nase. »Du, Liebste, gehst natürlich sehr wohl auch zu dem Treffen. Wir wollen doch endlich ein Happy End. Es bringt gar nichts, ihm weiter vorzutäuschen, dass du Amelie bist. Verstehst du?«

Ich nickte. Natürlich verstand ich das. Innerlich stand mein Entschluss, mich nicht zu zeigen, natürlich trotzdem fest. Aber das musste ich Molly jetzt noch nicht verraten.

»Und was machst du wegen heute?«, fragte Kaja. »Lässt du das Treffen unter der Eiche bleiben?«

Ich grinste und schüttelte den Kopf. »Nee, wieso sollte ich es bleiben lassen? Allerdings werden wir uns vorher aus der Ferne ansehen, wer mich treffen will. Oder?«

Um fünf Uhr war endlich die Doppelstunde Französisch zu Ende. Kaja blickte aus dem Fenster. »Schade, dass man die Eiche nicht von hier oben sehen kann. Es wäre so genial, wenn wir heimlich beobachten könnten, wer unten auf dich wartet, Sophia.«

Ich stellte mich neben sie. Wir hatten vor Französisch schon sämtliche Fenster getestet, doch die Eiche stand einfach zu seitlich vom Haupthaus. Selbst vom günstigsten Fenster des Nebengebäudes war sie nicht zu sehen.

»Wir werden schon einen guten Spähposten finden«, war ich mir sicher. »Was ist? Sollen wir gleich runtergehen oder warten wir bis kurz vor halb?«

Wir einigten uns schließlich darauf, sogar bis kurz nach halb zu warten. Wer auch immer mich treffen wollte, würde dann sicher noch immer unter der Eiche stehen, schließlich wäre es ja durchaus denkbar, dass ich mich aus irgendeinem Grund verspätete.

Je später wir kämen, desto kürzer müssten wir uns verstecken.

Mein Herz klopfte bis zum Zerspringen. Meine Gedanken drehten sich ständig im Kreis. Wer von beiden wird Mars sein?

»Was ist eigentlich die Mehrzahl von Mars?«, plapperte ich nervös, als wir zwei Minuten nach halb sechs die Treppen im Nebengebäude herunterliefen. »Marse?«

»Es gibt keine Mehrzahl von Mars«, erklärte Kaja, die fast genauso aufgeregt schien wie ich. »Es gibt auf der Welt, äh, im Weltall nur einen Mars, also gibt es davon keine Mehrzahl«, präzisierte sie.

»Ja, aber man könnte doch zum Beispiel in der Literatur mal die Mehrzahl brauchen, zum Beispiel in einem Buch, in dem es zwei Typen gibt, die Mars heißen. Würde der Autor dann schreiben: die beiden Mars oder die beiden Marse oder die beiden Marsianer oder …«

»Mann, Sophia«, stieß Molly hervor, »du verwirrst mich noch total.«

»Ja, weiß ich«, gab ich zu. »Das ist ja auch der Sinn der Sache. Ich möchte meine Verwirrung auf euch abschieben, damit ich sie los bin.« Ich kicherte blöde.

»Bekomm jetzt nur keinen Schluckauf«, warnte mich Molly.

Irgendwie kicherten wir plötzlich alle.

»Mensch, wir sind solche Mädchen«, gluckste Kaja. »Das ist ja echt zum Kotzen.«

»Pssst«, machte Molly und kicherte weiter.

Wir traten nach draußen, ich fächelte mir Luft zu.

»Haben wir eigentlich irgendeinen Plan?«, fragte ich panisch. »Was mach ich denn, wenn da einfach einer aus der Unterstufe steht?«

Kaja winkte ab. »Die aus der Unterstufe sind längst daheim«, erinnerte sie mich.

»Auch wieder wahr.«

»Mädels«, zischte Molly plötzlich. Kaja und ich erstarrten.

Molly prustete los: »Merkt ihr eigentlich, dass ihr plötzlich kleiner seid als ich?«

Kaja und ich sahen uns an. Obwohl wir noch weit vom Treffpunkt mit Mr Unbekannt entfernt waren, waren wir jetzt schon beide tief in die Knie gegangen und machten einen Buckel, Quasimodo war nichts dagegen. Kaja und ich hatten uns circa auf einen Meter zwanzig geschrumpft. Natürlich kicherten wir jetzt noch viel blöder.

»Wir sind so doof«, gluckste ich. »Was machen wir denn da? Ihr zwei dürft euch doch eigentlich eh zeigen.«

Wir blieben kurz stehen, atmeten tief durch und kriegten uns tatsächlich wieder ein. Irgendwie zumindest.

Obwohl Molly und Kaja sich eigentlich zeigen durften, beschlossen wir zusammenzubleiben, schlugen einen weiten Bogen um das Hauptgebäude herum und tasteten uns dann an der Mauer entlang bis zur Ecke, hinter der die Eiche stand.

»Ich sehe nichts«, flüsterte Kaja. »Da ist niemand.«

Wir streckten unsere Hälse immer weiter vor, bis wir beinahe einen kollektiven Sturz hinlegten. Mit einem Ruck zog ich meine Freundinnen hinter die Ecke zurück. Das Gefühlsbarometer hatte sich irgendwo zwischen Nervosität und schleichender Enttäuschung eingependelt.

Plötzlich war ich mir ganz sicher: »Das Ganze ist eine Falle. Ich wurde hierhergelockt, damit derjenige sieht, wer ich bin, und …«

Molly stöhnte und im selben Moment fiel mir auch auf, dass mein Gedankengang natürlich völliger Blödsinn war. Immerhin war der Zettel mir persönlich ausgehändigt worden. Sogar mit meinem Namen darauf. Derjenige, der ihn geschrieben hatte, wusste also, wen er einbestellt hatte.

»Gehen wir«, sagte Kaja, »deinen heimlichen Verehrer scheint der Mut verlassen zu haben.«

Ich lugte ein letztes Mal um die Ecke. »Wartet. Da kommt jemand.« Ich kniff die Augen zusammen. »Häh? Das ist Simon!«

»Simon?«, wiederholten Kaja und Molly gleichzeitig.

Ich beobachtete, wie Simon zielstrebig auf die Eiche zuging, und zog dann den Kopf hinter die Ecke zurück.

Ich ließ mich an der Hausmauer entlang auf den Boden sinken. »Was macht der denn hier? Oh Gott, solange er da ist, kommt der Richtige bestimmt nicht!«

»Sag ihm das. Sag ihm, er soll verschwinden«, drängte Molly.

Ich schlich also langsam auf die Eiche zu.

»Simon, ähm, hey«, begann ich wenig originell. »Was machst du denn hier?«

Bildete ich mir das nur ein oder färbten sich seine Wangen tatsächlich etwas rot?

»Ich … na ja, ich mag diesen Platz, bin öfter mal hier.«

Ich nickte. Wohl etwas enthusiastischer als angebracht. »Oh ja, das verstehe ich, oh ja …«

»Und du?«

»Ja, ich find's hier auch toll. Ähm, es ist nur so, dass ich …«, ich schluckte. Wie sollte ich ihm auf nette Art verklickern, dass er sich aus dem Staub machen sollte, weil ich hier gleich ein Date hatte?

»Ja?«, hakte er nach.

»Ich ähm, ich soll hier jemanden treffen. Und wenn du hier bist –«

Ich sah wohl ziemlich belämmert drein, als er plötzlich ein zusammengefaltetes Stück Papier aus seiner Hosentasche fischte.

»Oh. Du also auch.«

Ich kramte mein Zettelchen aus meiner Jeans.

Er wirkte genauso verblüfft wie ich.

»Aber wer hat …?«, begann ich.

»Das frage ich mich auch«, erwiderte er.

Wir standen uns gegenüber und starrten uns an. Zum ersten Mal bemerkte ich, wie groß er war, sicher zehn Zentimeter größer als ich. Ein kurzer, bescheuerter Gedanke zuckte mir durch den Kopf. Konnte er sich die Haare gefärbt haben, in Wahrheit blond sein? Seine seewassergrünen Augen wirkten eigentlich zu klar, um echt zu sein. Hatte er mit Kontaktlinsen seine blauen Augen vertuscht? War er Mars?

»Und jetzt?«, fragte er plötzlich.

»Ja? Und jetzt?«, fragte ich zurück.

Wir starrten uns an, als würden wir uns einen Wer-zuerst-blinzelt-hat-verloren-Contest liefern.

»Hast du mir diesen Zettel geschrieben?«, brach er endlich das Schweigen.

Shit. So fühlte es sich also an, wenn einem buchstäblich die Kinnlade runterfiel. Ich hoffte, ich sah nicht allzu dämlich dabei aus. Ich schüttelte vehement den Kopf. »Nein, hab ich nicht. Und ich nehme mal an, du hast mir auch keinen Zettel geschrieben.«

Er hob leicht die Augenbrauen. »Richtig angenommen.«

Ich konnte mir ein wütendes Schnauben nicht verkneifen. »Boah, was soll das? Wer tut so was? Von wem hast du deinen Brief bekommen?«

»Von einem Jungen aus der Unterstufe. Er schien aber schon durch einige Hände gewandert zu sein.«

»Genau wie bei mir. Wer tut so was?«, fragte ich noch einmal.

Er zuckte mit den Schultern, ließ mich währenddessen jedoch nicht aus den Augen. Ich musste mich überwinden, nicht vor ihm an meinen Nägeln zu kauen. Eine schlechte Angewohnheit von mir, wenn ich nervös war.

Ich zögerte. »Ähm … du glaubst mir doch, dass nicht ich hinter der Nachricht stecke?«

Wieder nickte er. Dann sah es kurz so aus, als müsste er gleich anfangen zu lachen.

»Ich hab euch gesehen«, erklärte er. »Dich und deine

Freundinnen. Als ihr unten am Haus vorbeigegangen seid.«

Er war so nett und nannte unser peinliches, geducktes Quasimodo-Anschleichen Gehen. Ich wollte mir gar nicht vorstellen, wie wir dabei ausgesehen haben mussten.

»Scheiße«, entfuhr es mir. Dann fingen wir gleichzeitig zu lachen an.

»Vielleicht solltet ihr drei nicht unbedingt eine Karriere bei der verdeckten Ermittlung anstreben«, empfahl Simon immer noch lachend.

Als ich daran dachte, dass Molly und Kaja uns beobachteten und bestimmt für total bescheuert hielten, musste ich noch mehr lachen. Unter Lachtränen machte ich ihn auf Molly und Kaja aufmerksam. Grinsend griff er nach meiner Hand und zog mich auf die Rückseite der Eiche, sodass wir absolut unbeobachtet waren.

»So, jetzt sollen die beiden sich mal ihre Gedanken machen«, sagte er, ohne meine Hand loszulassen.

Er trug wieder das Stirnband. Trotzdem hingen ihm ein paar vorwitzige Strähnen über die Augen. Ich hob langsam meine freie Hand und strich sie ihm zur Seite. Dann ließ ich meine Hand hastig wieder sinken. Was machte ich da eigentlich?

Er sah mir in die Augen. »Wenn du schon da bist«, sagte er langsam, »dann könnte ich dich gleich was fragen.«

»Ja?« Kam jetzt irgendetwas, das mit Magnus zu tun

hatte? Oder war es Simon persönlich, der etwas von mir wissen wollte? Meine Lippen fühlten sich plötzlich trocken an. Ich merkte, wie aufregend ich es eigentlich fand, hier mit einem Jungen unter dieser Eiche zu stehen.

Simon zögerte kurz, dann gab er sich sichtlich einen Ruck.

»Nachdem Amelie ja so was wie deine Stiefschwester ist, müsstest du sie eigentlich ganz gut kennen, oder?«

Ich musste mich darauf konzentrieren, dass mir nicht die Gesichtszüge entgleisten. »Ihr … ihr habt doch alle nur Augen für Amelie«, stieß ich hervor.

»Nein … nein. Glaub mir, ich frage aus einem bestimmten Grund.«

»Oh, ich kenne den Grund ganz genau. Magnus möchte das wissen, nicht wahr? Und du musst wieder mal den Boten spielen. Kann der denn eigentlich nichts selbst machen? Muss er dich immer vorschicken?«

»Was meinst du? Ich verstehe nicht. Sophia, es tut mir leid, es ist alles ganz anders, als du denkst. Ich … wie soll ich das erklären?«

»Oh, du könntest mir wirklich was erklären? Warum interessiert euch, wie sie so ist? Warum?«

»Sie scheint so oberflächlich zu sein …«

»Ja, das ist sie«, platzte ich da heraus, nur um mich selbst gleich wieder zu bremsen. Ich dachte daran, dass Amelie mich gestern im Labor gar nicht fertiggemacht hatte wegen der Schabe in ihrem Haar. Und dass sie mich am Lagerfeuer nicht ausgelacht hatte. »Na ja, vielleicht nicht immer«, gestand ich ein. »Und ja, ganz leicht hat sie es auch nicht im Leben.«

Er nickte.

»Du hast mich *doch* hierhergelockt – um mich nach ihr auszufragen«, warf ich ihm bitter vor.

Er stützte seine Arme links und rechts neben meinem Kopf an den Eichenstamm und ließ kurz den Kopf hängen. Unsere Gesichter waren sich dabei ziemlich nahe. Ich starrte ihn an.

»Oh Gott«, sagte er plötzlich und hob dabei so leidenschaftlich den Kopf, dass mir die Luft wegblieb. Ich wusste in dem Moment, dass ich noch nie zuvor in meinem Leben auf so eine Art von einem Jungen angesehen worden war. Dieser Blick verwirrte mich vollends. Dazu noch sein schwarzes Haar, das ihm über die Augen fiel, diese seegrünen Augen.

Ich merkte, wie sich meine Brust bei jedem Atemzug hob und senkte. Gott, konnte ich nicht etwas gelassener sein?

Endlich löste er sich vom Baumstamm und trat einen Schritt zurück.

»Es tut mir leid«, sagte er. »Aber jedenfalls habe ich dich nicht hierhergelockt. Es ist die Wahrheit, dass ich selbst nicht weiß, wer unser Treffen angezettelt hat.«

Ich musste lächeln. »Angezettelt trifft es ziemlich gut«, sagte ich und hielt das Zettelchen mit der Nachricht in die Höhe, das ich immer noch in der Hand hatte. Auch wenn es mittlerweile ziemlich zerknautscht war – ein sichtbarer Beweis für meine Nervosität.

Er lächelte auch. »Glaubst du mir?«, fragte er dann.

»Dass das Briefchen nicht von dir kommt, ja. Und was Amelie betrifft …«, ich zuckte mit den Schultern, »ich weiß doch, dass alle Jungs auf sie stehen. Kann man ja auch niemandem einen Vorwurf draus machen.«

Er sah zu Boden.

»Tja, das war's wohl. Bis später«, sagte ich, ohne mich vom Fleck zu rühren.

Er hob den Kopf. »Es stehen nicht alle auf Amelie, das kannst du mir glauben.«

Wir sahen uns an. So lange, bis ich das Gefühl hatte, jetzt müsse gleich was passieren, auch wenn ich keine Ahnung hatte, was das sein sollte.

Wie von selbst wanderte mein Blick plötzlich von seinen Augen zu seinen Lippen. Unwillkürlich fiel mir Mollys Top-und-Flop-Kussliste ein. Weiche, aber feste Lippen? Bildete ich mir das ein oder war Simons Gesicht auf einmal etwas näher an meinem? Er hatte einen wirklich schönen Mund.

Und dann tat ich das Unglaublichste und Mutigste und sicher Blödeste, was ich in meinem ganzen Leben je getan hatte. Ich küsste ihn.

Und er erwiderte meinen Kuss. So sanft. So weich, aber dennoch fest.

Mein Herz hämmerte wie wild.

Doch dann plötzlich wandte er sich ab. »Tut mir leid.

Ich muss das erst klären. Das alles. Mit Magnus. Und allem anderen.«

Mir blieb total die Luft weg. Halb noch von den Nachwirkungen des Kusses und halb, weil er so plötzlich wieder vorbei gewesen war. Ich konnte nicht klar denken. Und er? Hatte er nicht gerade alles zwischen uns beendet? Trotzdem stand er immer noch da, war mir immer noch so nahe, hielt mich fest … Ohne dass ich es wollte, wanderte mein Blick erneut von seinen Augen zu seinen Lippen.

Anders als vorhin näherten sich unsere Gesichter diesmal unendlich langsam an. *Was mache ich hier bloß?*, fragte ich mich. *Er ist nicht Mars, mein Mars, der so einfühlsam ist, der mich genau so kennt, wie ich bin, der meine tiefsten und geheimsten Gedanken kennt.*

Unsere Lippen waren nun nur noch wenige Zentimeter voneinander entfernt. Und diesmal war ich es, die einen Rückzieher machte.

»Es geht nicht, Simon.« Ich wandte den Kopf zur Seite.

Er schloss kurz die Augen und holte ein paarmal tief Luft.

»Schon klar. Du bist in jemand anderen verliebt«, sagte er leise.

»Es tut mir sehr leid«, stammelte ich. »Ich kann dir das nicht erklären.«

Wie könnte ich auch? Ich habe einen Jungen im Internet kennengelernt? Ich weiß nicht, wer es ist, aber ich glaube trotzdem, dass er der Richtige für mich ist?

»Ich muss gehen«, flüsterte ich und löste mich aus seinen Armen, ohne ihn noch einmal anzusehen. Ich ließ ihn einfach stehen.

Einundzwanzigstes Kapitel

✉@ Wir müssen dringend reden!

Diese Nachricht erreichte mich, als ich Kaja und Molly unter Tränen von Simon berichtete.

»Es war total schön. Und total furchtbar. Wie konnte ich nur? Die ganze Zeit dreht sich alles um Mars und dann küsse ich einfach einen anderen.«

Wir hatten uns auf die Wiese hinterm Mädchenquartier zurückgezogen. Meine beiden Freundinnen trösteten mich.

»Ein Kuss ist doch kein Weltuntergang«, urteilte Molly bestimmt. »Das würde auch Mars so sehen. Falls er überhaupt je davon erfährt.«

»Ja, aber hier geht es nicht nur um einen ungeplanten Kuss. Es war alles so … so …« Ich schluchzte und fing gleichzeitig hysterisch zu lachen an.

»Oh no, das ist der Overkill. Nach meinem ersten Kuss ging es mir auch so. Süße, das sind nur die Emotionen, die dich da übermannen. Anscheinend hat's dir richtig gut gefallen. Das gibt mir allerdings ein bisschen zu denken. Was ist denn mit Mars?«

»Aber wenn sie Simon anscheinend so mag …«, antwortete Kaja ihr, als wäre ich gar nicht anwesend.

Doch das war mir momentan ganz recht. Ich musste mir selbst erst klar über meine Gefühle werden. Oh Gott, ich war immer noch komplett durch den Wind.

Molly sah Kaja an und zuckte mit den Achseln, als sie auf mich deutete. »Richtig guter Kuss eben, da kann'ste nix machen. Woubidoubi.«

Dann klopfte sie sich auf die Schenkel. »Okay, aber jetzt noch mal zurück zu Mars. Wir stehen endlich kurz vor dem Ziel, er will mit dir reden. Tschiiiesas, bin ich froh, wenn ich meine Wette endlich gewonnen hab.«

»Von wegen du und gewinnen«, entgegnete Kaja.

»Jetzt wartet mal«, bat ich. »Ich muss überlegen, was ich mache. Aber ehrlich, ich glaub, ich kann ihm eigentlich nur noch eines antworten, und zwar, dass ich nicht Amelie bin. Und dass er, wenn er Amelie will, sich an sie persönlich wenden muss.«

Doch obwohl ich es meinen Freundinnen gegenüber klar formuliert hatte und mir auch sicher war, dass ich genau das machen sollte, brachte ich es nicht übers Herz. Es tat einfach so weh, unsere schöne Geschichte so abzuschließen. Unsere Nachrichten würden mir so fehlen, auch wenn es schon tagelang keine wirklichen Mails mehr gegeben hatte und seit meiner Ankunft in Altenburg sowieso alles zwischen Mars und mir zerstört schien. Nein, eigentlich schon, seit er das Foto des Volleyballteams gesehen hatte und dachte, ich wäre Amelie. Warum nur hatte ich das Missverständnis damals nicht gleich aufgeklärt?

Am nächsten Morgen beim Frühstück verkündete die Bulldogge, dass die Schimmelarbeiten in Mondsee derart gut verliefen, dass wir womöglich schon in zehn Tagen wieder zurückkehren konnten.

Es gab ein paar, allerdings ziemlich wenige, erleichterte Gesichter, sowohl bei den Altenburgern als auch bei uns Mädchen. Dem Großteil jedoch war die Enttäuschung anzusehen.

»Krass, dass wir so bald schon wieder von hier weg sind«, seufzte Kaja. »Es ist so eine nette Abwechslung, hier zu sein.«

Molly kaute auf ihrer Lippe herum. »Ja, das ist es«, sagte sie, wobei ihre Stimme eigenartig zittrig klang.

»Was ist los, Molly?«, fragte ich sie.

Molly starrte auf den Tisch und zuckte mit den Schultern. »Ich weiß nicht. Ich werde das hier einfach sehr vermissen.« Eine Träne kullerte über ihre linke Wange.

Ich sah sie so selten weinen, dass ich sofort mitheulen musste.

»Warum weinst *du* denn jetzt?«, fragte sie mich und stieß ein kleines verzweifeltes Lachen aus.

Ich schüttelte den Kopf, war zu nichts anderem fähig, als stumm auf sie zu deuten.

Kaja übersetzte für mich: »Ich glaub, Sophia ist traurig, weil du so traurig bist«, sagte sie leise.

Ich presste die Lippen aufeinander und nickte.

Molly versuchte krampfhaft, ganz schnell wieder die Alte zu werden. Energisch wischte sie sich über Augen und Wangen und sagte dann: »Tja, passiert halt auch mir mal, dass ich mich verliebe und es nicht erwidert wird. Davon geht die Welt nicht unter.«

»Was? In wen?«

»Ihr lacht ja doch bloß über mich.« Sie räusperte sich. »Also vergesst es einfach.«

»Einfach vergessen?« Kaja ließ alle Sanftheit fahren. »Also, jetzt hör mal …«

Ich unterbrach sie. »Ist es Julian? Der Zauberer?«, fragte ich Molly. Die brach in Tränen aus.

Wow. Wow. Wow. Meine süße, heiß geliebte, manchmal so oberflächliche Freundin, künftig vermutlich erstes Germany's next Topmodel unter einem Meter siebzig beziehungsweise sechzig, hatte sich tatsächlich in einen Typen verknallt, der so gar nicht in ihr übliches Beuteschema passte. Julian musste ein echter Zauberer sein. Magie lag in der Luft.

Während ich Molly in den Arm nahm, schloss ich die Augen und atmete tief ein. Heute war ein Tag, an dem alles möglich war. Da war ich mir plötzlich ganz sicher.

✉@ Hi, Mars,

es tut mir leid, dass ich mich nicht mehr bei dir gemeldet habe. Ich musste einfach nachdenken.

Das Leben ist leider doch viel komplizierter, als ich dachte. Vor allem, was das Zwischenmenschliche betrifft.

Du hast geschrieben, du möchtest mit mir reden.

Tu das doch einfach. Finde endlich heraus, wer ich bin.

Die Kampfnuss, der es wohl wirklich ernst damit war, uns im Umgang mit dem anderen Geschlecht zu schulen, hatte nach dem Mittagessen verkündet, dass heute Nachmittag ein freiwilliges Volleyballmatch zwischen den Jungs und Mädchen stattfinden würde.

Und heute hatte ich ganz bestimmt nicht vor, auf irgendeinem Beobachtungsposten zu sitzen und dem Match zuzusehen, nein, heute wollte ich endlich wieder den Ball an meinen Fingerspitzen und an den Handgelenken spüren.

In Altenburg gab es nicht nur riesige Outdoor-Sportplätze, sondern auch zwei megagroße Turnsäle. Einer davon besaß sogar eine Tribüne. Dort saßen die Zuschauer aufgereiht, Molly und Kaja gleich auf der ersten Bank hinter den Ersatzspielerinnen. Und auch Jonas und Magnus waren gekommen – und zwar nicht nur zum Zuschauen. Klar, die beiden Spitzensportler. Unfassbar, dass mein Traum, den ich vor gar nicht langer Zeit hatte, wahr wurde und ich nun tatsächlich ein Match gegen Mars bestreiten würde. Welcher von beiden es nun auch war …

Jonas streckte mir von der anderen Spielfeldhälfte den erhobenen Daumen entgegen. »Toi, toi, toi, Sophia!«

»Wird schon schiefgehen!«, rief ich zurück.

Magnus nickte mir zu. »Wo ist eigentlich Simon?«, hörte ich ihn dann fragen. Und auch wenn ich es nicht mal vor mir selbst zugeben wollte, hatte ich mir dieselbe Frage insgeheim auch schon gestellt. Und wo wir schon dabei waren: Wo war eigentlich Amelie?

Ich warf einen Blick auf meine Uhr und stellte fest, dass es bis zum Matchbeginn noch einige Minuten hin waren. Wahrscheinlich würden die beiden noch kommen. Dann warf ich einen Blick zu meinen Freundinnen. Molly saß lustlos da und schien gedanklich total abwesend zu sein. Ich joggte zur Tribüne.

»Hey, Molly«, flüsterte ich, »alles okay mit dir?«

»Nein«, murmelte sie.

»Was ist denn?«

»Es dreht sich hier halt nicht immer alles nur um Mars eins und zwei. Es gibt vielleicht auch noch andere Jungs.«

»Dein Zauberer Julian?«

Kaja griff sich an die Stirn. »Ich hab es ihr längst gesagt!« Sie packte Molly am Arm. »Molly, der sitzt gleich dort drüben und guckt die ganze Zeit zu dir her. Also, komm schon, ran an den Mann!«

»Ach, der macht sich doch nichts aus mir. Der hält mich bestimmt für oberflächlich.«

»Aber beim Lagerfeuer habt ihr euch doch auch super verstanden, oder?«, half ich nach.

»Ja, aber er war so abwesend und still.«

»Der ist nur schüchtern!«, rief Kaja. »Mensch, muss ich hier eigentlich jedem auf die Sprünge helfen?! Molly, auf zu Julian und Sophia, willst du nicht gucken, wo Simon bleibt?«

»Ja, nein, ich weiß nicht«, stotterte ich. »Ich hab mich auch schon gewundert, dass er noch nicht da ist.«

Kaja gab mir einen Klaps auf den Hintern, der wohl aufmunternd wirken sollte.

»Hey!«, rief ich. Aber dann spurtete ich los.

Ich fand Simon im Geräteraum. Er stand mit dem Rücken zu mir und unterhielt sich mit jemandem, den ich nicht sehen konnte.

Doch dann hörte ich ihre Stimme.

Amelie.

Verdeckt hinter der Tür, blieb ich stehen und lauschte.

»Ich hab schon die ganze Zeit versucht, mit dir zu reden, wusste aber nicht genau, was ich sagen sollte. Oder wie ich es sagen sollte«, hörte ich Simons Stimme.

Amelie lachte. »Ich weiß Bescheid, keine Sorge.«

»Ich war vom ersten Tag an hin und weg von dir«, fuhr Simon fort, »das kannst du mir glauben …«

An dieser Stelle hätte ich die beiden alleine lassen und einfach gehen sollen. Gehen und ihn für immer links liegen lassen. Doch die Enttäuschung und die Wut waren zu groß und ließen mich wie angewurzelt stehen bleiben. »Du Lügner!«, brach es aus mir heraus.

Simon fuhr herum. »Sophia!«

»Du willst dir wohl alle Mädchen warmhalten, was?«

Ich machte auf dem Absatz kehrt und stob davon.

»Sophia!«, rief er mir nach, doch ich blickte mich

nicht mal mehr um. Der konnte mir ein für alle Mal gestohlen bleiben.

Ich rannte direkt aufs Spielfeld. Hoffentlich startete das Match gleich, ich brauchte Bewegung, sonst blieb mir nur noch ein Amoklauf.

Ich spürte, wie jemand hinter mich trat.

»Sophia –«

Es war Simon, er war noch mehr außer Atem als ich. *Wahrscheinlich vom Knutschen,* dachte ich erbost.

»Lass mich«, zischte ich.

»Nein, das tu ich nicht«, erwiderte er fest. Doch er hatte nicht mit der Kampfnuss gerechnet, die ihn mithilfe ihrer Trillerpfeife gellend laut darauf aufmerksam machte, dass er sich gefälligst auf die andere Seite des Netzes begeben sollte.

Amelie platzierte sich neben mir am Netz.

»Hey, Sophia«, sagte sie.

Ich beachtete sie nicht. Von der ließ ich mich jetzt nicht mehr ablenken. Ich würde es allen zeigen. Ich würde mir meine Kapitänsschleife zurückholen und endlich wieder glücklich sein. Das war ich doch früher auch. Ich brauchte keinen Jungen, um ein tolles Leben zu haben. Keinen, der mir wochenlang verheißungsvolle E-Mails schrieb, um sich dann ganz plötzlich kaum noch zu melden, und schon gar keinen, der mich küsste und am nächsten Tag eine andere anbaggerte. Egal, wie sie also alle hießen, Mars, Magnus, Jonas oder Simon, ich brauchte sie nicht.

Bevor das Match endgültig losging, sah ich noch, wie

Molly sich auf den Weg zu Julian machte. Plötzlich wieder kokett lächelnd, quetschte sie sich zwischen ihn und einen anderen Jungen. Julian schob sich seine Brille zurecht und wurde rot. Okay, Fall geklärt, es hatte ihn doch erwischt.

Ich hingegen musste am Netz ausgerechnet Simon gegenüberstehen. Ich schmetterte ihm die Bälle, so hart es ging, entgegen.

Die Folge: Wir Mädchen lagen nach wenigen Minuten schon einige Punkte vorn. Die Kampfnuss nickte zufrieden.

Amelie spielte auch legendär, das musste ich zugeben. Doch das war schon okay so. Hauptsache, wir zeigten den Jungs, wer hier das Sagen hatte.

Nach vier Sätzen stand es unentschieden. Zu Beginn des fünften Satzes war ich mit dem Aufschlag dran. Kurz bevor die Kampfnuss den Satz anpfiff, drehte Amelie sich zu mir um. Ohne zu wissen, wieso ich es tat, nickte ich ihr zu. Sie nickte zurück und lächelte kurz. Es war wie ein Pakt, in dem wir uns stumm darauf verständigten zu gewinnen.

Als Magnus den Ball zurück zu uns baggerte, nahm ich ihn an und pritschte ihn nach vorne zu Amelie. Sie sprang in die Höhe und beförderte den Ball mit solcher Wucht übers Netz, dass keiner der Jungs rechtzeitig reagieren konnte und ich als Erste in spontanen Applaus ausbrach. Ich war so glücklich, über die Jungs gesiegt zu haben, dass ich Amelie beinahe – aber wirklich nur beinahe – um den Hals gefallen wäre.

Das Publikum brach in Applaus aus. Na ja, zumindest die Hälfte davon. Die weibliche.

Kaja kam aufs Spielfeld gelaufen. Sie drückte mir meine Wasserflasche in die Hand.

»Danke. Oh, Mann, ich schwitze.«

»Du warst so toll, Sophia.« Sie drückte mich. »Schade nur, dass Molly kaum was mitbekommen hat«, erklärte sie grinsend.

Ich sah mich nach Molly um, die mittlerweile mehr auf Julians Schoß als auf der Bank saß.

»Oh, oh. Wenn das bloß die Bulldogge nicht sieht«, sagte ich. »Gott, bin ich erledigt, ich muss dringend duschen.«

»Und nachher wird gefeiert.«

»Klar.«

Ich blickte auf die andere Spielfeldhälfte. Simon starrte zu Boden.

»Du, was ist denn nun eigentlich mit Simon?«, fragte Kaja, als hätte sie meine Gedanken gelesen.

Ich schilderte ihr in knappen Worten, was ich im Geräteraum gesehen hatte.

»Nein, das kann doch nicht sein«, sagte sie.

Ich zuckte mit den Schultern. »Ist egal. Hauptsache, ich komm jetzt unter die Dusche.«

Als ich in frischen Klamotten wieder auf Kaja traf, kam auch Molly dazu. Sie strahlte.

Die Glückliche. Ich erwartete, gleich sämtliche Details zum fabelhaften Julian zu hören, doch Molly und Kaja hatten mir was ganz anderes zu sagen.

»Da wartet jemand unter der Eiche auf dich«, eröffnete Molly.

»Und diesmal gehst du ohne uns hin«, ergänzte Kaja.

Ich war nicht erstaunt, dass es Simon war, der mich unter der Eiche erwartete, schließlich hatten das Treffen ja Molly und Kaja arrangiert. Allerdings konnte ich mir nicht vorstellen, dass er mir irgendwas zu sagen hatte, was etwas an meiner momentanen Einstellung zu ihm ändern würde.

Er lehnte am Baumstamm, die Hände in den Hosentaschen, und sah wesentlich besser aus, als ich es im Moment ertragen konnte. Als ich vor ihm stand, griff er nach meiner Hand, doch ich entzog sie ihm gleich wieder.

»Ich weiß, du bist sauer, Sophia, und ich lass dich auch gleich in Ruhe. Ich wollte nur dringend eine bestimmte Sache aufklären.«

»Ehrlich gesagt, hab ich vorhin schon genug gehört. Du brauchst das auch gar nicht zu erklären. Es ist meine eigene Schuld, ich weiß nicht, wie ich auf die Idee gekommen bin, dass … dass diese Situation hier unter diesem Baum irgendetwas bedeutet hat.«

»Das hat sie«, behauptete er und klang ganz schön beharrlich. »Das hat sie wirklich. Du hast nur das, was ich vor dem Match zu Amelie gesagt habe, falsch verstanden.«

Ich lachte kurz auf. »Genau. Da gab's ja auch viel falsch zu verstehen. Ach komm, Simon, ich weiß eigentlich gar nicht, warum du dir die Mühe machst, mir jetzt irgendwas vormachen zu wollen.«

»Ich will dir überhaupt nichts vormachen. Im Gegenteil, ich will endlich alles aufklären.«

»Okay. Dann mal los.«

»Okay. Dann mal los«, wiederholte er, wie um sich selbst Mut zuzusprechen. »Ich … Du hast mir vom ersten Moment an gefallen. Gleich als du aus dem Bus gestiegen bist.«

»Hast du nicht dasselbe gerade vorhin zu Amelie gesagt?«

»Nein, eben nicht«, erwiderte er vehement. »Amelie hab ich schon etwas früher kennengelernt. Auf eine etwas andere Art.«

Jetzt hatte er meine volle Aufmerksamkeit. Was wurde das denn für eine Geschichte?

Er lehnte den Hinterkopf an den Stamm und schloss kurz die Augen. »Ich habe einen Blog …«

Mir blieb die Luft weg. »Einen Blog?«, wiederholte ich.

Er öffnete die Augen wieder. »Ja. Über das Leben im Internat. Und sonst so ein paar Geschichten. Vor ein paar Wochen hat mir ein Mädchen einen Kommentar dagelassen.« Er räusperte sich. »Ein Mädchen aus Mondsee. Ich fand sie irgendwie nett und hab ihr geantwortet. Per E-Mail. Das ging dann einige Zeit so hin und her. Durch Zufall habe ich rausgefunden, dass es …«, er machte eine längere Pause, räusperte sich dann und stieß gequält hervor, »… dass es Amelie ist.

Und dann hab ich erfahren, dass ihr hierherkommt, und war natürlich total gespannt.«

Er seufzte, während mir tausend, nein Milliarden Gedanken durch den Kopf schossen. Ich machte schon den Mund auf, aber er kam mir zuvor.

»Und dann kamt ihr hier an und ich fand Amelie einfach nur schrecklich. Schon beim Aussteigen aus dem Bus war sie so affektiert und hat gleich mit jedem herumgeflirtet. Und du … du warst so ganz anders. Aber von den E-Mails her mochte ich eben auch Amelie. Ich war so hin und her gerissen zwischen euch, ich wollte dieses Mädchen, mit dem ich gemailt habe nicht enttäuschen. Auch wenn ich sie in natura eigentlich furchtbar fand. So furchtbar, dass ich sie nicht mal angesprochen habe. Abgesehen davon, dass sie mich sicher für Magnus hielt, weil …« Er stockte.

»Weil?«, fragte ich.

»Weil ich, als sie mich nach meinem Aussehen fragte, geschrieben habe: groß und sportlich – was ja auch einigermaßen passt, oder?« Ich sah, wie er rot anlief. »Dann wollte ich weiterschreiben: ›Der blonde, blauäugige Surfertyp bin ich aber nicht‹ – weil ich eben an Magnus dachte und daran, dass alle Mädchen auf ihn abfahren, da wollte ich lieber nicht zu hohe Erwartungen wecken. Als ich den halben Satz geschrieben hatte, kam urplötzlich Magnus rein – wir teilen uns ja ein Zimmer – und ich wollte die E-Mail so schnell wie möglich schließen. Ja, nur dass ich in der Hektik statt auf Schließen auf Senden gedrückt habe. Jetzt stand in der Nachricht nur: ›Groß und sportlich. Der blonde, blauäugige Surfertyp‹ – was völlig beknackt klingt, aber sie hat das wohl nicht gestört. Bis Magnus endlich aus dem Zimmer war, war es zu spät, das Missverständnis aufzuklären. Sie hatte mir schon längst geschrieben, dass sie sogar schon davon geträumt hat, dass ich so aussehe, und ich … ja, keine Ahnung. Zu dem Zeitpunkt dachte ich ja auch noch, dass wir uns ohnehin nie live sehen würden, also fand ich es nicht so wichtig.«

Ich dachte an Molly und Kaja und hätte beinahe zu lachen angefangen. Wenn ich den beiden das erzählte! Da jagten wir tagelang die beiden Surfertypen der Schule und dann das!

»Ich versteh aber immer noch nicht, warum du Amelie vorhin erzählst hast, dass du sie von Anfang an toll fandest.«

»Ja, aber doch nur ihre E-Mails. Ich wollte ihr endlich sagen, dass ich derjenige mit dem Blog bin, dass ich mich aber mittlerweile in …«, er holte tief Luft, »in eine andere verliebt habe.«

Ich schloss die Augen und er redete schnell weiter, als hätte er Angst, ihn würde der Mut verlassen. »Als du uns gehört hast, war ich gerade erst am Beginn meiner Erklärung. Ich sagte ihr, dass ich sie zwar total toll beim Mailen fand, aber … na ja, zu mehr ist es dann eigentlich nicht mehr gekommen, weil ich dir hinterhergelaufen bin und dann das Spiel losging.«

»Das heißt, sie glaubt immer noch, dass du ihr eine

Liebeserklärung machen wolltest?« Ich riskierte wieder einen Blick. Ertappte ihn dabei, wie er mich ansah.

»Es ist mir egal, was sie denkt«, sagte er.

»Oh, Captain, mein Captain«, flüsterte ich.

Er stutzte. »Was?«

Ich räusperte mich. »Na ja, Volleyqueen ist nicht immer zwangsläufig das Mädchen mit der Kapitänsschleife. Vor allem dann nicht, wenn die wahre Kapitänin sich kurz zuvor den Knöchel verstaucht hat und darum beim Siegerfoto nur frustriert danebensitzen darf.«

Er starrte mich an. »Nein! Nein …«

Ich lächelte. »Doch, das Mädchen, das du als leicht verwirrt dreinblickend beschrieben hast, ist dasselbe Mädchen, mit dem du die ganze Zeit gemailt hast.«

Simon nahm meine Hand. Und diesmal zog ich sie nicht zurück. Eine schwarze Haarsträhne fiel ihm ins Gesicht. Er sah mich lange an und schüttelte dabei ungläubig den Kopf. Immer wieder. Bis wir wie auf Kommando gleichzeitig zu lachen anfingen.

Dann erzählte ich Simon von der Wette, die Kaja und Molly am Laufen hatten.

Er stutzte. Dann sagte er: »Stimmt natürlich, Jonas hätte es auch sein können.«

Plötzlich fiel mir etwas ein. »Weißt du aber, was ich nicht verstehe? Sowohl Jonas als auch Magnus haben immer wieder genau richtig reagiert, als ich ihnen mit Anspielungen aus deinem Blog gekommen bin. Einmal war ich mir ganz sicher, dass Jonas hinter Mars steckt, weil er so merkwürdig auf dein Gedicht reagiert hat.«

Simon sah mich an. »Die halbe Schule kennt meinen Blog«, gab er zu.

Ich schloss die Augen. So simpel konnten Antworten sein.

»Wenn ich das von Anfang an gewusst hätte«, sagte Simon schließlich.

»Dann wäre es aber viel weniger spannend gewesen.« Ich lächelte.

»Und jetzt?«, fragte er.

»Ich weiß nicht«, antwortete ich.

»Ähm, nur ganz kurz«, erklang es plötzlich hinter meinem Rücken.

Ich fuhr herum. Simon fing zu husten an. Ihm war es augenscheinlich so peinlich wie mir lästig, dass ausgerechnet Amelie uns nun störte.

»Oh, Amelie, ich …«, stotterte Simon.

»Ach, lass stecken, ich hab schon alles gehört. Aber ich wusste sowieso schon viel länger als ihr zwei, was im Busch ist.«

»Wie meinst du das?«, fragte ich erstaunt.

Sie grinste. Doch diesmal gar nicht abschätzig. »Simon, lässt du uns ganz kurz allein?«, bat sie.

Er gab mir einen sanften Kuss auf die Wange, der mir ein höchst angenehmes Kribbeln im Nacken bescherte. »Bis gleich«, flüsterte er mir ins Ohr.

Amelie trat einen Schritt näher. »Dich und Molly

und Kaja braucht man gar nicht großartig zu belauschen, um zu wissen, was ihr ausheckt, weißt du? Ich wusste schon in Mondsee, dass du online jemanden datest – und zwar einen aus Altenburg. Ich wusste allerdings nicht, dass ihr dachtet, dass er denkt, dass … ach, ist ja auch egal. Ich wusste halt nicht, welche Rolle ich dabei spielte. Ich wollte dir auch niemanden ausspannen, ich hab selbst einen Freund in Wiesbaden und ich vermisse ihn total. Bevor ich ins Internat gekommen bin, habe ich allerdings mit ihm Schluss gemacht, weil Fernbeziehungen ja doch nicht funktionieren.« Sie legte den Kopf schief. »Na ja, hier habe ich es vielleicht ein bisschen übertrieben mit dem Flirten. Aber ich war so traurig und ich wollte mich unbedingt ablenken, kannst du das verstehen?«

Sie sah mich bittend an, doch das wäre gar nicht nötig gewesen, ich verstand sie auch so. Ich nickte.

Sie seufzte kurz, dann fuhr sie fort: »Es tut mir auch leid, wie ich mich dir gegenüber verhalten habe. Du kannst ja eigentlich gar nichts für meine Misere. Ich habe eine Weile gebraucht, um das zu kapieren.«

»Ist schon okay«, flüsterte ich. »Ich wusste ja, dass du es auch nicht leicht hast, und jetzt versteh ich dich noch besser.«

Sie kaute auf ihrer Lippe herum, fast hatte ich das Gefühl, sie könnte anfangen zu weinen.

»Vielleicht wird ja jetzt alles besser zwischen uns?«, fragte ich.

Sie nickte. »Übrigens, bevor ihr euch ewig fragt, wer

das Blind Date hier unter der Eiche gestern eingefädelt hat … Das war ich.«

»Was?« Okay, damit hatte ich jetzt nicht gerechnet.

»Ja. Ich hatte zwar keine Ahnung, dass Simon dein Onlinefreund ist, aber ich habe beim Lagerfeuer gemerkt, dass ihr euch mögt, und dachte, da helfe ich ein bisschen nach.«

»Wow«, ich lachte. »Damit hast du mir zum besten Kuss meines Lebens verholfen!« Ich musste ja nicht unbedingt gleich verraten, dass es mein erster Kuss gewesen war.

Wir grinsten uns an.

»So, jetzt hol ich dir deinen Lover wieder her«, versprach sie.

»Amelie?«, rief ich ihr nach. »Danke!«

Simon kam zurück, ziemlich rot im Gesicht.

»Hast du etwa gelauscht?«, zog ich ihn auf.

»Ach, ich hab nichts gehört, was ich nicht schon wusste. Ich bin nun mal der tollste Küsser der Welt«, grinste er.

»Hmm, davon muss ich mich erst noch einmal überzeugen«, sagte ich und zog sein Gesicht zu mir herunter. Seine Hände umfassten meinen Kopf, als er mich unsagbar sanft küsste.

Tanja Janz

Meersalzküsse

Dank einer Fünf in Englisch verbringt Emma die Sommerferien in St. Peter-Ording an der nordfriesischen Küste, um Englisch zu pauken und den Babysitter für ihre kleine Schwester zu spielen. Der Horror, findet Emma. Bis sie Jannis kennenlernt, einen Jungen aus ihrem Kurs. Doch Emma wird aus dem geheimnisvollen Musiker einfach nicht schlau, er ist so wechselhaft wie Ebbe und Flut. Mal sucht er ihre Nähe, dann stößt er sie wieder von sich. Es ist zum Verrücktwerden! Doch dann kommt Emma Jannis' tragischem Geheimnis auf die Spur, das alles in ein neues Licht taucht.

Arena

Auch als E-Book erhältlich

240 Seiten • Klappenbroschur
ISBN 978-3-401-60420-6
www.arena-verlag.de

Carlie Sorosiak

Mein wildes blaues Wunder

Winship in Maine ist ein Küstenstädtchen voller Magie. Blaubeersträucher blühen im Winter und Wünsche hängen an den Bäumen. Aber seit letztem Sommer spürt Quinn nichts Magisches mehr. Ihr bester Freund und erste große Liebe Dylan kam ums Leben und daran gibt sie sich die Schuld – ebenso ihre beiden Geschwister. Ihr Bruder Bear sieht seitdem durch sie hindurch und ihrer Schwester Fern tropfen die Worte wie Gift aus dem Mund. Erst als der stille Alexander ins Haus nebenan einzieht, scheinen das Vergeben und die Magie wieder in Quinns Welt Einzug zu erhalten ...

Arena

360 Seiten • Gebunden
ISBN 978-3-401-60352-0
www.arena-verlag.de

Stefanie Gerstenberger / Marta Martin

Ava und der Junge in Schwarz-Weiß

Schmetterlinge im Bauch, so richtig über beide Ohren verliebt? Ava ist 15 Jahre alt und hat keinen blassen Schimmer, wie sich das anfühlt. Als sie dann auch noch während der Sommerferien im alten Kino ihrer Oma Luise aushelfen soll, scheint ihr Schicksal als Ungeküsste ein für allemal besiegelt. Doch schnell wird klar, dass Luise nicht nur mit ihrem gebrochenen Handgelenk Hilfe braucht – der »Titania Palast« ist in Gefahr, verkauft zu werden! Und wer ist der seltsame junge Typ, der in Lederjacke und mit komischer Schmalzfrisur dauernd mit ihrer Oma abhängt? Ava ist fasziniert von ihm, denn er ist anders als alle Jungs, die sie kennt – und er teilt offenbar mit ihrer Oma ein Geheimnis. Kann er der Junge sein, in den Ava sich verlieben wird?

Arena

376 Seiten • Gebunden
ISBN 978-3-401-60411-4
www.arena-verlag.de